grafit

Chemnitzer Str. 31, D-44139 Dortmund
Internet: http://www.grafit.de
E-Mail: info@grafit.de

Umschlagfoto: Aleksandar Mijatovic/123rf.com
Druck und Bindearbeiten: CPI – Clausen & Bosse, Leck
ISBN 978-3-89425-468-1
1. 2. 3. / 2018 17 16

Gabriella Wollenhaupt

Grappa greift durch

Kriminalroman

grafit

Die Autorin

Gabriella Wollenhaupt arbeitete viele Jahre als Fernsehredakteurin in Dortmund. Ihre freche Polizeireporterin Maria Grappa hatte 1993 ihren ersten Auftritt. Mit *Grappa greift durch* stellt sie zum sechsundzwanzigsten Mal ihre Schlagfertigkeit unter Beweis.

Zudem hat sich die Autorin gemeinsam mit ihrem Ehemann Friedemann Grenz mit *Blutiger Sommer* auf einen Ausflug in den Vormärz und mit *Schöner Schlaf* in die Kunstszene begeben.

www.gabriella-wollenhaupt.de

Personen

Abbas al-Sayed .... scheint voll integriert
Carsten »Bärchen« Biber .... macht sich nützlich
Hakim Chalid .... sorgt für Bombenstimmung
Maria Grappa .... greift durch
Simon Harras .... bleibt sportlich
Friedemann Kleist .... hat eine gute Idee
Ali Musa .... will nichts als Rache
Wayne Pöppelbaum .... beweist ein großes Herz
Duru Sahin .... nimmt den falschen Weg
Elif Sahin .... bestimmt ihr Schicksal selbst
Imam Ahmad Sahin .... spielt falsch
Anneliese Schmitz .... sorgt für Bodenhaftung
Berthold Schnack .... muss Federn lassen
Susi, Stella, Sarah .... sind nicht zu schlagen
Erkan Tercanli .... landet im Paradies
Perihan Tercanli .... liebt die Freiheit
Elisabeth Weiß .... ist auf der Suche
Pedro Weiß .... bleibt auf der Strecke
Margarete Wurbel-Simonis .... weiß sich zu wehren

Und tötet sie (die Ungläubigen), wo immer ihr sie trefft, und vertreibt sie, von wo sie euch vertrieben haben. Denn Verführen ist schlimmer als Töten. Kämpft jedoch nicht gegen sie bei der heiligen Moschee, bis sie dort (zuerst) gegen euch kämpfen. Wenn sie aber (dort) gegen euch kämpfen, dann tötet sie. So ist die Vergeltung für die Ungläubigen.

Koran, Sure 2, Vers 191

Gott ist zornig über alle Heiden … Er wird sie verbannen und zum Abschlachten freigeben. Und ihre Erschlagenen werden liegen gelassen, sodass der Gestank von ihren Leichnamen aufsteigt, und es werden Ströme von Blut fließen.

Bibel, Altes Testament, Jesaja 34, 2–3

Der Islamist, der arme Wicht, die gute Laune kennt er nicht. Hat keine schöne Volksmusik, drum führt er gern Guerilla-Krieg. Vom Himmel tropft das Flugbenzin. Vom Minarett der Muezzin: Mit Mohammed und Allah, Tod Israel, Tod U.S.A.! Die Frau verhängt er gern mit Stoff, er betet mit Kalaschnikow. Das Polka-Tanzen fällt ihm schwer, drum bombt er gern im Nahverkehr.

Kabarettist Andreas Rebers ›Der Islamist‹

Der Anruf kam nachts

»Frau Grappa, du musst sofort kommen!«

»Was, jetzt?« Ich schaute auf die Uhr. »Es ist zwei Uhr nachts.«

»Trotzdem. Ich weiß nicht, was ich machen soll.«

»Gut.«

Katzenwäsche, ab ins Auto, losfahren. Anneliese Schmitz wohnte in einer ehemaligen Zechensiedlung. Kleines Häuschen, Nutzgarten mit Gemüse und Obst, die Gartenmöbel aus Europaletten stammten vom Vorbesitzer.

Ich drehte das Radio auf und öffnete das Dach. Schmusemusik in der Endlosschleife. Weltnachrichten. Menschen verließen in Massen die Kriegsgebiete im Nahen Osten. Randale vor Flüchtlingsheimen. Der Sommer war heiß und trocken.

Ein fetter Falter klatschte sich an der Autoscheibe zu Tode und hinterließ einen schmierigen Fleck.

Was war los mit Frau Schmitz? Die Erfinderin meiner Lieblingsmandelhörnchen mit den beiden Schokoenden hatte in den letzten Monaten abgebaut. Sie traute sich nichts mehr zu, haderte mit ihren Zipperlein und grübelte über den Sinn des Lebens nach. Und jetzt dieser Anruf.

Ich bog in die schmale Straße ein und fuhr langsam auf Frau Schmitzens Haus zu. Sie stand in der Tür und kam mir entgegen.

»Da bist du ja, Frau Grappa«, begrüßte sie mich. »Wie isses?«

»Na ja, wie man sich so fühlt, wenn man aus dem Bett geworfen wird.«

»Ging nicht anders. Komm!«

Ich folgte ihr auf einen schmalen Weg zwischen zwei Koloniehäusern. Rechts und links Gärten. Bewegungsmelder sorgten für Licht. Der Weg endete an einem Platz. Wippe, Klettergerüst und noch einiges, von dem Erwachsene glauben, dass sich Kinder gern damit beschäftigen. Spielen nannte man das.

»Psst!« Frau Schmitz deutete ins Dunkel. »Da hinten.«

Zunächst sah ich nichts, dann hörte ich ein gleichmäßiges Quietschen, wie von einem schlecht geölten Scharnier.

»Achte auf die Schaukel«, flüsterte sie. »Siehst du sie?«

Mit meiner Hand schützte ich meine Augen vor dem Licht einer Lampe, die mich blendete, und sah tatsächlich etwas: In dem Sand hinter einer Schaukel saß eine Gestalt, die jemanden oder etwas auf dem Spielgerät ins Schwingen brachte.

»So sitzt die da schon die ganze Zeit und reagiert nicht«, berichtete Frau Schmitz.

»Hast du sie angesprochen?«

»Ja. Ich hab gerufen, ob sie Hilfe braucht. Aber sie gibt keinen Mucks von sich.«

»Frau Schmitz, was um Himmels willen machst du mitten in der Nacht hier draußen?«, raunte ich, ohne die Gestalt aus den Augen zu lassen.

»Vollmond.« Sie deutete auf die blassgelbe Kugel über uns. »Ich schlaf da kaum. Also geh ich spazieren.«

»Hast du keine Angst, dass jemand im Busch lauern und dir eins überbraten könnte?«

Anneliese Schmitz schüttelte den Kopf. »Ach was. Die Neonazis, die sonst hier rumlungern, liegen vollgesoffen im Koma, und die Flüchtlinge in der Turnhalle müssen ab zehn ins Bettchen.«

Das Quietschen der Schaukel strapazierte meine Nerven.

»Komisch ist das schon.«

»Mein ich doch«, flüsterte sie.

»Ich geh da jetzt hin«, entschloss ich mich. »Du bleibst hier. Wenn irgendwas passiert, rufst du die Bullen. Hast du dein Handy dabei?«

Sie hatte. »Sei vorsichtig, Frau Grappa.«

Langsam bewegte ich mich auf die Gestalt zu. Der volle Mond gab mir Licht.

»Hallo!«, rief ich. »Kann ich Ihnen helfen?«

Die Person war eine Frau. Eine zierliche Gestalt, die ein Kopftuch trug. Sie war vollkommen auf die Schaukel konzentriert, stieß sie immer wieder von sich und wartete, bis sie zurückschwang.

Die Schaukel hatte eine Rückenlehne und zwei Armstützen, auf der Sitzfläche befand sich eine Art Sack. Ich ging langsam weiter, griff in die Kette und stoppte die Bewegung. Nein, das war kein Sack, das war ein Körper. Der Körper eines kleinen Kindes. Die Arme waren festgeschnürt. Der Kopf des Babys war nach vorn gefallen. Vorsichtig legte ich die Hand unter das Kinn. Die Haut des Kindes war kalt.

»Ruf die Bullen!«, schrie ich Richtung Frau Schmitz. »Und sie sollen einen Notarzt mitbringen.«

Zwanzig Minuten später tauchten Scheinwerfer den Spielplatz in gleißendes Licht. Frau Schmitz und ich saßen auf einer Bank am Rand des Geländes. Dort, wo gewöhnlich die Mütter sitzen und ihre lieben Kleinen beim Spielen beobachten.

»Dass du davon Fotos machen kannst«, krächzte die Bäckerin mit einem missbilligenden Blick auf mein Smartphone.

»Das ist nun mal mein Job«, verteidigte ich mich, »wenigstens so lange, bis Pöppelbaum kommt. Der ist unterwegs. Gerade du bist doch immer ganz wild auf solche Bilder.«

»Aber doch nicht bei Kindern!«

»Das Kind hab ich gar nicht geknipst. Oder doch?«

Ich schaute mir die Fotos an, die ich bisher gemacht hatte. Der Blitz hatte nicht immer funktioniert, sodass manche Bilder leicht körnig und unscharf waren. Ich hatte mit zitternden Händen einfach nur draufgehalten, ohne ein bestimmtes Motiv anzupeilen. Das Kind war nur ein dunkler Fleck und nicht als Körper zu identifizieren.

Die Frau mit dem Kopftuch hatte ich mehrmals abgelichtet, was keine Kunst war, denn sie hatte sich nicht gerührt, auch nicht, als die Polizei anrückte. Inzwischen war sie von Polizisten in einen Mannschaftswagen gebracht worden.

»Guck mal, wie jung die noch ist.« Ich hielt Frau Schmitz das Phone hin.

Sie betrachtete das Bild, schluckte und meinte: »Selbst ein halbes Kind. Ob sie die Mutter von dem Kleinen ist?«

»Ich hab keine Ahnung. Aber wir werden es bald wissen.«

»Sie trägt ein Kopftuch. Wird wohl eine Muslima sein.«

»Scheint so«, nickte ich.

»Ob sie das Kind umgebracht hat?«

»Frau Schmitz, ich bin keine Hellseherin. Es kann ja auch ein Unfall gewesen sein, eine Krankheit oder ganz was anderes. Warten wir einfach ab.«

Die Spurensicherer stapften in ihren weißen Schutzanzügen über den Platz und suchten das Gelände ab. Die Schaukel wurde abgehängt und in einem Plastiksack verstaut.

»Dass du mal vor mir an einem Tatort bist, ist ja wirklich der Hammer, Grappa.« Pöppelbaum war angekommen. Aus seinen Augenwinkeln winkte das Sandmännchen.

»Frau Schmitz war noch früher da«, erklärte ich.

»Hast du Fotos gemacht?«

»Klar. Aber sie sind nicht besonders gut geworden. Das Flutlicht hat einiges versaut.«

»Mit Photoshop krieg ich jedes Bild hin«, beruhigte er mich. »Wie geht das denn jetzt hier weiter? Ist ein Pressebulle da?«

»Nein. Um die Uhrzeit doch nicht. Der Einsatzleiter ist der kleine Dicke mit dem Schnäuzer. Er hat Frau Schmitz und mich schon vernommen. Die Presseinformation gibt es heute Nachmittag.«

Pöppelbaum machte die üblichen Aufnahmen von der Umgebung, den Polizisten und dem Notarztwagen.

Ich schaute auf die Uhr. Es war kurz vor vier Uhr, der Himmel erhellte sich schon.

»Können wir bei dir einen Kaffee kriegen, Frau Schmitz?«, fragte ich.

Professionell verformt?

Eine halbe Stunde später saßen wir am Küchentisch von Frau Schmitz. Niemand sprach. Mein Adrenalinspiegel sank spürbar und mir wurde erst jetzt klar, was wir eben erlebt hatten: Eine Frau schaukelte ein totes Kind.

Pöppelbaum kratzte mit dem Löffel den Boden des Kaffeepotts wund. Er sah auch nicht gerade frisch aus.

Frau Schmitz hüstelte. In ihren Augen standen Tränen. »Hab ich was falsch gemacht, Frau Grappa?«

»Wie kommst du denn darauf?«

»Wenn ich die Polizei gleich angerufen hätte? Und nicht dich. Dann hätte das Kleine vielleicht noch gelebt und gerettet werden können«, weinte sie.

»Nein«, widersprach ich. »Ich hab das Gesicht des Babys angefasst. Die Haut war kalt. Da war nichts mehr zu machen.«

Sie riss ein Blatt von einer Küchenrolle ab und schniefte hinein. Ich nahm mein Smartphone, blätterte die Bilder von der Frau auf und reichte der Bäckerin das Gerät.

»Hast du sie schon mal in der Siedlung gesehen?«, fragte ich. »Oder auf dem Spielplatz?«

»Nein, nie«, antwortete sie.

»Ich werde das Foto ein paarmal ausdrucken und dir vorbeibringen«, kündigte ich an. »Würdest du es auf dem Spielplatz rumzeigen und fragen, ob jemand weiß, wer die Frau ist? Vielleicht sind wir schneller als die Polizei.«

»Das kann ich nicht.«

Ich schwieg einen Moment verblüfft.

»Warum nicht, Frau Schmitz? Sonst bist du doch immer gern mit dabei, wenn's um eine kriminalistische Recherche geht.«

»Lass sie in Ruhe, Grappa«, forderte Wayne Pöppelbaum. »Siehst du nicht, wie fertig sie ist?«

Ja, sie war fertig. Rot geweinte Augen, wirres Haar, tiefe Falten und eine aschgraue Gesichtsfarbe.

»Komm jetzt, Grappa, wir verschwinden«, befahl der Fotograf. »Hier gibt es nichts mehr zu tun.«

Wir verabschiedeten uns. Frau Schmitz blieb am Küchentisch sitzen.

Draußen sagte Wayne: »Feingefühl hast du ja nicht gerade, Grappa.«

»Du lieber Himmel«, rief ich aus. »Konnte ich ahnen, dass sie so darauf reagiert?«

»Du leidest an professioneller Verformung des Gemüts, Grappa. Du fühlst nicht mehr wie ein normaler Mensch.«

»Du kannst mich mal«, blaffte ich ihn an, stieg in mein Auto und startete den Motor.

Je weiter ich in den Süden der Stadt fuhr, desto rosafarbener wurde der Himmel. In einer Parkbucht hielt ich an und stieg aus. Hier war der Blick ins Ruhrtal besonders weit und schön.

Hatte Wayne recht? Hatte mein Job meine Empathie aufgefressen? Als Blaulichtreporterin des *Bierstädter Tageblattes* hatte ich einiges gesehen und erlebt. Lügner, Mörder, Serienkiller, Pharisäer, Ausbeuter und Teufel in Menschengestalt, aber auch seelische Krüppel, geborene Opfer und Psychopathen. Aber natürlich war ein totes Kind nachts auf einem Spielplatz etwas ungewöhnlich Schreckliches.

An Schlaf war nicht mehr zu denken. Ich lud die Fotos auf meinen Rechner und bearbeitete sie. Der Schärfe-Modus gab dem Gesicht der jungen Frau deutlichere Konturen. Das schwarze Kopftuch verhüllte ihre Stirn, die dunklen Augen wirkten dadurch noch größer. Sie war hübsch, hatte aber tiefe Schatten im Antlitz. Ich starrte das Foto eine Weile an. Was war auf dem Spielplatz passiert? Warum schaukelte eine junge Frau nachts ein totes Kind?

Fingerspitzengefühl

In der Redaktion lag die Einladung zur Pressekonferenz am Mittag. Der Text der Staatsanwaltschaft enthielt nur knappe Angaben, doch sie reichten, um ein bombastisches Medieninteresse auszulösen. Im Frühstücksfernsehen, im Internet und in den sozialen Medien wurde der Spielplatz gezeigt und eine Frau mit Kopftuch erwähnt, obwohl die Pressemitteilung keinen Hinweis auf eine Muslima gab.

Ich rief Frau Schmitz an. Sie bestätigte, dass sich Fernsehteams auf dem Spielplatz herumtrieben.

»Ich hab denen aber nichts gesagt«, behauptete sie. »Weiß man schon, wer die Frau ist?«

»Die Pressekonferenz kommt erst noch. Ich sag dir Bescheid.«

»Danke, Frau Grappa. Ich muss jetzt wieder. Hab schon dreißig Brötchen mehr geschmiert als sonst und auch der Kaffee läuft wie geschnitten Brot.«

In der Redaktionskonferenz berichteten Wayne und ich

von unserem nächtlichen Ausflug. Ich legte einige Fotos auf den Konferenztisch.

Als Dr. Berthold Schnack das Bild der Frau betrachtete, meinte er: »Eine Muslima. Das braucht Fingerspitzengefühl. Sonst haben wir die Islamisten im Haus.«

»Ist das nicht übertrieben?«, fragte ich.

»Ich äußere ja lediglich meine Bedenken«, verteidigte er sich. »Menschen muslimischen Glaubens sind sehr empfindlich und reagieren aggressiv auf Berichterstattung, die ihnen nicht passt. Denken Sie an den Anschlag in Paris beim Satiremagazin *Charlie Hebdo*.«

»Und was genau bedeutet das für meine Arbeit?«, fragte ich.

»Bleiben Sie einfach hart an den Fakten, Frau Kollegin.«

»Ach so.« Ich gab meiner Stimme einen erleichterten Ton. »Fakten also. Ich lerne jeden Tag dazu.«

»Er meint doch nur, dass der Migrationshintergrund nicht überbewertet werden sollte«, mischte sich Bärchen Biber ein. »Auch deutsche Frauen bringen ihre Kinder um.«

»Halt die Fresse, du elender Schleimer«, brach es aus mir heraus.

»Ich muss doch sehr bitten!« Schnack schlug mit der Faust auf den Tisch. »Überdenken Sie Ihre Wortwahl, Frau Grappa. Und du, Carsten, solltest auch etwas vorsichtiger sein mit Unterstellungen. Noch ist ja nicht klar, wie das Kind zu Tode gekommen ist, oder irre ich mich?«

»Es ist ja gar nicht meine Story«, räumte Bärchen Biber ein. »Ich wollte nur helfen.«

»Wenn ich Hilfe brauche, rufe ich die 112 an.«

»Können wir jetzt zum Tagesgeschäft kommen?«, fragte Schnack in die Runde. »Womit wollen Sie denn unser kulturell affines Publikum beglücken, Frau Wurbel-Simonis?«

Die Kulturredakteurin nestelte an ihrer Muschelkette. Seitdem sie Urlaub in Kenia machte, beglückte sie die weiblichen Redaktionsmitglieder mit allerlei afrikanischem Kunsthandwerk. Mir hatte sie einen kleinen Nagelfetisch mitgebracht, dessen Gesichtszüge denen von Berthold Schnack glichen, ein Päckchen Nägel dazugelegt und aufmunternd gesagt: »Wenn er dich ärgert, schlag ihm einen Nagel in den Wanst. Dann geht's dir besser.«

»Ein Bierstädter Fotograf zeigt seit heute seine Bilder in der Bürgerhalle. Er hat eine Woche in der Erstaufnahmestelle für Flüchtlinge verbracht und dabei sehr emotionale Momente eingefangen.«

»Hat er auch die Schlägerei letzte Woche fotografiert? Als die albanischen Flüchtlinge von den Syrern Schutzgebühren fürs Duschen erpressen wollten?«, fragte Schnack.

»Das weiß ich nicht«, entgegnete Wurbelchen. »Ich schlage eine Fotoreihe, ein Interview mit dem Fotografen und fürs Internet eine Diashow mit den besten Bildern vor.«

»Große Bilder sind schnell geschrieben«, nickte Sportredakteur Simon Harras. »Ich könnte den neuen BVB-Ankauf beim ersten Training beobachten. Exklusiv.«

»Sehr schön«, lobte Schnack.

»Was denn jetzt?«, fragte Mäggi Wurbel-Simonis.

»Beide Themen. Aber der Aufmacher ist natürlich der Leichenfund in Dorstfeld.«

Ein Ehrenmord?

Zahlreiche Übertragungswagen blockierten die Parkplätze und vor dem Eingang posierten mehrere Polizisten eines Spezialkommandos mit Maschinenpistolen im Arm. Pöppelbaum lichtete sie ab.

Ein Pressepolizist kontrollierte die Ausweise. Auch das war ungewöhnlich, denn eigentlich kannte man sich.

»Was machen denn die Spezialkollegen hier?«, fragte ich.

»Erhöhter Sicherheitsaufwand«, meinte er lapidar.

»Warum?«

»Stellen Sie Ihre Fragen dem Staatsanwalt, Frau Grappa.«

Das war deutlich.

Im Foyer vor dem Raum, in dem die Pressekonferenzen stattfanden, drängelten sich die Fernsehleute. Lampen setzten dunkle Ecken in grelles Licht.

»Stimmt es, dass ihr heute Nacht am Tatort wart?«, fragte ein Kollege vom Lokalsender.

»Wie kommst du denn darauf?«

»Hat mir ein Vögelchen gezwitschert«, grinste er. »Wenn ihr Fotos habt, zeigt sie mir doch mal. Vielleicht kommen wir ins Geschäft.«

»Kein Interesse«, meinte Wayne.

Wir schlenderten zu unseren Plätzen. Vor den Stuhlreihen waren Tische mit Namensschildern aufgebaut. Ich las die Namen. Alles alte Bekannte, außer einem: *Aribert Langhans* – der neue Polizeipräsident gab sich die Ehre. Frisch vom Schreibtisch im Ministerium ins Bierstädter Chaos mit Neonazis, besorgten Bürgern, Hooligans und Salafisten katapultiert. In den ersten Wochen nach seiner Ernennung sah man ihn nur mit eingezogenem Kopf durch die Flure des Präsidiums schleichen. Am wohlsten fühlte er sich bei den Häppchenorgien der Bierstädter Kommunalpolitiker.

Die Herren trudelten ein.

»Sie wissen ja bereits, dass es einen bedauernswerten Todesfall zum Nachteil eines Kleinkindes gibt«, begann Langhans. »In der Kürze der Zeit – die Leiche wurde erst vor wenigen Stunden gefunden – konnten wir noch nicht viele Fakten zusammentragen. Eine Sonderkommission wird gerade zusammengestellt, um den Fall so schnell wie möglich aufzuklären.«

Oberstaatsanwalt Fuchs übernahm. »Bei dem Kind handelt

es sich um ein Mädchen im Alter von ungefähr zwei Jahren. Wie das Kind zu Tode gekommen ist, muss die Obduktion klären, die zurzeit stattfindet. Wir können aber davon ausgehen, dass der Spielplatz nicht der Tatort ist. Die Frau, die bei dem Kind angetroffen wurde, konnte noch nicht identifiziert werden. Sie scheint schwer traumatisiert und ist nicht ansprechbar.«

»Stimmt es, dass sie das tote Kind geschaukelt hat?«, fragte ein Kollege.

»Ja, die Zeugen sagten entsprechend aus. Die Leiche war mit hellblauen Kabelbindern, wie man sie in jedem Baumarkt bekommt, an der Schaukel fixiert. Es handelt sich um einen sogenannten Baby-Schaukelsitz mit Rückenlehne, der vom TÜV zertifiziert wurde und für Kinder im Alter bis zu sechsunddreißig Monaten geeignet ist. Von einer baugleichen Schaukel finden Sie ein Foto in der Pressemappe, die Ihnen gleich ausgehändigt wird.«

»Was unternehmen Sie, um die Identität der Frau zu klären?«, fragte ich. »Der Kleidung nach zu urteilen, handelt es sich um eine Frau mit Migrationshintergrund.«

Fuchs zögerte. »Ja, die äußerlichen Merkmale sprechen dafür. Wir haben die Festgenommene fotografiert und die Aufnahmen an die Islamischen Kulturvereine der Stadt und Mitglieder des Integrationsrates verteilt. Außerdem bitten wir alle Medien, das Foto zu veröffentlichen. In der Pressemappe finden Sie das Bild und die Fragen, die wir beantwortet haben möchten.«

»Könnte es sich um eine Art Ehrenmord handeln?«, fragte eine Kollegin. »Gewalt gegen Frauen, die sich den muslimischen Sitten nicht fügen, ist in diesen Kreisen ja nicht ungewöhnlich.«

»An Spekulationen möchte ich mich nicht beteiligen«, wehrte Fuchs ab.

»Vielleicht stecken ja auch Neonazis dahinter«, kam es von der Seite.

»Wie gesagt: Spekulationen!« Fuchs räumte seine Notizen zusammen. »Gibt es noch weitere Fragen?«

»Was soll das Spezialkommando vor dem Eingang?«, fragte Pöppelbaum.

Der Polizeipräsident meldete sich zu Wort. »Zurzeit findet hier im Haus eine Klausurtagung statt, an der auch Landespolitiker teilnehmen. Der Einsatz des Spezialkommandos bezieht sich auf diese Zusammenkunft und ist völlig normal.«

Wayne und ich sahen uns überrascht an. Spezialkommando und Klausurtagung? Das war keineswegs normal.

»Gab es denn Drohungen im Vorfeld?«, legte ich nach.

»Ich muss mich leider jetzt verabschieden«, ignorierte Langhans meine Frage. »Ich werde selbst auf der Klausurtagung erwartet. Meine Kollegin wird Ihnen jetzt die Pressemappen überreichen. Ich hoffe auf Ihre Hilfe, damit wir in dem Fall weiterkommen.«

Er erhob sich und verließ den Raum.

»Das war ja eine sehr professionelle Antwort«, raunte ich Wayne zu. »Eine wichtige Tagung, die geheim bleiben soll? Merkwürdig.«

Leider war Pöppelbaum in die Pressemappe vertieft und konnte meine Empörung nicht teilen.

»Guck mal.« Er reichte mir ein Foto. Es zeigte die Frau – diesmal bei Tageslicht. »Sie hat eine frische Verletzung an der Wange. Als ob man sie geschlagen hätte.«

»Wir müssen vor der Polizei rausfinden, wer sie ist. Frau Schmitz wird uns bestimmt helfen.«

Die Welt retten

Zwiebelsuppe nach Pariser Art. Die Ankündigung des Tagesgerichts im Bistro der Bäckerin ließ mir das Wasser im Mund zusammenlaufen. Wir orderten zwei Pötte.

»Das ist die Frau.« Ich legte Anneliese Schmitz das Foto hin. »Und hier sind Bilder von den Kleidern des toten Babys. Die Bullen tappen im Dunklen. Hast du die Frau wirklich noch nie gesehen? Sie muss hier aus der Gegend stammen, sonst würde sie den Spielplatz nicht kennen.«

»Nein, Frau Grappa. Ich geh da ja auch nur vorbei. Da sitzen doch meist nur Mütter rum und unterhalten sich über ihre Bälger. Was sollte ich mit denen denn bekakeln? Und Kopftuchfrauen sind sowieso selten in der Öffentlichkeit zu sehen. Du weißt doch, was in Dorstfeld los ist.«

Ja, das wusste ich. Selbst ernannte Neonaziordner patrouillierten in den Straßen und drückten Ausländern mindestens einen dummen Spruch rein. Juristisch nicht relevant. Sätze wie: *Zurück in den Urwald, du Bimbo!* waren noch die harmloseren Äußerungen.

»Hilfst du uns?«, fragte ich.

»Und wie?«, fragte sie – überhaupt nicht begeistert.

»Ich maile dir heute Abend das Foto von der Frau und du zeigst es auf dem Spielplatz herum.«

»Ich hab doch schon gesagt, dass ich das nicht will. Die Leute sehen das Bild sowieso im Fernsehen und im Internet und morgen auch in der Zeitung.«

»Es gibt viele, die weder Fernsehen noch Zeitungen noch die Nachrichtenportale im Internet benutzen. Besonders die bildungsfernen Ausländer«, erklärte ich. »Das haben wissenschaftliche Untersuchungen ergeben.«

»Und ich soll das jetzt wettmachen, Frau Grappa?«

»Vielleicht bringt es ja was. Tust du mir den Gefallen?«

»Na, meinetwegen«, kam es widerwillig zurück.

Bäckereifachverkäuferin Donka brachte die Zwiebelsuppe an unseren Tisch. Der Käse war leicht gebräunt und glänzte. Dazu gab es Bruschetta. Wayne und ich wandten uns dem Essen zu, Frau Schmitz neuen Kunden.

»Diese Tagung geht mir nicht aus dem Kopf«, murmelte ich. »Ich würde wirklich gern wissen, worüber die da tagen.«

Die Suppe war höllisch heiß und ich blies sie kühl.

Wayne zückte sein Handy und tippte eine Nummer ein.

»Hier Innenministerium«, hörte ich ihn sagen. »Ich bin der Referent des Staatssekretärs Müller. Könnten Sie mir den genauen Titel der Klausurtagung durchgeben wegen der internen Abrechnungen?«

Ich machte große Augen.

»Ja, danke. Ich warte.« Wayne winkte nach einer Serviette und zückte einen Kuli. Dann schrieb er etwas auf. »Danke, Sie haben mir sehr geholfen.«

»Wow! Du bist gut!«, sagte ich.

»Ich weiß.«

Er reichte mir die Papierserviette. Ich las: *Wie begegnen wir dem islamischen Terrorismus? Fakten, Analysen, Lösungen.*

»Spannend«, stellte ich fest.

»Ist das nicht das Thema, mit dem sich dein abgetauchter Hauptkommissar zurzeit befasst?«

»Stimmt. Terrorismusbekämpfung. Einer muss die Welt ja retten.«

»Wer rettet die Welt?« Frau Schmitz hatte wieder Zeit für uns und war – wie immer – nicht neugierig.

»Grappas Verflossener.«

»Ach, der Herr Doktor«, seufzte Frau Schmitz und warf mir einen mitleidigen Blick zu.

Ich reagierte nicht und löffelte die Suppe.

»Schmeckt es denn, Frau Grappa?«

»Besser als in Paris!«, behauptete ich.

»Ich krieg von Zwiebeln immer Flatulenzen«, bekannte Pöppelbaum wenig später im Auto. »Nur mal so als Vorankündigung.«

»Na, toll. Das wird ja ein angenehmer Arbeitstag!«

»Ich kann nichts dafür«, grinste er.

»Es gibt Unterhosen mit Furzbremsen. Hab ich neulich gelesen. Erfunden in Japan.«

»Du spinnst, Grappa.«

»Keineswegs. Die Hersteller weben geruchsabsorbierende Keramikteilchen in den Stoff. Ich werde in der Redaktion mal für so ein Teil sammeln. Das kriegst du dann von uns allen zu Weihnachten.«

»Biest!«

Mein Handy klingelte. Auf dem Display war eine unbekannte Nummer zu sehen.

Ich nahm das Gespräch an, doch es meldete sich niemand. Gerade hatte ich es wieder eingesteckt, als es erneut klingelte. Wieder war nichts zu hören.

»Ein unbekannter Verehrer, Grappa?«

»Ich kenne alle meine Verehrer.«

»Sind ja nicht so viele«, nickte er.

Ein drittes Klingeln. Ich drückte die Nummer weg. Kurz danach ertönte der Ton, der eine Nachricht auf der Mailbox anzeigte.

»Ich bin heute im Lande, können wir uns sehen?«, fragte eine bekannte Männerstimme.

Ich lächelte in mich hinein.

»Na, wer war das denn?«, wollte Wayne wissen. »Du siehst so verzückt aus.«

»Es war ja auch eine gute Nachricht. Sie kam von der Furzbremsenfirma aus Japan. Sie machen dir einen Sonderpreis, wenn du ihnen drei Unterhosen auf einmal abnimmst.«

Riesengroß und leer

Allein an meinem Redaktions-PC schickte ich Friedemann Kleist eine SMS: *Ich bin ab 20 Uhr zu Hause. Freue mich.*

Natürlich wollte ich früher zu Hause sein, um mich etwas aufzurüschen und wenigstens das Bett frisch zu beziehen. Auch der Küchenabfall wartete auf seine Entsorgung.

Schnack hatte mir eine halbe Seite auf der Eins zugeteilt. Ich überlegte, wie ich die Story anlegen sollte. Eine emotionale Reportage oder ein trockener Faktenbericht?

Ich entschied mich für beides. Zuerst schilderte ich, was ich am frühen Morgen gesehen hatte.

Nachts auf dem Spielplatz –
Frau schaukelt totes Kind im Mondlicht

– so die Überschrift.

Eine Situationsbeschreibung unserer Reporterin Maria Grappa
Das sanfte Licht des Vollmondes macht die Szene noch unwirklicher. Da hockt eine schwarze Gestalt hinter einer Kinderschaukel, eingehüllt in einen langen Mantel, bedeckt mit einem Kopftuch. Sie greift nach dem kleinen Körper, der auf der Schaukel befestigt ist, gibt ihm einen Schubs und lässt ihn vor- und zurückschwingen. Die Scharniere des Spielgerätes quietschen. Ein Geräusch, das nicht zum Gezwitscher der Vögel im Morgengrauen passen will. Ich gehe auf die Schaukel zu und greife in die Kette …

Wayne kam zu mir und legte mir einige Abzüge auf die Tastatur. »Das ist meine Auswahl«, sagte er.

»Wie geht es deiner Verdauung?«, fragte ich.

»Alles noch im geruchsfreien Bereich«, grinste er. »Guckst du mal?«

Wayne hatte sich selbst übertroffen. Die Totale vom Spielplatz hatte er nachbearbeitet, die Kontraste verstärkt und die Farben weitgehend rausgenommen. Der Vollmond wirkte übergroß und erschreckend, die Konturen der Spielgeräte ragten bedrohlich in den Himmel und die Blätter der Sträucher, die den Platz säumten, glänzten speckig im Mondlicht.

»Das ziehen wir sechsspaltig über den Artikel«, sagte ich. »Wer da keinen Grusel kriegt, ist völlig stumpf. Und die Schaukel nehmen wir als Close-up.«

»Hier sind die Fotos, die du von der Frau gemacht hast. Ich finde sie sehr atmosphärisch, aber als Fahndungsfoto eignen sie sich nicht.«

Ja, er hatte recht. Sie waren sehr grobkörnig und erinnerten eher an den Kopf einer Skulptur. Die Augen der Frau waren riesengroß und leer. Ich nahm das Polizeifoto. Das war besser geeignet, die Festgenommene wiederzuerkennen.

»Was ist mit den Polizeifotos von den Kleidern des Kindes?«

Ich betrachtete sie. Schrecklich, sich vorzustellen, dass darin ein ganz normales kleines Kind gelebt hatte und dass es nun tot war. Ein rosa Kleidchen mit kleinen Sternchen, darunter ein Lineal für den Größenvergleich, das Etikett eines Billigklamottenladens, ein weißes Baumwollmützchen mit Bommeln und ein winziges Armbändchen aus Stoff. Zeugs, das man in jedem Babyartikelmarkt bekommt.

Mein Handy meldete sich mit einer SMS. *Ich bin um 20 Uhr da.*

»Die Fotos von den Babysachen brauch ich nicht«, entschied ich. »Wir nehmen den Spielplatz, die Schaukel, die

Polizeiabsperrung und die Frau. Der Rest ist Text. Und den schreib ich jetzt weiter.«

Den reinen Fakten widmete ich vierzig Zeilen. *Wer kennt diese Frau?*, prangte in großen Lettern über dem Foto.

> Was die Unbekannte mit dem Tod des kleinen Mädchens zu tun hat, ist noch unklar. Die Polizei bittet um Hinweise, die zur Identifizierung der unbekannten Frau führen. Weiterhin werden Zeugen gesucht, die Beobachtungen rund um den Spielplatz gemacht haben.

Schnack las den Artikel gegen und hatte nichts zu meckern. In einer halben Stunde würde mein Artikel online sein – ohne Kommentarfunktion. Denn das Aussehen der Kopftuchfrau würde die um die deutsche Kultur besorgten Bürger auf den Plan rufen, die schon lange wussten, dass Ausländer für den Anstieg der Kriminalität verantwortlich waren. Auch Leser, die ihren Namen nicht preisgeben wollten oder sich einen Fantasienamen zulegten, ließen bei solchen Themen regelmäßig die Sau raus. Deshalb hatte der Verlag beschlossen, die freie Meinungsäußerung zu beschränken, um die Integration von Ausländern und den sozialen Frieden nicht zu gefährden.

Ich mailte Frau Schmitz das Foto der jungen Frau, wie ich es versprochen hatte. Dann konnte ich endlich meine Sachen packen und das Verlagshaus verlassen. Im Supermarkt kaufte ich noch einige Leckereien, von denen ich wusste, dass er sie mochte. Freust du dich etwa, Grappa?, fragte ich mich. Und wie, antwortete ich mir.

Rückkehr

Ein Glas *Chianti classico* glühte mich vor und das Essen befand sich griffbereit in der Kühlung. Ich schaltete den Fernseher ein. Der Regionalsender brachte einen längeren Bericht über das tote Kind und anschließend ein Interview mit dem Polizeipräsidenten, der zunächst nichts von sich gab, was ich nicht schon wusste. Ich wollte gerade auf den Aus-Knopf drücken, als Aribert Langhans behauptete, zahlreiche Hinweise auf die Identität der unbekannten Frau erhalten zu haben, die jetzt mit Nachdruck überprüft würden. Der Moderator hakte nach: »Bei unserem Sender haben sich Leute gemeldet und auf einen muslimischen Hintergrund hingewiesen. Gehen Ihre Ermittlungen auch in diese Richtung?«

»Ja. Deshalb stehen wir in Kontakt mit den Vorständen der muslimischen Gemeinden in NRW.«

»Die Frau und das Kind müssen doch irgendwo vermisst werden!«

»Ich denke, dass wir bald mehr wissen«, kündigte Langhans an. »Wir werden die Öffentlichkeit zeitnah informieren. Wahrscheinlich schon morgen.«

»Dann wissen Sie also schon Konkretes?«, ließ der Fernsehmann nicht locker.

»Geben Sie uns die Zeit, die wir brauchen«, sagte Langhans.

Das war's. Die wissen also, wer die Frau ist, dachte ich. Ich schaltete meinen Rechner ein und ging auf meine Facebook-Seite. Natürlich wurde in vielen unterschiedlichen Gruppen über den Tod des Kleinkindes spekuliert. Viele Poster nutzten den traurigen Vorfall vor allem dazu, ihre Vorurteile gegen Ausländer zu wiederholen.

Im Vorgarten sprang der Bewegungsmelder an. Ich schaute durchs Fenster. Ein großer Wagen fuhr auf die Einfahrt. Endlich war er da.

Nach einer halben Stunde hatte ich das Gefühl, dass Kleist nie weggewesen war. Wir saßen gemütlich in der Küche, auf dem Tisch eine opulente Kollektion italienischer Antipasti und spanischer Tapas. Dazu Brot, Rotwein und Wasser. Mehr war zu einem schönen Abend nicht nötig.

Kleist war braun gebrannt und trug die Haare länger, als ich es gewohnt war. Die letzten Monate hatte er in den USA verbracht, um mit den dortigen Behörden den Antiterrorkampf abzustimmen.

»Die *National Security Agency* weiß doch eh schon alles über uns«, meinte ich. »Oder konntest du unseren amerikanischen Freunden noch was Neues erzählen?«

»Nicht wirklich. Und die meisten Aktionen, mit denen die NSA die Welt beglückt, sind hier in Deutschland ohnehin verboten. Aber es war schon interessant zu erleben, wie der Anschlag vom 11. September diese Nation verändert hat. Demokratische Rechte werden dem Antiterrorkampf bedingungslos untergeordnet.«

»Bleibst du jetzt in Deutschland?«

Er lächelte mich an. »Ja. Die nächsten Wochen sogar in Bierstadt.«

»Wie bitte?«

»Bin ich nicht willkommen?«

»Doch, ich verstehe nur nicht … weil …«, stotterte ich.

»Ich erkläre es dir später.« Er schaute auf die Uhr. »Es ist schon sehr spät. Ich werde dann mal fahren.«

»Fahren?«

»Maria!« Er nahm meine Hände. »Das Ministerium hat uns im Hotel einquartiert. Wenn ich nicht auftauche, wird vielleicht eine Großfahndung ausgelöst. Ich komme morgen früh und bringe Brötchen mit. Und dann reden wir ausführlich.«

Verwandtschaft

Mein Schlaf war unruhig. Die Bilder der letzten Stunden verwirrten sich in meinem Kopf zu einem unauflösbaren Knäuel. Das tote Mädchen erhob sich von der Schaukel und flüchtete in die Arme der Frau, die vielleicht seine Mutter oder sogar seine Mörderin war. Sogar Staatsanwalt Fuchs geisterte durch meine Träume. Er riss der Frau das Tuch vom Kopf und verfolgte sie, als sie laut schreiend davonlief.

Der Wecker beendete den Horrorfilm. Die Aussicht, Friedemann Kleist zu sehen, brachte meinen aufgepeitschten Puls auf normale Schlagzahl. Ich duschte, heizte die Kaffeemaschine vor und deckte den Tisch für zwei. Das hatte ich zuletzt vor vielen Monaten gemacht.

Und da war er auch schon.

»Frau Schmitz hat gedacht, ich sei ein Geist«, berichtete er amüsiert. »Und bevor sie mich ausfragen konnte, war ich schon wieder weg.«

»Dafür frage ich dich jetzt aus«, kündigte ich an. »Was führt dich nach Bierstadt – außer dem dringenden Wunsch, mich zu sehen?«

»Die Klausurtagung der Landesregierung«, antwortete er. »Zum Thema islamischer Terrorismus.«

»Dass ich nicht gleich draufgekommen bin!«, rief ich aus. »Ihr tagt im Polizeipräsidium unter erhöhten Sicherheitsmaßnahmen. Ich hab die Jungs vom SEK gestern gesehen.«

Kleist leerte die Papiertüte. Mohnbrötchen und Croissants. Der Kaffee duftete.

»Ich habe deinen Bericht über das tote Kind auf dem Spielplatz gelesen«, sagte er. »Der Fall interessiert mich.«

Verblüfft stellte ich den Kaffeepott hin. »Wie jetzt?«

Er sah mich an. »Ich weiß, dass Journalisten das, was sie wissen, gewöhnlich veröffentlichen. Könntest du dir eine Ausnahme von dieser Regel vorstellen?«

Jetzt wurde es spannend. »Kommt drauf an.«

»Worauf?«

»Ob das öffentliche Interesse größer ist als deine Geheimhaltungspflicht. Aber ich denke, wir werden uns von Fall zu Fall einigen können.«

»Gut. Ich muss jetzt etwas weiter ausholen.«

Er schob den Teller zur Seite, legte ein Tablet auf den Tisch, öffnete einen Zeitungsartikel und reichte mir den kleinen Rechner.

Ich las:

Das militärische Vorgehen der USA und Russlands gegen den Islamischen Staat (IS) soll Konsequenzen haben. Das kündigten die Dschihadisten in einem Statement an. Der IS hatte zuvor den Tod seines Vizechefs Hadschi Musa bestätigt. IS-Sprecher Abu Mohamed al-Adnani rief in einer Botschaft zum Krieg gegen Russen und Amerikaner auf. Beide Nationen fliegen in Syrien und im Irak Luftangriffe gegen die Terrormiliz.

Kurz zuvor hatte der IS bekannt gegeben, dass die Gruppierung einen schweren Verlust zu beklagen hat. Vizechef Hadschi Musa war bei einem Luftangriff der Amerikaner im Irak getötet worden.

»Und was hat das mit dem Kind auf dem Spielplatz zu tun?«, fragte ich verwirrt.

»Das tote Mädchen ist …«, er machte eine kleine Pause, »… die Enkelin von Hadschi Musa, dem toten IS-Vizechef.«

Terroristenbraut mit Baby

Ich brauchte einige Minuten, um das zu verdauen. Kleist wusste noch mehr: Die Frau vom Spielplatz hieß Duru Sahin, war neunzehn Jahre alt und in Deutschland aufgewachsen. Kurz vor ihrem Abitur an einem Bierstädter Gymnasium war sie vor zwei Jahren über die Türkei nach Syrien gereist, um in Aleppo einen IS-Kämpfer zu heiraten. Sie geriet ausgerechnet an den Sohn des zweitwichtigsten Mannes des Islamischen Staates.

»Und warum ist sie jetzt hier?«, fragte ich.

»Sie ist geflüchtet. Mit dem Kind«, erklärte Kleist. »Es hat ihr in Aleppo wohl doch nicht so gut gefallen.«

»Und dann?«, fragte ich.

»Bei ihren Eltern konnte sie nicht mehr unterkommen. Wir waren sehr überrascht, dass sie sich wieder in Deutschland befindet. Duru Sahin soll auch an Terrorakten beteiligt gewesen sein. Und es gibt Videos und Facebook-Posts, auf denen sie versucht, junge Mädchen für ein Leben an der Seite eines IS-Kämpfers zu rekrutieren.«

»Wer ist dieser Sohn, der Vater des Kindes?«, wollte ich wissen.

»Ali Musa versucht, in die Fußstapfen seines Vaters zu treten. Seine Brutalität ist nicht zu übertreffen, so hört man. Vermutlich ist Duru Sahin deshalb geflüchtet.«

»Und das tote Mädchen?«

»Wir sind noch nicht so weit, dass wir dazu etwas sagen können.«

»Weiß die Bierstädter Polizei das alles?«

»Sie wissen, dass es sich bei Duru Sahin um eine IS-Sympathisantin handelt«, antwortete Kleist. »Das wird die

Staatsanwaltschaft heute Nachmittag veröffentlichen, den Namen aber nicht nennen.«

»Warum das denn nicht?«

»Um die Frau zu schützen.«

»Persönlichkeitsrecht?«

Kleist nickte. »Und Angst vor einem Anschlag. Es gibt Hinweise, dass sich Ali Musa in Deutschland aufhält. Er soll sich unter den Flüchtlingen befinden, die aus Syrien zu uns gekommen sind.«

»Wie nett!«, seufzte ich. »Dann genießt er ja jetzt unsere wunderschöne Willkommenskultur! Das macht den Terroristen Ali Musa sicherlich zu einem besseren Menschen.«

Auf den Redaktionsrechnern explodierten die Mails der ›besorgten‹ Bürger, die sich darin einig waren, dass der Islam eine aggressive, verbrecherische Religion sei, die danach trachte, die ganze Welt zu unterjochen. Manche verzierten ihre Mails mit entsprechenden Auszügen aus dem Koran. Ja, solche Textstellen gab es tatsächlich in Massen. Doch ähnliche Äußerungen waren auch in der christlichen Bibel nachzulesen.

Religionen können eine echte Menschheitsgeißel sein, wenn sie falsch interpretiert werden, dachte ich.

In der Konferenz kündigte ich einen weiteren Artikel zum Spielplatzfall an. »Die Frau ist identifiziert und die Ergebnisse der Obduktion der Kinderleiche müssten nachher auch vorliegen.«

»Gibt es denn nun diesen muslimischen Hintergrund?«, fragte Schnack.

»Den gibt es«, bestätigte ich.

»Wir haben schon Hunderte von Lesermeinungen zu dem Thema«, seufzte Schnack. »Gießen Sie bitte kein Öl ins Feuer, Frau Kollegin. Ich baue auf Ihr Fingerspitzengefühl.«

Schon wieder dieses üble Wort.

Frau Schmitz lieferte. Nichts Gebackenes, aber eine Information. »Ich hab eine Freundin von der gefunden.« Ihre Stimme am Telefon klang aufgeregt.

»Erzähl«, bat ich.

»Ich hab das Foto rumgezeigt. Irgendwie hatte ich das Gefühl, dass einige was wussten, aber nichts sagen wollten. Besonders bei einem Pärchen. Die Frau sah sich das Foto an und bekam einen Schreck, und der Kerl, mit dem sie unterwegs war, zog sie weg und schimpfte mit ihr. Auf Türkisch. Ich dachte schon, das war's. Doch eine Stunde später tauchte die Frau in der Bäckerei auf und behauptete, sie sei eine Freundin von der Spielplatzfrau. Ich hab sie dann ins Bistro bugsiert, weil ich erst die Brötchen aus dem Ofen nehmen musste. Sie hat auch brav gewartet, und als ich zu ihr ging, hatte sie das *Tageblatt* in der Hand und war am Lesen und Weinen. Sie heißt Perihan.«

»Und weiter?«

»Also, die Frau in der Zeitung heißt Duru Sahin, ist neunzehn Jahre alt und das Kind ist ihres. Ihre Familie lebt im Bierstädter Norden, der Vater ist Prediger oder so. Sie hat die letzten Monate aber nicht dort gewohnt, sondern bei der Perihan in Dorstfeld. Das Kind war da auch. Die Kleine hieß Öslem.«

»Weiß diese Perihan etwas über die Tat?«

»Nein. Sie sagt, dass Duru die Kleine sehr geliebt hat und ihr nie was angetan hätte.«

Es war klar, dass Perihan eine Aussage bei der Polizei machen musste. Aber nicht sofort. Zuerst musste ich mit ihr reden. »Das hast du prima gemacht, Frau Schmitz. Wie komme ich an die Perihan ran? Weißt du, wo sie wohnt?«

»Sicher. Drei Häuserblocks von mir weg. Aber da kannst du nicht hin. Das sind Türken, die wollen keinen Ärger mit der Polizei.«

»Das ist mir egal. Es geht um ein totes Baby! Wenn die nichts getan haben, brauchen sie auch nichts zu befürchten.«

»Die Perihan geht aufs Gymnasium. Vielleicht kannst du sie vor der Schule abfangen?«

»Genial, Frau Schmitz«, rief ich aus. »Das mache ich morgen früh. Weißt du den Nachnamen?«

»Leider nicht.«

Ich war kurz davor, Kleist über die neue Sachlage zu informieren. Schließlich hatte er mir gegenüber mit offenen Karten gespielt. Aber die Aussicht, als Erste mit Perihan sprechen zu können, war einfach zu verführerisch.

Nur: Wie kam ich an eine Perihan ohne Nachnamen heran?

Das Gymnasium in Dorstfeld war schnell gefunden. Ich musste mich auf meine Chuzpe und meine Improvisationskünste verlassen. Mehr als schiefgehen konnte es nicht.

Ich wählte die Nummer. Es meldete sich die Schulsekretärin mit gelangweilter Stimme.

»Guten Tag! Meier vom Fundbüro. Hier ist eine Geldbörse abgegeben worden, da lag eine Benutzerkarte für Ihre Schulbibliothek drin. Moment ...«, ich raschelte mit Papier. »Ich hab's. Der Vorname ist Perihan, den Nachnamen kann ich nicht entziffern. Haben Sie eine Schülerin mit diesem Vornamen? Sie muss schon älter sein, denke ich.«

»Ich guck mal nach.«

Pause. Mein Herz schlug bis zum Hals. Ich hab keine Nerven mehr für solchen Mist, dachte ich.

»Perihan Tercanli«, kam die Auskunft. »Schülerin der Abiklasse. Bei Dr. Klaasen.«

»Haben Sie die Anschrift oder eine Telefonnummer?«

»Keine Nummer.« Sie nannte mir eine Adresse, die sich in der Nachbarschaft von Frau Schmitz befand.

Geheimkonferenz beim Oberbürgermeister

Am Nachmittag meldeten sich Polizei und Staatsanwaltschaft per E-Mail. Wie Kleist vorausgesagt hatte, wurde der Name der festgenommenen Frau nicht bekannt gegeben. *Um die Familie nicht zu gefährden* – so war zu lesen. Von wem die Gefährdung ausgehen könnte, blieb offen. Immerhin wurden folgende Fakten freigegeben: Alter 19, türkische Einwanderin, wohnhaft in Bierstadt, Mutter des toten zweijährigen Mädchens. Das Kind wurde erstickt und war schon tot, als es an der Schaukel befestigt wurde.

Die Festgenommene steht unter Schock und ist nur eingeschränkt vernehmungsfähig. Sie befindet sich in einer geschlossenen psychiatrischen Klinik. Es wurde Haftbefehl wegen Mordes erlassen.

Ich schickte Kleist eine SMS und bat ihn um Rückruf. Immerhin hatte Frau Schmitz einiges herausbekommen, was nicht in der Pressemitteilung stand. Er meldete sich und ich gab ihm einen Kurzbericht.

»Du wirst schon wissen, was du schreiben kannst«, meinte er. »Lass nur bitte den Kontakt zum Islamischen Staat unerwähnt. Ali Musa liest vielleicht auch Zeitung oder hat seine Informanten. Und wenn die etwas von IS lesen, dann melden sie es weiter.«

Ich versprach, die Freundin von Duru Sahin zu überreden, bei der Polizei eine Aussage zu machen – aber erst, nachdem ich mit ihr gesprochen hatte.

Ich hatte noch vierzig Zeilen für die nächste Ausgabe zu schreiben. Schwierig bei der dünnen Faktenlage.

Baby wurde erstickt – Ist die Mutter die Täterin?

Von Maria Grappa

Noch immer sind die Hintergründe unklar – doch eins steht fest: Das zweijährige Mädchen wurde erstickt und erst danach auf den Spielplatz gebracht. Die neunzehnjährige Frau, die die Kinderleiche schaukelte, ist die Mutter des Babys. Sie ist nur eingeschränkt vernehmungsfähig und befindet sich in einer Klinik. Es wurde Haftbefehl wegen Mordes erlassen. Die Ermittler geben den Namen der Verdächtigen nicht bekannt. Ihr Vater soll Geistlicher in einer Moschee in der Nordstadt sein.

Ich wiederholte die Schilderung aus der Nacht und den Aufruf der Polizei nach Zeugenaussagen und suchte ein paar Bilder aus Pöppelbaums Kollektion aus, die wir noch nicht gebracht hatten. Dann schaute ich mir die Onlineausgaben der Konkurrenzmedien an. Doch auch die Kollegen blieben merkwürdig zurückhaltend – als wolle sich niemand tiefer mit diesem Fall auseinandersetzen.

Schnack las meinen Artikel und verlangte, dass ich nicht erwähnen sollte, dass der Vater der Mordverdächtigen Geistlicher sei. Und er wollte, dass ich meine Quelle nannte.

»Ich habe eine Freundin der Toten ausfindig gemacht«, gab ich zurück. »Mit ihr werde ich in Kürze mal ausführlich reden.«

»Gefährden Sie den religiösen Frieden in der Stadt nicht«, warnte Schnack. »Wir müssen der Islamophobie entgegenwirken. Sonst spielen wir den Rechtsradikalen in die Hände.«

In mir stieg Wut hoch. »Aber die Wahrheit darf ich schreiben, oder?«

Wenn er jetzt wieder mit *Fingerspitzengefühl* kommt, kriegt er eins drüber, dachte ich.

»Wir wollen nur kein Öl ins Feuer gießen, Frau Kollegin. Das verstehen Sie doch, oder?«

Ich antwortete nicht, sondern legte den Hörer auf. Im Großraumbüro räumte ich meine Sachen zusammen. Warum verhielt sich Schnack so zurückhaltend? Er war zwar immer ein unangenehmer Chef gewesen, hatte sich aber an die Mindeststandards des Journalismus stets gehalten.

Ausgerechnet Sarah brachte Licht ins Dunkel.

»Der Chef wurde heute zum Oberbürgermeister zitiert«, verriet sie mir – verstohlen lächelnd. »Geheimkonferenz.«

»Ach? Und woher weißt du das?«

»Ich weiß es eben.«

»Von Frau Saalbach?« So hieß Schnacks Vorzimmerdrachen.

»Nicht direkt.«

»Sarah, nun lass dir nicht alles aus der Nase ziehen!«

»Gut, Grappa, weil du es bist.« Sie rollte mit ihrem Bürostuhl zu mir. »Die Saalbach musste zum Zahnarzt und bat mich, Telefondienst zu machen. Schnack war auf einem Termin. Ich saß da also allein rum. Das Telefon ging und der persönliche Referent vom Oberbürgermeister war dran. Schnack sollte dort vorsprechen. Klang wie ein Befehl. Das kam mir komisch vor.«

»Allerdings«, nickte ich. »Merkwürdige Auffassung von der Freiheit der unabhängigen Presse.«

»Ich fragte, um was es ginge, doch der Typ meinte, dass der OB dazu keine Angaben gemacht hätte. Also hakte ich nach und wollte wissen, wer sonst noch an dem Gespräch teilnehmen würde, damit sich Herr Schnack entsprechend vorbereiten konnte. Das war wohl einleuchtend, denn er nannte mir die Namen. Der Polizeipräsident, der Vorsitzende der Islamischen Gemeinden in Deutschland, der Leiter des Regionalfernsehens und ein Typ von der Terrorismusbekämpfung. Da dachte ich doch gleich an deinen Fall.«

»Gut gemacht«, meinte ich. »Hat Schnack was gesagt, als er zurückkam?«

»Nee, die olle Saalbach war zuerst zurück und platzierte sich wieder auf ihrem Thron. Aber ich weiß, dass der Chef die Tür schloss und wie ein Geisteskranker telefonierte. Und dann dampfte er ab zum Verleger.«

»Die wollen den Mordfall kleinhalten«, murmelte ich. »Aber warum?«

»Das musst du schon allein rauskriegen, Grappa«, lächelte Sarah. »Mehr kann ich nicht für dich tun. Ich bin ja schließlich nur die Sekretärin.«

»Das hält dich aber zum Glück nicht vom Denken ab«, schleimte ich. »Du hast das Zeug zu einer guten Privatdetektivin. Kommst du eigentlich an Schnacks persönliche Ordner im Redaktionsrechner ran?«

»Hab mich bisher nicht drum bemüht.«

»Könnte ja spannend sein, oder? Er soll doch geheime Personalakten über uns alle führen, was nach dem Betriebsverfassungsgesetz verboten ist.«

Sarah kaute an ihrer Unterlippe. »Wär ja mal schön, drin zu lesen«, räumte sie ein. »Soll ich mich mal schlaumachen?«

Ich nickte. Sarah war in Computersachen ziemlich clever, eine Eigenschaft, die in der Redaktion nicht sehr verbreitet war. »Das wäre prima. Aber sei vorsichtig. Und erzähl bloß niemandem davon.«

Sie warf mir ein spitzbübisches Lächeln zu. »Klaro.«

Es ist doch immer schön, wenn langjährige Kolleginnen plötzlich wieder Interesse an ihrem Job haben, dachte ich.

Mit Kleist rechnete ich am Abend nicht. Ich warf mich in meine Wohlfühlklamotten und holte den Wein aus der Kühlung. Die Geheimkonferenz beschäftigte mich. Wenn sich Schnack wirklich einen Maulkorb verpassen ließ, wäre das ein Skandal. Ich würde mir das nicht gefallen lassen. Ich informierte Pöppelbaum über die Vermutung, dass die Pressefreiheit dem religiösen Frieden in der Stadt geopfert werden sollte.

»Ach, Grappa«, beruhigte er mich. »Das ist doch eine leichte Übung für dich. Wenn du im *Tageblatt* was nicht schreiben darfst, dann geh in die sozialen Medien, steck es der Konkurrenz oder lanciere es bei den passenden Bürgerinitiativen.«

Da hatte er auch wieder recht. Ich erzählte ihm von Perihan Tercanli und meinem Plan, sie in der Schule zu besuchen.

Wir verabredeten uns um neun Uhr im Bistro von Anneliese Schmitz zum Frühstück.

Der kleine Bruder und ein Ehemann

Das Gymnasium war ein schlichter Plattenbau ohne jeden Charme. Ich hatte herausbekommen, wann die große Pause war, doch das nutzte uns nicht viel. Zur Pausenzeit wurden Massen von Schülerinnen und Schülern auf den großen Schulhof gespuckt. Wie sollen wir hier Perihan Tercanli finden?

Ich beobachtete die Schüler. Auf dem Schulhof bildeten sich Grüppchen.

»Bleib du hier«, bat ich Wayne und steuerte einen Pulk von jungen Leuten an, die dunkelhaarig waren und im Alter von Perihan sein konnten. Ich fragte nach ihr.

»Polizei?«, fragte ein junger Mann zurück.

»Nein. Presse. Perihan hat sich an einem Wettbewerb unserer Zeitung beteiligt und gewonnen«, strahlte ich.

»Was 'n für 'n Preis?«, wollte ein kleiner Dicker wissen.

»Das sag ich ihr selbst. Wo ist sie denn nun?«

»Da hinten.« Er deutete in die Menschenmenge.

»Wie wäre es, wenn du mich zu ihr bringst?«

»Keinen Bock.«

Ich zog einen Fünfer aus dem Portemonnaie. »Jetzt Bock?«

Er schnappte sich den Schein und stiefelte los. Ich hinterher. Wir drängelten uns durch die jungen Leute und erreichten schließlich eine unzerstörbare Sitzgruppe aus Beton. *Fuck off* hatte jemand liebevoll auf den Tisch gesprüht.

»Baby, Besuch für dich«, rief mein Scout. »Du hast was gewonnen.«

Eine hübsche junge Frau, die am Tisch saß und etwas in ihr Handy tippte, hob den Kopf.

»Du kannst jetzt gehen«, sagte ich dem Jungen.

Er trollte sich.

»Was hab ich gewonnen?«, fragte sie.

»Nichts, es geht um Duru Sahin.« Ich setzte mich neben sie. »Sie sind doch Ihre Freundin. Ich bin von der Zeitung.«

Sie sah mich an, sagte nichts und checkte mich ab. Ich tat das Gleiche. Perihan wirkte nicht wie eine unterdrückte Muslima, sondern wie eine moderne Frau. Das schwarze lange Haar trug sie unbedeckt und offen, sie war geschminkt und modisch gekleidet.

»Duru war meine beste Freundin. Ich werde mit Ihnen sprechen.«

»Bekommen Sie auch keine Schwierigkeiten?« Ich fragte nach dem jungen Mann, der sie daran gehindert hatte, mit Frau Schmitz zu reden.

»Das war mein Bruder«, erklärte sie. »Er spielt sich gern ein bisschen auf. Aber ich mache, was ich will. Kommen Sie, wir gehen in die Mensa. Ich habe jetzt eine Freistunde.«

Ich winkte Pöppelbaum zu und folgte ihr. Das geht einfacher, als ich dachte, wunderte ich mich.

In der Mensa räumten wir die Tabletts mit schmutzigem Geschirr von einem Tisch und setzten uns. Ich stellte Wayne vor, der sofort seinen verträumten Dackelblick zeigte.

»Hol uns mal bitte Kaffee«, brachte ich ihn wieder in die Jetztzeit zurück.

Er verschwand Richtung Theke.

»Was ist mit Duru passiert?«, begann ich.

»Sie hat den falschen Weg gewählt. Sie war ganz normal und wie alle anderen in unserer Klasse. Nein, nicht ganz. Sie hatte bessere Noten und ganz genaue Vorstellungen von ihrem Leben. Abi, Studium, das Leben genießen. Ihrem Vater war das nicht so recht, er hätte sie lieber als Ehefrau und Mutter gesehen.«

»Was macht der Vater?«

»Er ist Imam, Vorsitzender der muslimischen Gemeinde. Im Integrationsrat der Stadt ist er auch aktiv. Kümmert sich um ein friedvolles Miteinander der verschiedenen Kulturen und Religionen. Jedenfalls offiziell.« Sie lachte spöttisch.

»Zu Hause ist er weniger tolerant?«, fragte ich.

»Ja. Da herrschen andere Sitten. Duru musste den Hidschāb tragen und sich unterordnen. Das war ihr lästig. Sie hat das Kopftuch immer abgenommen, sobald sie das Schulgebäude betrat. Doch vor ungefähr vier Jahren wurde alles anders. Sie ließ sich vom Schulsport befreien, nahm an Klassenfahrten nicht mehr teil und shoppen gehen wollte sie auch nicht mehr. Das hat sie nämlich immer total gern gemacht. Sie schminkte sich nicht und eines Tages kam sie mit dem Tschador an. Das hat mich echt umgehauen.«

»Was hat diese Verwandlung ausgelöst?«, fragte ich.

»Erst dachte ich, dass ihr Vater dahintersteckte. Aber als sie ihn für seine anbiedernde Haltung gegenüber den Ungläubigen kritisierte, war mir klar, dass da noch was ganz anderes abging.«

Wayne brachte den Kaffee und machte seine Kamera fertig. Perihan schaute irritiert.

»Keine Sorge«, beruhigte er sie. »Ich mache keine Bilder ohne Ihre Erlaubnis.«

»Was ging ab?«, kam ich aufs Thema zurück.

»Ich sprach sie natürlich auf ihr Verhalten an und sie meinte, dass sie bisher auf dem falschen Weg unterwegs war. Ich fragte, ob sie diesen Salafisten ins Netz gegangen sei. Sie lächelte und sagte, Allah hätte ihr jetzt eine Möglichkeit gezeigt, eine gute Muslima zu werden. Eines Tages sah ich sie im Computerraum, wie sie mit einer Facebook-Gruppe chattete. Ich setzte mich neben sie, und sie war voll begeistert von dem Schrott, der da verzapft wurde. Zwei Frauen, die angeblich in Syrien lebten, schwärmten vom Leben im Islamischen Staat und rieten ihr, diesen Weg auch zu gehen. Ich versuchte, Duru klarzumachen, dass sie auf die falschen Leute reinfiel. Das war dann das Ende unserer Freundschaft. Und dann kam sie irgendwann nicht mehr zur Schule.«

»Wussten ihre Eltern, was da passierte?«

»Ja, ich hab es ihnen gesagt. Aber die haben die Gefahr nicht sehen wollen. Danach ging es ganz schnell. Duru löste ihr Sparbuch auf und flog in die Türkei. Angeblich zu Verwandten. Doch da kam sie nie an. Denn sie ist nach Syrien weitergereist und in Aleppo gelandet, in einem dieser Frauenhäuser, in dem sich die IS-Kämpfer ihre Sklavinnen aussuchen können.«

»Woher wissen Sie das alles?«, fragte Wayne.

»Sie hat mir eine SMS geschickt. Wie toll es dort sei. Sie hat mich eingeladen, sie zu besuchen, um mich selbst zu überzeugen, wie geil das alles ist. Und ihr Mann war angebliche eine große Nummer beim IS. Sie schickte mir sogar ein Foto von dem Typen, der angeblich ein bekannter Gotteskrieger sein soll.«

Wayne und ich sahen uns an. Perihan war im Besitz eines Fotos! Besser konnte es nicht laufen.

»Darf ich das Bild mal sehen?«, fragte ich.

»Sicher. Es müsste noch im Speicher sein.« Sie bearbeitete ihr Smartphone. »Hier!«

Auf dem Foto kniete ein schwarz gekleideter junger Mann mit Vollbart hinter einem Felsen – die Maschinenpistole auf den Betrachter gerichtet.

»Er heißt Ali.«

»Ali Musa«, nickte ich.

»Sie kennen ihn?«, fragte Perihan überrascht.

»Er taucht in IS-Videos auf«, log ich. Dass ich den Namen von Kleist hatte, ging sie nichts an. »Kann ich das Foto haben?«

»Meinetwegen. Aber offiziell haben Sie es nicht von mir.«

Wayne reagierte und sendete es von ihrem Phone aus an den Redaktionsrechner.

»Duru war sehr verliebt in ihn«, erzählte die junge Frau weiter. »Er war ihr Märchenprinz. Zuvorkommend, zärtlich und aufmerksam. Sie lernte seine Familie in Rakka kennen. Die Mutter kochte ein Festessen und Ali half in der Küche mit. Das hat Duru sehr beeindruckt und meine Warnungen gingen absolut ins Leere. Er hat sogar *Kataif* gemacht, angeblich mit eigenen Händen. Auch davon hab ich Fotos.«

»Was ist *Kataif*?«

»Das sind gefüllte Pfannkuchen. Bei uns in der Türkei heißen sie *Gözleme.* In Frankreich *Crêpes.* Dann brach unser Kontakt plötzlich ab. Ich schickte Duru noch eine Zeit lang SMS, doch es kam nichts zurück. Bis zu dem Tag, als sie plötzlich bei uns vor der Tür stand – mit dem Baby.«

»Wann war das?«

»Das dürfte ein Jahr her sein. Ihre Familie hat sie nicht wieder aufgenommen. Sie wusste nicht, wohin, also haben meine Eltern zugestimmt, dass sie bei uns wohnt. Sie und Öslem haben ein kleines Zimmer in unserem Haus bekommen.«

»Für einen Vater und Prediger ist das Verhalten von Herrn Sahin aber ziemlich hartherzig«, meinte ich.

»Zwischen Reden und Tun gibt es eben einen Unterschied«, stellte Perihan fest. »Im Integrationsrat ist er angepasst und zu Hause ein Despot. Zum Glück bleibt mir so was erspart. Wir kommen aus Istanbul, da ticken die Uhren anders als in diesen Kackdörfern in Anatolien.«

Wayne grinste.

»Was hat Duru über Syrien erzählt?«

Perihan atmete tief durch. »Nicht viel. Sie war wie … ausgeknipst. Als hätte man ihr das Leben ausgehaucht. Sie muss Schreckliches mitgemacht haben. Aber das teilte sie mir leider nicht mit.«

»Und was geschah in der Mordnacht?«

»Ich weiß nur, dass sie Öslem angezogen hat und verschwunden ist. Ich dachte, sie wollte sich mit jemandem treffen, und tippte auf ihre Mutter. Eine Versöhnung vielleicht. Doch sie ist nicht zurückgekehrt. Ihr Handy war abgeschaltet und bei den Eltern wollte ich nicht anrufen. Erst als mir die alte Frau das Foto zeigte, wurde mir klar, dass etwas Schlimmes passiert sein musste.«

Wir klärten noch einige Dinge ab, dann hatte ich meine Story. Pöppelbaum machte seine Kamera bereit.

»Nennen Sie meinen richtigen Namen nicht und fotografieren Sie mich so, dass mich niemand erkennt«, schlug sie ihm vor. »Geht das?«

Es ging.

Geheime Listen

In der Redaktionskonferenz machte ich nur unklare Angaben zu meiner Recherche. Je später Schnack erfuhr, was ich nun wusste, desto besser. Er verteilte die wichtigen Termine des Tages und fragte uns wie üblich nach unseren Ideen. Heute zog Mäggi Wurbel-Simonis alle Aufmerksamkeit auf sich. Sie wollte über einen Prozess vor dem Amtsgericht berichten. Das war eine Sensation, denn sie achtete gewöhnlich darauf, dass sie nur Kultur- und Umweltthemen bearbeitete.

»Und worum geht es da?«, fragte Schnack – noch wenig beeindruckt.

»Um eine dramatische Dreiecksbeziehung, die in schwerer Körperverletzung endete«, antwortete sie knapp.

»Geht es etwas präziser, Frau Kollegin?«

»Der Vorfall geschah im Zoo. Erdmännchenpflegerin schlägt Affenpflegerin wegen Lamapfleger«, schnippte Mäggi. »War das jetzt klar genug, Herr Schnack?«

Schweigen.

Ich kicherte los. Dass Wurbelchen ein Herz für Tiere – besonders afrikanische – hatte, war uns allen bekannt. »Hört sich doch gut an«, grinste ich. »Liebe kennt eben keine Grenzen.«

»Auf Ihre Sprüche können wir verzichten, Frau Grappa. Also, was ist da passiert? Ich höre, Frau Wurbel-Simonis.«

Wurbelchen nestelte an ihrer Muschelkette. Ihre Wangen waren magentarot, was exzellent mit ihrem frisch blondierten Lockenkopf harmonierte.

»Auf einer Weihnachtsfeier im vergangenen Jahr kam es zu einer Auseinandersetzung. Die Affenpflegerin, die seit fünf Jahren mit dem Lamapfleger liiert war, hat die Erdmännchenpflegerin mit dem Lamapfleger erwischt – und zwar in eindeutiger Situation. Die Affenpflegerin nahm daraufhin ein Weinglas und stieß es der Erdmännchenpflegerin ins Gesicht. Schnittwunden und ein Schock – so steht es in der Anklageschrift.«

»Hat der Lamapfleger die Erdmännchenpflegerin nicht beschützt?«, fragte Simon Harras interessiert.

»Nee, dem blieb die Spucke weg«, machte ich mit. »Aber Supergeschichte, Mäggi.«

»Wenn sie lustig geschrieben wird, dann schon«, sagte Schnack.

»Was ist denn daran lustig?«, fragte Wurbelchen. »Der Erdmännchenpflegerin wurde das Gesicht durch das Weinglas zerschnitten! Und die Affenpflegerin hat ihren Job verloren.«

»Und was sagt der Lamapfleger zu alledem?«, fragte Susi. »Muss ja ein geiler Typ sein, wenn sich die Weiber so um ihn kloppen.«

»Und mit wem ist er denn jetzt zusammen?«, zeigte sich auch Sarah interessiert. »Das wäre ja mal spannend zu wissen.«

»Mit der Ameisenbärpflegerin?«, fragte ich.

Schnack klopfte auf den Tisch. »Das Thema scheint wirklich gesprächswertig zu sein«, sagte er mit Resignation in der Stimme. »Sie haben sechzig Zeilen, Frau Wurbel-Simonis. Und bemühen Sie sich um …« Er suchte nach Worten.

»Fingerspitzengefühl?«, half ich ihm.

»Nein, Fingerspitzengefühl ist Ihre Baustelle, Frau Grappa«, parierte er. »Frau Wurbel-Simonis würde ich eher zu einer gewissen Leichtigkeit in ihren Formulierungen raten.«

»Wie meinen Sie das?«, tappte Mäggi in die Falle.

»Schreiben Sie entspannter. Hat Ihnen schon mal jemand gesagt, dass das Leben kein Jammertal ist?«

»Mein Leben ist schön, Herr Schnack. Vor allem dann, wenn ich Sie nicht ertragen muss«, feuerte sie eine Breitseite ab.

Alle hielten den Atem an. Schnack schluckte und rang nach einer Antwort, brachte aber nur ein heiseres Husten zustande, das sich Sekunden später zu einem japsenden Keuchen entwickelte.

»Erste Hilfe?«, fragte ich mit meinem süßesten Lächeln.

»Du bist keine Ersthelferin, Grappa«, erinnerte mich Simon Harras. »Fass ihn nicht an, sonst machst du noch was falsch und er gibt den Löffel ab.«

»Ich hab noch nie einen Mann verrecken sehen«, sagte Wurbelchen. »Aber ich bin jetzt bereit dafür.«

Das Husten erstarb. Schnack schüttelte sich und sah in die Runde.

»Ich möchte Sie heute noch in meinem Büro sprechen, Frau Wurbel-Simonis«, krächzte er und erhob sich von seinem Stuhl. Bärchen Biber sprang ihm bei, stützte ihn und begleitete ihn nach draußen.

»Das war Mist«, sagte ich. »Das wird er sich nicht gefallen lassen.«

»Das war genau richtig!«, widersprach Sarah. »Weißt du, was er über dich denkt, Grappa? Ich hab es hier schwarz auf weiß.«

Sie zog ein Papier aus ihrer Handtasche. »Ich zitiere: *Überschätzt sich, ist völlig ohne Fingerspitzengefühl und ausgebrannt. Schwer in den Griff zu bekommen. Lehnt jeden gut gemeinten Rat ab, was Rückschlüsse auf ihre Flexibilität zulässt. Probleme mit Hierarchien, kämpft gegen das Alter. Promiskuität.«*

»Das Letzte ist leider völlig daneben«, grinste ich. »Woher hast du das, Sarah?«

»Wie du vermutet hast: Herr Schnack hat über uns alle Dossiers angelegt«, erklärte sie. »Was er nicht darf. Simon, möchtest du wissen, was er über dich geschrieben hat?«

»Ja, hau es raus.«

»Hat die Arbeit nicht erfunden. Alkoholproblem. Schnorrt sich durchs Leben.«

Simon grinste fett.

»Und ich?«, fragte Wurbelchen.

»Vertrocknete Zicke«, las Sarah. *»Hält sich für intellektuell und gebildet, kann damit aber nichts anfangen. Muss kurzgehalten werden. Neigt zur Hysterie.* Und über mich hat er geschrieben ...«, sie schniefte, »... hier: *Nicht die hellste*

Kerze auf der Torte. Geht der Arbeit aus dem Weg, wenn sie auftaucht. Ist das nicht eine Frechheit?«

»Und was sagt er über Bärchen Biber?«, fragte Wayne. »Der ist doch sein Liebling.«

Sarah blätterte. *»Kompetent und loyal. Trotz seines jungen Alters sicher in der Beurteilung journalistischer Fragen. Für Führungsaufgaben geeignet.«*

Gelächter.

Und dann fielen Bemerkungen wie: »Schade, dass Bärchen das nicht mitbekommt.«

»Was hat er wohl dafür tun müssen?«

»Läuft was zwischen den beiden?«

»Lasst uns das beenden«, bat ich. »Schick jedem von uns sein spezielles Dossier zu, Sarah. Und ich werde das dem Verleger, dem Betriebsrat und der Gewerkschaft melden. Die freuen sich bestimmt, dass sie mal was zu tun bekommen.«

Langsam löste sich die Runde auf und jeder widmete sich seinem Job.

»Gute Arbeit, Sarah«, sagte ich und fuhr meinen Rechner hoch. »Mit dieser Nummer können wir Schnack endlich kleinhalten.«

»Ach, was«, meinte sie zweifelnd. »Das steckt der weg. Wetten?«

»Nicht, wenn wir unser Wissen richtig einsetzen«, erklärte ich. »Die Verlagsleitung hat nur an einem Interesse: keinen Ärger, egal, wer ihn auslöst. Wenn die Gewerkschaft in ihrem Mitgliederblättchen über die Dossiers schreibt, kriegt Schnack Stress von oben. Außerdem gibt es ja noch die sozialen Medien.«

»Mensch, Grappa, ich wusste gar nicht, dass du so toll integrieren kannst!«, freute sie sich.

Der neue Ritter auf dem weißen Pferd

Duru S. war eine ganz normale junge Frau. Die 15-Jährige interessierte sich für Rockmusik, trug Jeans und schminkte sich. Mit ihrer Freundin (Name der Redaktion bekannt) ging sie shoppen und in die Disco. Sie wollte Abitur machen und studieren. Doch dann kam alles anders. Das *Tageblatt* hat ein langes Gespräch mit Durus Freundin geführt.

»Sie veränderte sich plötzlich, ging in die Moschee, las Bücher über den Islam, fing an, sich zu verschleiern«, erzählt uns die junge Frau. »Sie hatte plötzlich Verständnis für Islamisten, kritisierte meinen liberalen Lebensstil und trieb sich im Internet auf salafistischen Seiten herum.«

Die Freundschaft der beiden jungen Frauen bröckelt. In einer Facebook-Gruppe lernt Duru junge Frauen kennen, die ihr vom Leben im Islamischen Staat vorschwärmen und ihr einflüstern, auch sie müsse diesen Weg gehen. Bildung sei für Frauen nicht nötig.

»Ein paar Wochen später verschwand sie. Ihre Familie behauptete, sie sei bei Verwandten in der Türkei«, berichtet die Freundin weiter. »Aber mir war klar, dass das nicht stimmte. Sie wurde in der Türkei von einem sogenannten Reiseführer abgeholt und nach Syrien gebracht. Das hat sie mir später erzählt, kurz bevor sie in Aleppo in einem Frauenhaus festsaß. Danach hatte ich noch einmal kurz Kontakt mit ihr. Sie schickte mir ein Foto und schrieb, dass sie die Frau eines Gotteskriegers werden wollte.«

Nach Recherchen des *Tageblatts* handelt es sich bei dem Bräutigam um Ali Musa, der als IS-Terrorist auf allen Fahndungslisten steht.

Was dann geschah, darüber schweigt Duru. Fest steht nur, dass sie vor einigen Monaten plötzlich nach Deutschland zurückgekehrt ist – mit ihrem Kind, einem Mädchen. Durus Familie weigerte sich, die Tochter und das Baby aufzunehmen. Die Familie der Freundin zeigte mehr Herz und ließ die offensichtlich traumatisierte junge Mutter bei sich wohnen.

»Und dann kam der Tag, an dem sie verschwand. Sie nahm ihr Baby mit und ich dachte, es käme zu einer Aussöhnung zwischen ihr und den Eltern. Und dann erfuhr ich, dass jemand das Baby getötet hat«, so die ehemalige Klassenkameradin. »Dass sie die Kleine umgebracht hat, kann ich noch nicht einmal denken. Wenn ich etwas weiß, dann das: Sie hat ihre kleine Öslem abgöttisch geliebt.«

Im Netz fand ich die Seite einer Beratungsstelle für IS-Aussteiger. Ich rief dort an und bat deren Leiterin um ein kurzes Telefoninterview. Nach einer halben Stunde hatte ich ein paar allgemeine Infos zusammen.

Frage: Was treibt Frauen, die in Deutschland geboren und aufgewachsen sind, nach Syrien auszureisen und einen »Gottesstaat« aufzubauen?

Antwort: Man braucht Frauen, um dem Kalifat Kinder zu gebären, um den Männern den Haushalt zu führen, aber auch, um sie als Krankenschwestern und Lehrerinnen einzusetzen. Aus Deutschland sind bis jetzt mehr als 700 Islamisten in Richtung Syrien ausgereist, etwa 50 davon sind Frauen. Weitere Ausreisen stehen bevor.

Frage: Aber wann schlägt Schwärmerei um in Radikalität?

Antwort: Für manche junge Frau aus traditionell-konservativen Einwandererfamilien bedeutet die Ausreise Emanzipation von einer patriarchalischen Kultur, in der Jungen fast alles dürfen und Mädchen nichts. Für diese Mädchen ist Salafismus fast wie eine Befreiung, denn dort gelten Einschränkungen für beide Geschlechter, was die Mädchen als gerechter empfinden. Manche Eltern glauben, ihr Kind sei jetzt gläubig geworden und merken viel zu spät, dass sie einer gefährlichen Gruppe auf den Leim gegangen sind.

Hinzu kommt, dass viele junge Frauen und Männer in Deutschland in zwei Kulturen leben und damit nicht klarkommen. Die Salafisten bieten ihnen eine einfache Lösung für dieses Problem: Du gehörst zu uns, weil du Muslim bist und alle anderen deine Feinde sind.

Frage: Wie geht die Terrorgruppe vor, um die Jugendlichen zu erreichen?

Antwort: Die Propaganda des IS nutzt vor allem die sozialen Medien und passt sich den Sehgewohnheiten der Jugendlichen an. Videos haben MTV-Look, sind schnell geschnitten und gesprochen wird Deutsch. Vor allem die jungen Mädchen schwärmen für die IS-Kämpfer wie andere für Popstars. Das alles ist ja nicht wirklich neu. Bei dieser Schwärmerei für die Kämpfer, die mit Stirnband und Kalaschnikow posieren, geht es auch um die uralte Anziehung zwischen Mann und Frau ... eine Variante des Märchens von der jungen Frau, die vom Ritter erwählt und aus ihrer Misere erlöst wird.

Ja, das verstand ich gut. Mit vierzehn wäre ich auch Winnetou gefolgt, wenn er mit seinem Pferd, dessen Name mir entfallen war, vorbeigeritten gekommen wäre. Hätte als Squaw die Hirschbuletten gebraten und er hätte mir am Lagerfeuer von seinen Heldentaten erzählt. Zum Schrecken meiner Eltern dekorierte ich mein Zimmer mit indianischem Krimskrams und trug ein Stirnband. Das dauerte freilich nur drei Monate und ich hatte auch keine Mitstreiterinnen, weil es kein Internet und kein Facebook oder Twitter gegeben hatte.

Ich googelte nach dem Pferd. Der Gaul hieß *Iltschi* und war der Bruder von Old Shatterhands *Hatatitla.* In *Winnetou III* wurde das Ende von *Iltschi* erwähnt.

Er sitzt mit seinen sämtlichen Waffen und seinem vollständigen Kriegsschmuck aufrecht auf seinem erschossenen Pferd im Innern des Erdhügels, welchen wir um ihn wölbten.

Rotz und Wasser hatte ich geheult und mir geschworen, immer gut zu Indianern und Pferden zu sein. Im Verlauf der Jahre hat sich das nicht wirklich ergeben.

Ich wandte mich wieder meiner Arbeit zu und suchte passende Fotos aus. Wayne hatte Perihan sehr gekonnt in Szene gesetzt, ihr Gesicht war nicht zu erkennen.

Das Foto von Ali Musa setzte ich vierspaltig über den Artikel mit der Bildunterzeile: *Ist er der Vater des toten Babys? Ali Musa, international gesuchter Terrorist aus Syrien.*

Ich sandte den Artikel an Schnack und wartete. Normalerweise kam seine Rückmeldung recht zügig.

In der Kaffeeküche warf ich die Maschine an. Die Milch im Kühlschrank war schlecht und verursachte widerliche Flocken im Becher. Ab in den Ausguss.

Durch den Türspalt sah ich Mäggi Wurbel-Simonis.

»Was passiert mit der Affenpflegerin?«, rief ich ihr nach.

»Tausend Euro Schmerzensgeld«, antwortete sie. »Die Frauen haben sich versöhnt und die Erdmännchenpflegerin hat den Lamapfleger nun auch in die Wüste geschickt. Schnack hat mir zwanzig Zeilen gegeben. Darüber werde ich jetzt mit ihm verhandeln, er wollte mich ja sowieso sprechen.«

»Du bist ja ziemlich cool«, stellte ich fest. »Nach dem Schlagabtausch in der Konferenz geht es bestimmt gleich zur Sache.«

»Das ist mir egal.«

»Achte darauf, dass dieses Gespräch nur unter vier Augen stattfindet. Nicht, dass er Bärchen als Zeugen dazuholt. Dienstliche Gespräche sind kompliziert. Du kannst eine

Person deines Vertrauens mitbringen, wenn da noch jemand sitzt.«

»Dann hol ich dich, Grappa«, versprach sie und stiefelte Richtung Chefbüro.

Zurück zum Rechner. Schnack hatte den Artikel noch nicht freigeschaltet, mir aber eine Mail geschrieben.

Lassen Sie die Verbindung zu Ali Musa unerwähnt – schrieb er. Wir gefährden sonst eine Operation der Sicherheitsbehörden. Das Foto kann auch nicht erscheinen. Um Ihnen die Arbeit zu erleichtern, habe ich die entsprechenden Passagen rausgenommen. Das Interview mit der Beratungsstelle habe ich aus Platzgründen gestrichen. Ansonsten gute Arbeit.

Mich packte die Wut. Schnack wollte mir tatsächlich einen Maulkorb verpassen? Ich las den Artikel und meine Wut steigerte sich. Er hatte aus meiner spannenden Geschichte eine seichte Jammernummer gemacht!

Schnack musste noch im Haus sein, denn Mäggi war noch nicht zurückgekehrt. Also machte auch ich mich auf den Weg zum Chefbüro. Das Vorzimmer war leer, die Tür zu Schnacks Büro geschlossen. Durch die Tür hörte ich Mäggis hohe Stimme, die kurz vorm Abdriften in hysterische Gefilde war. Wie gut, dass sie sich genauso wenig gefallen ließ wie ich.

Jetzt da reinzugehen, hätte den Schlagabtausch empfindlich gestört. Ich platzierte mich auf dem Stuhl der Chefsekretärin. Der PC war ausgeschaltet. Unter der Tastatur lugte ein Zettel hervor. Ich zog ihn vorsichtig heraus. Passwörter!

So also hatte Sarah den Mailverkehr von Schnack erbeutet. Schnell notierte ich mir die Zugangsdaten und verließ das Zimmer wieder.

Im Großraumbüro kopierte ich meinen ursprünglichen Artikel und die Bilder auf einen USB-Stick, packte meine Sachen und verließ das Haus.

Eine halbe Stunde später verzog ich mich ins Arbeitszimmer – bewaffnet mit einer Flasche *Pinot grigio* und gesunden Rachegelüsten. Bei Facebook hatte ich rund fünfhundert Follower, die wiederum mit anderen gut vernetzt waren. Über die würde ich jetzt meinen Artikel verbreiten.

Ich versandte die Urform meiner Story an meine Follower mit der Bitte, sie weiter an ihre Freunde zu schicken.

Anschließend schickte ich Kleist eine Mail, erklärte ihm die Zusammenhänge und hängte meinen Artikel an. Seine Rolle war mir suspekt. Hatte er an der Maulkorb-Konferenz teilgenommen?

Schweigen wegen einer Zeitbombe?

In der Nacht klingelte es an der Haustür. Ich schlich mich zum Fenster und erblickte Kleist. Er hatte wohl meine Mail gelesen.

Ich rief: »Moment!«, und ging ins Bad. Dort lag mein Handy, ich hatte jede Menge Anrufe bekommen und nicht entgegengenommen.

Meine Haare standen zu Berge und ich disziplinierte sie mit der Bürste. Ab zur Tür und öffnen.

Er trat ein, küsste mich auf die Wange und meinte: »Da hast du dir ja einen echten Knaller geleistet!«

War das nun gut oder schlecht? Seine Miene war eher besorgt als verärgert.

»Kaffee?«

»Ja, bitte.«

Er nahm am Küchentisch Platz, ich stellte die Espressomaschine an.

»Was ist passiert, dass du mitten in der Nacht hier reinschneist?«, fragte ich.

»Ich wollte dich wiedersehen«, behauptete er, um dann aber gleich auf den Punkt zu kommen. »Wie kommt es, dass es zwei unterschiedliche Artikel zum Fall Duru Sahin gibt?«

»Weil Schnack mir meinen Artikel übel zusammengestrichen hat. Er hat Ali Musa komplett rausgestrichen. Und der ist der Schlüssel zum Ganzen. Das ist Zensur!«

Ich ließ den Kaffee in den Becher laufen. Kleist wartete, bis der Lärm vorbei war, und sagte dann: »Uns wäre es lieber, wenn über private Verbindungen von Musa nach Deutschland nichts in der Presse steht. Er soll nicht wissen, dass er da eine private Spur hinterlässt, die wir aufnehmen können.«

»Das weiß er doch schon. Duru hat doch ein Foto an ihre Freundin in Deutschland geschickt und ihr sogar geschrieben, dass sie ihn heiraten will. Denkst du, das ist ihm verborgen geblieben?«

»Nein, aber jetzt weiß er, wo er sie suchen kann. Er muss sich nur an ihre Freundin halten. Wir haben die Familie Tercanli unter Polizeischutz gestellt.«

»Woher kennst du diesen Namen?«, wunderte ich mich. »Ich habe ihn in dem Artikel nicht erwähnt.«

»Duru Sahin hat uns gebeten, mit ihrer Freundin sprechen zu dürfen«, erklärte er.

»Dann redet Duru mit euch?«

»Ja. Aber das ist nun wirklich nichts für die Öffentlichkeit.«

»Hat sie Öslem getötet?«

»So weit sind wir noch nicht«, wich er aus. »Ich möchte gern ein Versprechen von dir haben.«

»Dann lass mal hören.«

»Kannst du deine Berichterstattung mit mir abstimmen? Das haben wir auch früher schon gemacht.«

Ich traute meinen Ohren nicht. »Du weißt schon, dass die Freiheit der Berichterstattung grundgesetzlich garantiert ist?«

»Ja, davon hörte ich. Maria! Wir müssen Duru, die Tercanlis und auch dich schützen. Ali Musa ist eine Zeitbombe!«

»Und Schweigen ist ein Mittel dagegen?«, fragte ich.

»Nein, aber vielleicht eine gute Taktik, einen Anschlag zu verhindern.«

Der Kaffee war kalt geworden. Ich schob den Becher von mir weg. »Was weißt du über Geheimkonferenzen zwischen Staatsanwaltschaft, Polizei, Medienvertretern, Muslimen und Terrorismusbekämpfern?«

»Ich nehme an ihnen teil.«

»Dann hast du also mitgewirkt, dass Schnack meinen Artikel verhindert hat?«, rief ich aus. »Ich fasse es nicht!«

»Ich hab doch versucht, es dir zu erklären.«

»Solche faulen Kompromisse sind nicht mein Ding. Und jetzt muss ich schlafen.«

»Ich verstehe.« Kleist erhob sich.

Im Flur drehte er sich um und reichte mir eine CD. »Falls du mir nicht glauben solltest, wie gefährlich Ali Musa ist, schau dir dieses Video an.«

Gegen die Zensur

Mäggi erwartete mich am nächsten Morgen in der Redaktion. Ihr Termin bei Schnack sei eine Katastrophe gewesen, jammerte sie. »Ich hab ihn als ›dummen Kulturbanausen‹ bezeichnet und er hat mich ›hysterische Zicke‹ genannt.«

»Harmloses Geplänkel«, stellte ich fest. »Zum Glück hat

er nicht die Macht, dich rauszuschmeißen. Und schon gar nicht, wenn ich dem Betriebsrat und der Gewerkschaft die heimlich angelegten Personalakten übergebe.«

»Grappa, wenn du das machst, erklärst du ihm den Krieg!«, warnte sie.

»Nein, den hat er mir erklärt«, antwortete ich. »Wer meine Artikel bis zur Unkenntlichkeit verstümmelt, hat keine Schonung verdient.«

»Meine Solidarität hast du«, versicherte sie. »Dass er deinen Artikel zusammengekürzt hat, ist heute Tagesgespräch bei den Kollegen. Am Schwarzen Brett hängt übrigens dein ursprünglicher Text. Sarah und Susi haben ihn kopiert und auch in die Fächer der Kollegen gelegt.«

»Dann kann ich mich ja für die Konferenz warm anziehen«, murmelte ich.

Ich schaute auf die Uhr. Noch zwanzig Minuten bis dahin. Zeit genug, um an den Betriebsrat und die Gewerkschaft eine Mail zu schicken und ihnen mitzuteilen, dass der Redaktionsleiter des *Bierstädter Tageblattes* geheime Personalakten über seine Mitarbeiter führte. Auch der Redakteursausschuss erhielt eine Mail von mir. Der Vorwurf: Eingriff in die Freiheit der Berichterstattung, im Volksmund ›Zensur‹ genannt.

Auf Krawall gebürstet betrat ich den Konferenzraum. Die Kollegen waren schon anwesend, nur Schnack fehlte und dabei blieb es auch. Frau Saalbach rückte stattdessen an und teilte uns mit, dass der Chef einen wichtigen Termin beim Verleger habe. Das Tagespensum und die Termine seien uns per Mail zugegangen. Die Runde löste sich auf.

Ich klappte mein mentales Messer zu und ging an meinen Schreibtisch. Dort legte ich die CD, die Kleist mir vergangene Nacht gegeben hatte, in das Fach des Rechners.

Zwei dickliche Männer in schwarzer Kleidung und schwer bewaffnet, vollbärtig und bleich, posieren im Freien. Schwenk zu antiken Säulen, wahrscheinlich gehören sie zu den Ruinen von Palmyra.
Vor den beiden Terroristen knien zwei auf dem Rücken gefesselte Männer mit den Gesichtern zur Kamera. Mit monotoner Stimme, aber auf Deutsch leiert der linke Bewaffnete: »Der Dschihad ist wie ein Urlaub für uns. Wir gehen von Ort zu Ort, um den Heiligen Krieg zum Sieg zu führen. Ihr seid nicht mehr unter der Fuchtel der Kuffar, sondern wir machen mit ihnen, was wir wollen.«
Arabische Musik, Schwenk über die wüstenähnliche Gegend.
Die Kamera auf den zweiten Mann, der jetzt spricht. »Greift die Kuffar an, in ihren eigenen Häusern, tötet sie dort, wo ihr sie findet. Meine Geschwister, entweder schließt ihr euch hier den Mudschahedin an oder ihr führt den Dschihad in Deutschland durch. Du brauchst nicht viel dafür. Nimm ein großes Messer, geh auf die Straße und schlachte jeden Kuffar ab, der dir entgegenkommt. Sie sind wie Hunde. Und das letzte Wort an dich, o Merkel, du schmutzige Hündin. Wir werden uns rächen. Wir werden uns rächen für die Beschimpfung des Propheten. Wir werden uns rächen für das Blut, das ihr vergossen habt, von den Muslimen in Afghanistan. Wir werden uns rächen für die Waffenunterstützung.«
Wieder Musik und Hochschwenk. Jetzt sieht man auch die Gefangenen wieder, die mit gesenkten Köpfen im Sand knien. Die Kamera zoomt auf ihre Gesichter. Sie halten die Augen gesenkt, einer bewegt die Lippen. Vielleicht betet er. Aufzug. Die IS-Männer legen die Maschinenpistolen an und feuern. Die Kamera zeigt die blutüberströmten Leichen – unterlegt mit arabischem Triumphgesang.

Das war hart. Der rechte Mann in dem Video war ohne Zweifel Ali Musa, der Ehemann von Duru Sahin. Die Ermittlungsbehörden hatten also schon länger ein Gesicht zu dem Namen. Und jetzt sollte er hier in Deutschland sein – wahrscheinlich in Bierstadt. Untergetaucht in der Menge der Flüchtlinge, die in den letzten Monaten hier eingetroffen waren.

Registriert wurden nämlich nur die, die in die Erstaufnahmestellen kamen. Falls man wirklich von Registrierung sprechen konnte. Viele behaupteten, ihre Pässe verloren zu haben, einige legten gefälschte Personalpapiere vor, um zu verschleiern, dass sie aus sicheren Herkunftsländern eingereist waren und eigentlich keinen Anspruch auf Asyl hatten. Fakt war, dass es in Bierstadt drunter und drüber ging. Flüchtlinge verließen die Züge vorzeitig und verschwanden einfach. Vermutlich fanden sie Unterschlupf bei Bekannten oder Verwandten, die bereits in Deutschland lebten. Wie viele es waren, wusste niemand. Dass es sie gab, wussten alle. Hatte Ali Musa diesen Weg genommen? Geld genug hatte dieser Mann. Geld, das aus den Raubzügen des IS stammte.

Ich wählte Kleists Handynummer.

Er meldete sich.

»Ich habe mir das Video angesehen«, erklärte ich. »Im Grunde weiß man ja von den Grausamkeiten in Syrien. So ein quasi personalisiertes Video rückt die Dinge aber ganz nahe heran. Du hast recht, Ali Musa ist ein eiskalter Killer. Wenn ich dir helfen kann, ihn zu fassen, dann mache ich das. Auch wenn es mich in der freien Berichterstattung einschränkt.«

»Das freut mich, Maria.«

»Was erwartest du also von mir?«

»Dass wir uns abstimmen. Und dass du mir vertraust.«

Ab nach Hause!

»Sie sollen zum Chef kommen, und zwar sofort«, ließ mich Frau Saalbach wissen.

Ich drückte das Kreuz durch und stiefelte Richtung Chefzimmer. Ich war wild entschlossen, die Pressefreiheit zu verteidigen.

Schnack hatte den Artikel, den ich auf Facebook gepostet hatte, vor sich liegen. »Das ist ein nicht hinzunehmender Verstoß gegen Ihren Arbeitsvertrag, Frau Grappa«, begann er. »Sie sind ab sofort von Ihrer Arbeit freigestellt. Beurlaubt – zunächst bei vollen Bezügen.«

»Und warum?«, fragte ich.

»Ich bin Ihnen gegenüber weisungsbefugt«, lächelte er. »Außerdem haben Sie ein Produkt, das Sie während Ihrer bezahlten Arbeitszeit erstellt haben, privat veröffentlicht.«

»Stimmt. Weil Sie Zensur ausgeübt haben. Ich betrachte das als Notwehr.«

»Das können Sie ja gern so sehen«, meinte er ungerührt. »Aber ich habe der Verlagsleitung vorgeschlagen, Ihnen zu kündigen. Fristgerecht.«

»Und ich werde der Verlagsleitung vorschlagen, Sie rauszuschmeißen, Herr Dr. Schnack.« Ich griff nach den Papieren, die ich mir eingesteckt hatte. »Hier!«

Er betrachtete die Blätter.

»Sie haben Dossiers über Ihre Mitarbeiter angelegt. Heimliche Personalakten. Das ist ein Verstoß gegen das Betriebsverfassungsgesetz. Der Personalrat und die Gewerkschaft sind schon informiert. Sie werden eine Hauptrolle im nächsten Gewerkschaftsblättchen spielen, Herr Kollege.«

»Das sind private Aufzeichnungen und keine Personalakten«, widersprach Schnack. »Die Verlagsleitung und die Personalabteilung kennen diese Beurteilungen.«

»Das ist ja noch schlimmer! Wissen die eigentlich auch über die Geheimkonferenzen Bescheid, die beim Oberbürgermeister stattfinden?«

Seine Mundwinkel zuckten und er atmete schneller. »Das geht Sie nichts an.«

»Gut.« Ich erhob mich. »Ich geh dann mal nach Hause. Aber ich recherchiere und schreibe weiter. Meine Artikel können Sie in den sozialen Netzwerken nachlesen. Und beachten Sie, dass das Copyright bei mir liegt.«

Im Großraumbüro waren die Kollegen fast komplett versammelt. Sie hatten mitbekommen, dass ich beim Chef hatte antreten müssen, und die Neugierde stand ihnen in die Gesichter geschrieben.

»Grappa, was ist los?«, fragte Simon Harras.

»Ich bin erst mal beurlaubt – bei vollen Bezügen«, antwortete ich. »Das hab ich mir immer gewünscht.«

Dummerweise stiegen mir Tränen in die Augen.

»Und wer macht deine Geschichte weiter?«, fragte Wayne.

»Ich«, sagte Bärchen Biber und grinste provozierend.

»Du kleines Arschloch«, sagte Wayne und packte ihn am Kragen.

»Ach, lass«, winkte ich ab. »Mach dir die Finger nicht an ihm schmutzig.«

Schnell packte ich meine Sachen zusammen und schaltete den Rechner ab.

»Ich komme bald wieder«, versprach ich. »Denn wer zuletzt lacht, hat Schmetterlinge im Bauch – oder so ähnlich.«

Auf dem Parkplatz lief mir Sarah über den Weg. Sie hatte Spätdienst und wusste noch nicht Bescheid. Ich informierte sie.

»Tut mir leid, Grappa«, meinte sie. »Ich hab hier noch was für dich, von dem keiner was weiß. Das könnte dir helfen.«

Sie zog ein zusammengefaltetes Papier aus ihrer künstlichen Krokodilledertasche. »Das hat unser Herr Schnack über die beiden Verleger verfasst. War in einem Extraordner auf seinem Rechner. Mehrfach gesichert mit Passwörtern, die sich jede Woche automatisch ändern. Frau Saalbach notiert sich die immer und klebt den Zettel unter die Tastatur – damit nichts verloren geht.« Sie kicherte. »Grappa, das ist Sprengstoff. Damit jagen wir die alte Schwuchtel in die Luft.«

Natürlich hätte ich Sarah wegen ihrer homophoben Äußerung schelten müssen, aber ich musste lachen. Ich steckte das Papier ein und machte mich Richtung Schmitzens Bistro auf.

Afrika winkt

»Frau Grappa, was machst du denn hier? Ist doch gar nicht deine Zeit«, begrüßte mich Frau Schmitz.

»Ich hab spontan Urlaub genommen«, log ich. »Was gibt es denn heute zum Mittagessen?«

»Reibekuchen mit Apfelmus oder Hähnchenbrustfilet mit Parmaschinken.«

»Ich nehme das Hähnchen und eine Apfelschorle und den Tisch ganz hinten in der Ecke. Ich muss was lesen.«

Sie wurde neugierig. »Was zum Babymord?«

»Indirekt.« Ich verzog mich, legte Handy und Tablet auf den Tisch und nahm die Papiere aus der Tasche.

Die beiden Verleger kümmerten sich kaum um den Inhalt der Zeitung, Hauptsache, die Kasse stimmte und es gab keinen Ärger. Das hatten wir Journalisten immer zu schätzen gewusst, denn sie ließen uns in Ruhe.

Ich begann mit dem Dossier über Siegfried von Puttkamer. Der Spross eines alten Adelsgeschlechts aus Hinterpommern hatte die Hälfte der Zeitung geerbt. Wir wussten über ihn nur, dass er ein eingefleischter Junggeselle war und regelmäßig zum Wintersport nach St. Moritz fuhr. Simon Harras hatte dann die Aufgabe, aus den Verlegernotizen einen Artikel für die Seite *Aus aller Welt* zu basteln, was ihn regelmäßig in professionelle Verzweiflung stürzte.

Ich nahm einen Schluck Schorle und las:

P. hat sein ganzes unnützes Leben lang nicht gearbeitet. In seinem Gesicht sieht man Spuren übermäßigen Alkoholkonsums. Er beherrscht die deutsche Rechtschreibung nur unzureichend. Ansonsten ist er harmlos. Er hat ein symbiotisches Verhältnis zu seiner Mutter, die auf einem Landsitz in Pommern residiert. Neigt zu Wutausbrüchen, wenn er sich nicht ernst genommen fühlt.

Ich grinste. Was Puttkamer zu dieser Charakterisierung sagen würde?

Über Hans Damm, den zweiten Besitzer des *Tageblattes*, hatte sich Schnack ausführlicher geäußert.

D. ist Mitglied im Gemeinderat der katholischen Kirchengemeinde St. Marien und Teilhaber mehrerer Bordelle in Köln und Düsseldorf, die er selbst gern besucht. Zusammen mit seiner Frau ist er Gast in mehreren Swingerklubs. Er ist Honorarkonsul von Ruanda und lässt sich gern mit »Herr Konsul« anreden.

In seinem Büro hängt ein ausgestopfter Löwenkopf und die Armlehnen seines Bürostuhls bestehen aus Elefantenstoßzähnen. Die Staatsanwaltschaft ermittelt wegen massiver Steuerhinterziehung. Sein Name ist auf einer Steuer-

CD verzeichnet. Er soll noch weitere Leichen im Keller haben.

Frau Schmitz brachte das Hähnchenbrustfilet. Es war in Schinken eingewickelt, der mit Zahnstochern befestigt war.

»Dann mal guten Appetit, Frau Grappa«, wünschte sie und schielte auf die Papiere. »War's interessant?«

»Und wie«, antwortete ich und zog den Zahnstocher aus dem weißen Fleisch. »Das duftet ja genial. Sogar an Salbei hast du gedacht.«

Im Supermarkt

Mein Handy klingelte. Es war der Redakteur der Gewerkschaftszeitung. Wir führten ein kurzes Gespräch und er versprach mir, dass Schnack in der nächsten Ausgabe der *Seuchenvogel des Monats* sein würde. So hieß die Rubrik, in der besonders arbeitnehmerfeindliche Aktivitäten »ausgezeichnet« wurden. »Eine Pressemitteilung geht heute auch raus«, kündigte er an. Prima.

Und wieder meldete sich mein Telefon: Kleist. Ich hatte keine Lust, ihm die neue Sachlage zu erklären, und drückte ihn weg.

Auf dem Weg nach Hause hielt ich an einem Supermarkt. Ich hatte keinen Wein mehr, und das musste ich ändern.

Ich lud ein paar Flaschen in meinen Einkaufswagen, dazu Salat, Gemüse und einen Frischkäse und stellte mich am Ende der Kassenschlange an. Vor mir nur Frauen. Die meisten hatten ihre Wagen mit Sachen vollgepackt, die ich noch nie gekauft hatte. Gemüse in Dosen, Milchprodukte mit chemischen Aromen und künstlicher Süßkram.

Hinter mir kam plötzlich Geraune auf. Ich drehte mich um.

Ein kleiner vollbärtiger Mann in einem langen Nachthemd und einer weißen Häkelkappe drängte sich an der Schlange vorbei. Dabei ging er nicht gerade sanft vor.

Als er auf meiner Höhe war, trat ich vor ihn. »Stellen Sie sich bitte hinten an.«

Der Mann musterte mich mit einem verächtlichen Blick. »Du Frau, du hinten!«, schrie er, deutete mit dem Arm ans Ende der Reihe und legte seine Einkäufe aufs Laufband.

»Hau ab, du Giftzwerg!«, blaffte ich.

»Lassen Sie doch, ich möchte keinen Ärger«, sagte die Kassiererin und zog die Waren des Mannes über den Scanner.

Der bezahlte, sah die Weinflaschen in meinem Wagen, bedachte mich mit einem weiteren bösen Blick und verließ den Laden.

»Passiert so was hier oft?«, fragte ich.

»Ja, leider. Seitdem das Flüchtlingsheim nebenan ist. Da gibt es einige Herren, die nicht besonders angenehm sind«, seufzte die Kassiererin.

»Das hat man davon, dass man die Fremden hier aufnimmt«, schimpfte eine Kundin. »Kriegen alles in den Hintern gesteckt und sind noch frech.«

»Die erwarten wohl, dass wir uns anpassen«, machte eine weitere Frau mit. »Statt dass sie dankbar sind. Dreckige Asylanten. In dem Heim sind vor allem junge Kerle. Ich lass meine Kleine nicht mehr allein raus. Sie ist vierzehn.«

»Der Typ war wirklich nicht angenehm. Solche Arschlöcher gibt es aber überall«, meinte ich. »Und eben auch in Flüchtlingsunterkünften. Wer ist der Mann?«

»Keine Ahnung«, antwortete die Kassiererin. »Manchmal bringt er Landsleute mit, alles Männer, und erklärt ihnen, was sie kaufen dürfen und was nicht. Scheint so eine Art Aufpasser zu sein.«

Als ich den Laden verließ, stand der Giftzwerg vor der

Tür – begleitet von männlichen Jugendlichen. Sie beobachteten, wie ich meine Sachen im Auto verstaute, deuteten auf mich, grinsten und palaverten laut in ihrer Muttersprache. Die Situation war alles andere als entspannt. Ich war froh, als ich den Parkplatz verlassen konnte.

Saudis wachen über Menschenrechte

Zu Hause angekommen warf ich mich in Jogginghose und Sweatshirt. Ich mochte diese bequemen Klamotten, auch wenn Modefuzzi Karl Lagerfeld behauptete, Menschen in Jogginghosen hätten die Kontrolle über ihr Leben verloren. Allerdings fühlte ich mich im Moment tatsächlich so. Eiszeit in Sachen Kleist, der ungeklärte Mord an dem Baby und die Probleme im Job. Schnack musste meine Beurlaubung wieder aufheben.

Auf die entspannende Wirkung von Alkohol konnte ich mich immer verlassen. Ich trank ein Glas Wein, schaltete den Fernseher ein und wartete. Die *Tagesschau* präsentierte die Grausamkeiten der Welt. Flüchtlingselend an geschlossenen Grenzen, tote Kinder angespült an Mittelmeerstränden, Steuerhinterziehungen durch deutsche Großbanken und milliardenschwere Betrügereien des VW-Konzerns.

Auch aus den arabischen Ländern gab es wieder Schreckensnachrichten. Der Chef des Terrornetzwerks Al-Kaida, Aiman al-Sawahiri, hatte Muslime in aller Welt zu Anschlägen auf westliche Länder aufgerufen.

So sollen die USA im eigenen Land ebenso wie US-Einrichtungen in aller Welt angegriffen werden, forderte al-Sawahiri nach Angaben eines auf die Überwachung islamistischer Internetseiten spezialisierten US-Unternehmens. Das Video wurde über Twitter verbreitet.

Dazu passte eine Kurzreportage über den Auftritt eines Hasspredigers deutscher Abstammung beim Seelenfang unter Jugendlichen.

> *Eine Kundgebung mit Jugendtreff-Charakter. Junge Frauen und junge Männer – in Gruppen getrennt. Auf Plakaten steht:* Mein Schleier, mein Wille, mein Recht und meine Freiheit!
> *Der Konvertit mit Häkelmützchen, schütterem Bart und großen Gesten predigt im Off. Die jungen Leute halten ihre Handys hoch und machen Fotos von ihrem Idol. Die Männer tragen Lederjacken, Sonnenbrillen und Adidas-Schuhe. Einer hat sich einen* I love Islam-*Pullover übergezogen. Neben komplett verschleierten Frauen stehen junge Mädchen mit Leggings und Lipgloss …*

Die Gesellschaft befand sich im Umbruch, die Wertediskussion war in vollem Gang. War ich islamophob? Ja, im Wortsinn! Ich hatte Angst davor, dass sich der aggressive Islamismus, der durch Terrorakte, Morde und Zerstörungen von sich reden machte, durchsetzen würde. Der Islam gab sich tolerant, solange er sich nicht an der Macht befand und keine Grund- und Freiheitsrechte zerschlagen konnte.

Als zum Ende der Sendung die Meldung vorgelesen wurde, dass Saudi-Arabien bei den UN jetzt den Vorsitz einer Expertengruppe des Menschenrechtsrates innehatte, schaltete ich die Glotze aus. Saudi-Arabien und Menschenrechte, das passte so gut zusammen wie ein Schweinebraten zu einer Moschee! In diesem Staat wurden Frauen gesteinigt, Menschen öffentlich ausgepeitscht, Dieben die Hand abgehackt. Pressefreiheit gab es nicht, es wurde gefoltert und hingerichtet. Wahrlich, das richtige Land, um über Menschenrechte zu wachen.

Jetzt war ich in der Stimmung, mir Dr. Berthold Schnack vorzuknöpfen. Ich beschloss, nicht lange um den heißen Brei herumzureden, wählte seine Nummer und hatte ihn gleich an der Strippe.

»Haben Sie einen Augenblick Zeit?«, begann ich.

»Falls Sie mit mir über Ihre Beurlaubung reden wollen, sparen Sie sich das!«, reagierte er.

»Zuerst will ich mit Ihnen über die geheimen Personalakten sprechen, die Sie über die Kollegen angelegt haben. Sie finden das in Ordnung?«

»Das geht Sie nichts an, wie ich das finde«, zischte er. »Sie haben ja keine Zeit verloren und mir den Betriebsrat und die Gewerkschaft auf den Hals gehetzt. Aber glauben Sie mir, Frau Grappa: Ich habe die volle Unterstützung unserer Verleger.«

»Apropos. Was wird Herr von Puttkamer wohl davon halten, dass Sie – ich zitiere – ihm ein ›symbiotisches Verhältnis‹ zu seiner Mutter unterstellen und mangelnde Rechtschreibkenntnisse attestieren? Und Herr Damm wird sich bestimmt freuen, dass Sie Ihr kritisches Auge auf seine windigen Deals geworfen haben und die Swingerklubs kennen, die er mit seiner Gattin besucht.«

Pause.

»Das ist Erpressung«, sagte Schnack.

»Das ist Notwehr«, entgegnete ich.

»Was wollen Sie?«

»Arbeiten.«

»Sie überschätzen sich, Frau Grappa.«

»Sie überschätzen sich, Herr Schnack. Ich komme am Montag wie immer in die Redaktion. Sie behindern mich nicht mehr in meiner Arbeit. Und niemand erfährt von Ihren Aufzeichnungen über die Chefetage.«

»Wer sagt mir, dass Sie Ihre Zusage einhalten?«

»Niemand. Haben Sie einfach Vertrauen in mein Fingerspitzengefühl.«

Er lachte bitter und beendete das Gespräch.

Freude über den Etappensieg gegen Schnack wollte sich nicht einstellen. Ich hatte zwar heroisch die Freiheit der Berichterstattung verteidigt, doch – wenn ich ehrlich war – konnte man meine Aktion auch Nötigung nennen. Mir war klar, dass Schnack mir das nie verzeihen würde. Er hatte das Messer ausgepackt und würde es immer griffbereit haben. Ich musste auf der Hut sein, damit es nicht in meinem Rücken landete.

Ist die nützliche Lüge eine Sünde?

Das *Bierstädter Tageblatt* brachte in der Samstagsausgabe einen kurzen Artikel von Bärchen Biber. Der Integrationsrat der Stadt hatte durch eine Forderung an den Stadtrat auf sich aufmerksam gemacht.

> Die Stadt prüft, ob es in Zukunft in öffentlichen Bädern gesonderte Schwimmkurse und Schwimmzeiten für Muslime geben wird. Dies geht zuruck auf einen Antrag des musllmlschen Kulturverelns, dem der Integrationsrat der Stadt zustimmte. Imam Ahmad Sahin, der Sprecher der Muslime, fordert, dass die Stadt getrennte Schwimmzeiten für Muslime und Nicht-Muslime in öffentlichen Bädern einrichten soll. Es gebe ein großes Interesse am Schwimmsport, allerdings hätten viele Eltern und Kinder aus religiösen Gründen Probleme damit, sich in knapper und enger Badekleidung zu zeigen. Die SPD ist dem Vorschlag nicht abgeneigt, die anderen Parteien im Rat lehnen ihn ab und bezeichnen die Forderung als integrationsschädlich.

Imam Ahmad Sahin. Das war der Vater von Duru Sahin, der Mann, der seine eigene Tochter verstoßen hatte. Dass er sich jetzt um die Kleiderordnung in städtischen Schwimmbädern kümmerte statt um sein Kind, stieß mir übel auf. Was war mit dieser Familie los?

Ich beschloss, mich in der kommenden Woche damit zu beschäftigen. Es war nicht unüblich, dass es in islamisch geprägten Familien, in denen der Vater als Familienoberhaupt die alleinige Herrschaft ausübte, zu Störungen kam – um es freundlich auszudrücken. Manche Väter fällten auch ein Todesurteil über ihre Kinder, wenn sie sich allzu sehr westlichen Sitten anpassten. Fast immer waren die Mädchen betroffen. Ehrenmorde – so wurde das dann in den Medien genannt. Eine unerträgliche Verharmlosung, denn mit diesem Wort wurde dem unmenschlichen Tun eine Art Anerkennung verliehen.

Ich legte die Zeitung beiseite und prüfte die Nachrichten auf der Mailbox meines Mobiltelefons. Perihan Tercanli hatte sich gemeldet. Sie kündigte an, dass sie am morgigen Sonntag mit ihrer Freundin Duru sprechen könne – unter polizeilicher Aufsicht. Ich rief Perihan an.

»Duru ist von der Psychiatrie ins Klinikum verlegt worden«, berichtete die junge Frau. »Sie will, dass ich sie besuche.«

»Was ist mit Durus Eltern? Kümmern die sich inzwischen?«

Perihan verneinte. »Ich hab die Sahins angerufen. Ohne Erfolg. Der Vater hat sie verstoßen und bleibt bei seiner Haltung. Und die Mutter hat nichts zu melden. Sie hat mich aber gebeten, Duru zu grüßen.«

»Dass ein solcher Typ im Integrationsrat sitzt, ist ein Skandal«, meinte ich. »Was hat ein solches Verhalten mit Integration zu tun? Nichts!«

»Da bin ich voll Ihrer Meinung. Wussten Sie eigentlich, dass im Islam die Lüge erlaubt ist? Mohammed selbst hat gesagt: *Lügen ist eine Sünde, außer einer Lüge, die dem Muslim Nutzen bringt.*«

»Und wo lügt der Imam Sahin?«

»Dass er an einem friedlichen Miteinander der Religionen interessiert ist! Das ist die Lüge«, antwortete Perihan. »Der Imam hat an unserem Gymnasium einen muslimischen Gottesdienst abgehalten und in der Freitagspredigt Verständnis für Dschihadisten geäußert. Dagegen haben zwar viele Schüler und Eltern protestiert, aber der Skandal ist von der Stadt unter den Teppich gekehrt worden, um keine öffentliche Diskussion auszulösen. Die Scharia, also unsere religiösen Vorschriften, sind die schlimmste Form des Rassismus und der Geschlechterungerechtigkeit.«

»Für eine Türkin haben Sie ja ganz schön fortschrittliche Ansichten«, stellte ich fest. »Kriegen Sie zu Hause keine Probleme damit?«

»Meine Eltern sind nicht gläubig. Meine Mutter hat nie einen Schleier getragen. Wir kochen auch nicht *halal.* Nur mein Bruder macht mir manchmal Stress, seitdem er auf einer dieser Veranstaltungen in der Moschee gewesen ist.«

»Meinen Sie die Hassreden der Salafisten?«, fragte ich.

»Ja, genau. Am schlimmsten sind dabei übrigens die Deutschen, die konvertiert sind. Meine Eltern wollen Erkan zu Verwandten nach Istanbul schicken, damit er Freiheitsrechte zu schätzen lernt.«

»Die türkischen Freiheitsrechte?«, wunderte ich mich. »Gibt es die denn überhaupt?«

»Nein, ich meinte unsere, die deutschen Gesetze. Die lernt man wirklich schätzen, wenn man mal in einer Gesellschaft lebt, in der sie fehlen.«

Perihan versprach, mich über das Gespräch mit Duru zu informieren, falls die Polizei das erlauben würde. Für Letzteres sah ich schwarz.

Eigentlich hätte ich in meinem Garten aufräumen müssen: Rasen mähen, Himbeeren ernten und Unkraut aus dem Kräuterbeet zupfen. Noch eigentlicher hätte ich meine Wohnung putzen müssen: Teppich saugen, Kaffeemaschine entkalken und Waschbecken reinigen. Und am allereigentlichsten hätte ich mich auffrischen müssen: Haare färben, Fingernägel zurechtfeilen und Augenbrauen in Form zupfen.

Egal. Ich machte mich ausgehfertig.

Der Weg zum Wochenmarkt führte über das Bistro von Frau Schmitz.

Besorgte Bäckerin

»Du wirst schon erwartet, Frau Grappa«, raunte sie mir zu, als ich den Bäckerladen betrat.

»Kleist?«, fragte ich.

»Du hast hundert Punkte. Frühstück?«

Ich nickte und ging in das Bistro. Er saß an unserem Tisch, rührte mit der linken Hand Zucker in den Kaffee, hielt mit der rechten das *Tageblatt* und las.

»Guten Morgen«, sagte ich.

Er sah mich an. »Hallo, Maria.« Es klang neutral.

»Und? Gefällt dir die Lektüre? Haben sich alle brav deinen Maulkorb anlegen lassen?«

»Du übertreibst mal wieder – wie immer«, lächelte er. »Was darf ich dir bestellen?«

»Nichts. Hab ich schon gemacht.« Ich setzte mich.

»Ich hab gehört, dass man dir den Fall Sahin entzogen hat.«

»Das steht noch nicht fest«, entgegnete ich. »Ich befinde mich noch in Verhandlungen über den Sinn und Zweck der Pressefreiheit.«

»Dein Faible für Theatralik hat mir schon immer gut gefallen«, grinste er. »Mit wem verhandelst du über dieses hohe Gut?«

»Zunächst mit Schnack. Und ich bin sehr zuversichtlich, dass ich ab Montag wieder so schreiben kann, wie ich es für richtig halte.«

»Womit bedrohst du den armen Kerl denn?«, wollte er wissen.

»Ebola, Filzläuse oder eine Woche mit mir auf einer einsamen Insel«, konterte ich. »Er darf frei wählen.«

»Das Dummerchen weiß gar nicht, was ihm entgeht. Ich würde die einsame Insel wählen.«

»Herzlichen Dank«, spottete ich. »Aber schleimen steht dir nicht wirklich.« Ich erläuterte ihm meine Schnack-Therapie.

Er bekam einen Lachanfall. »Cool. Knapp an der Erpressung vorbei. Aber wer so doof ist, muss bestraft werden.«

Jetzt waren wir uns wieder einig. Frau Schmitz brachte das Rührei mit Schinken, die frischen Brötchen und den duftenden Kaffee.

»Lass es dir schmecken, Frau Grappa.« Sie warf mir einen mütterlichen Blick zu. »Hast du zugenommen? Du siehst heute so … «

»Dick aus?«, vervollständigte ich den Satz. »Das täuscht, Frau Schmitz. Das liegt daran, dass ich meine Haare färben muss.«

»Ja, das kann sein«, reagierte die Bäckerin. Kleist sah sehr amüsiert aus.

Mit viel Appetit schob ich das Rührei auf die Gabel und schaufelte es in den Mund. »Lecker! Kann ich bitte noch Ketchup haben?«

Frau Schmitz ließ uns allein.

»Nun hast du sie gekränkt«, meinte Kleist.

»Ach was«, widersprach ich. »Im Ruhrpott schenkt man sich nichts. Noch nicht mal verbal.«

Frau Schmitz brachte die Ketchup-Flasche. Ich verteilte die rote Soße flächendeckend auf dem Rest des Rühreis.

»Darf ich euch mal was fragen?«, sagte die Bäckerin.

»Klar, aber nur, wenn du dich hinsetzt.«

»Mach ich, nur wenn Kundschaft kommt ... Donka hat heute frei.«

»Klar.«

Sie zog sich einen Stuhl heran. »Ich hatte in den letzten Tagen einige schlimme Gespräche hier im Laden. Es war davon die Rede, dass die Flüchtlinge das Gemüse aus den Gärten klauen, dass sie uns wegnehmen, was wir selbst benötigen. Der Gipfel war die Behauptung, die Stadt habe an die Nachbarn von Flüchtlingsunterkünften Briefe geschickt, in denen stand, dass die Leute um ihre Grundstücke hohe Zäune mit abschließbaren Toren aufstellen sollen. Ein Kunde erzählte von einem Zahnarzt. Der sollte vor allem Flüchtlinge behandeln und dann erst Deutsche.«

»Das ist alles Propaganda«, antwortete ich. »Alles Lügen von den Rechten. Niemand kann einem Zahnarzt vorschreiben, wen er wann zu behandeln hat. Und diese Aufforderungen, die angeblich von der Stadtverwaltung kommen, sind gefälscht. Leider glauben viele Leute solchen Unsinn, weil sie es glauben wollen.«

Kundschaft betrat den Laden.

»Ich muss«. Anneliese Schmitz verließ uns.

»Die Stimmung kippt«, sagte Kleist. »Es machen sich viel mehr Menschen Sorgen als noch vor einem halben Jahr.«

»Und du glaubst, dass eine manipulierte Berichterstattung das verhindert?«, fragte ich. »In Bierstadt wird demnächst der Integrationspreis verliehen. Am Ende erhält ihn noch ein Imam, der seine eigene Tochter verstoßen hat und der den Dschihad begrüßt. Der Vater von Duru Sahin.«

»Das ist durchaus möglich. Die Stadtpolitiker wollen sich

schließlich nicht mit dem Zentralrat der Muslime anlegen. Die haben ihn vorgeschlagen.«

»Das erinnert mich daran, dass die Stadt der Firma *Envio* den Umweltpreis verliehen hat, jener Firma, die jahrelang ein Gelände im Hafen mit giftigen Stoffen bei der Trafo-Entsorgung verseucht hat«, fiel mir ein. »Die Mitarbeiter wurden schwer krank, die Kleingärtner in der Umgebung haben vergiftetes Gemüse gegessen und die Prozesse vor Gericht laufen immer noch. Der Geschäftsführer hat Insolvenz angemeldet und lehnt jede persönliche Haftung ab. Und die abgegriffene Kohle ist längst auf dem Konto seiner Frau.«

»Den Fall kenne ich zwar nicht«, entgegnete Kleist. »Aber ich gebe zu, dass die Gerechtigkeit im real existierenden Kapitalismus manchmal auf der Strecke bleibt. Dafür müssen wir nicht befürchten, im Morgengrauen abgeholt, auf einer Müllhalde erschossen und verscharrt zu werden.«

»Ja, ein bisschen Schwund ist eben immer«, resümierte ich. »Bei uns wird nur die Pressefreiheit beschnitten. Sogar hochrangige Polizeibeamte beteiligen sich daran.«

»Nun entspann dich mal, Maria! Es gibt keine Geheimkonferenzen mehr, jedenfalls keine, an denen ich teilnehme«, behauptete er.

»Ach?«

»Ja, es hat keinen Sinn, Fakten zurückzuhalten. Ali Musa muss offensiv bekämpft werden.«

»Und was bedeutet das konkret?«

»Wir haben vorsorglich in alle Flüchtlingsheime und Erstaufnahmestellen in ganz Deutschland V-Leute eingeschleust. Bisher hat das leider nicht viel gebracht. Musa soll vor vier Wochen mit einem Zug aus Österreich gekommen, in München ausgestiegen und dann verschwunden sein.«

»Wer sagt das?«

»Andere Flüchtlinge. Das Gerücht, dass einer der brutalsten IS-Terroristen sich im Zug befindet, hat fast eine Panik ausgelöst. Die Sicherheitskräfte, die dem nachgegangen sind, konnten aber niemanden finden, auf den die Beschreibung passt.«

»Wie kann man diese bärtigen jungen Männer überhaupt voneinander unterscheiden?«, fragte ich. »Für mich sieht einer wie der andere aus.«

»Wer in Angst lebt, bekommt ein geschultes Auge«, entgegnete Kleist.

»Das kann sein. Ich habe übrigens mit Perihan Tercanli gesprochen. Sie wird morgen ihre Freundin in der Klinik besuchen.«

»Ja, ich werde dabei sein.«

Überrascht blickte ich ihn an. »Glaubst du, sie packt aus, wenn die Polizei mit am Krankenbett sitzt?«

»Frau Tercanli ist eine intelligente junge Frau und wird uns helfen«, antwortete Kleist. »Natürlich bleiben wir im Hintergrund – im Zimmer nebenan.«

»Ihr lasst ein Band mitlaufen?«

»Ja. Wir müssen endlich wissen, was in der Nacht passiert ist und wer das Kind getötet hat.«

»Weiß Duru Sahin, dass ihr alles mithört?«

Er verneinte.

»Das ist nicht fair«, kritisierte ich.

»Ein Kind zu ersticken ist noch viel weniger fair.«

Ein halbe Stunde später trennten wir uns. Wir verabredeten uns für den Sonntag zum Abendessen – nach dem Treffen zwischen Duru und Perihan. Das sicherte mir einen Artikel im *Tageblatt.*

Zu viele junge Männer

Auf dem Markt in der City waren die Lebensmittel oft doppelt so teuer wie in den Supermärkten. Trotzdem mochte ich die Bummelei, das Geschrei der Marktleute, den Duft von Brot und Waffeln. Nur die Nähe der Fischbuden mied ich, ich konnte den Geruch nicht ertragen. Mein Lieblingsort war die Kaffeebar. Hier verweilte ich, wann immer es ging, ein paar Minuten, schaute mir die vorbeiziehenden Menschen an und hing meinen Gedanken nach. Heute bemerkte ich dabei drei junge Männer mit Häkelmützen und langen muslimischen Gebetsgewändern. Jeder von ihnen hielt einige Bücher in der Hand. Salafisten auf Werbetour. Die sogenannte *Lies-Kampagne* war in der Stadt bekannt. Junge Muslime verteilten den Koran und priesen die Vorzüge des einzig wahren Glaubens, der natürlich der Islam war.

Bei den Marktkunden jedoch hatten sie wenig Erfolg. Ein Mann beschimpfte die Salafisten sogar, worauf diese mit lautem Geschrei und Drohgebärden reagierten. Zum Glück eskalierte die Situation nicht weiter, denn ein Leierkastenmann drehte an seiner Orgel und schickte deutsche Volksweisen durch die Reihen.

»Wenn von Flüchtlingen die Rede ist, sieht man immer nur junge Männer, kaum Frauen und Kinder und schon gar keine Leute in unserem Alter. Gibt es eigentlich keine alten Flüchtlinge?«, fragte eine Frau, deren Geburtsjahr deutlich vor meinem gelegen haben musste, wenn ihr Aussehen nicht trog. Sie hatte sich zu mir an den Bistrotisch gestellt und schlürfte einen Milchkaffee. »Sind alte Menschen dazu verurteilt, im Kriegsland umzukommen?«

»Nein, in den Fernsehnachrichten sieht man doch viele

Frauen, Kinder und auch so alte Leute wie wir beide. Doch die jungen Männer werden oft vorgeschickt, weil nur sie die Strapazen der Flucht ertragen können. Eine siebzigjährige Frau auf einem Boot im Mittelmeer hat kaum Überlebenschancen.«

»Aber die vielen jungen Männer werden ein Problem werden. Zu viel Testosteron. Die wollen alle doch nur …« Sie machte eine entsprechende Handbewegung. »Lesen Sie mal, was Alice Schwarzer zu dem Thema schreibt. Hier!« Sie reichte mir die *Emma.*

> Viele der überwiegend jungen Männer, die da jetzt zu uns kommen, sind bisher noch nicht einmal von einem Hauch Gleichberechtigung der Geschlechter gestreift worden. Sie kommen aus Kulturen wie dem Islam, in denen Frauen als minderwertig gelten.

»Da hat sie vollkommen recht«, stellte ich fest. »Aber auch Männer sollen ja ab und zu lernfähig sein. Wir müssen halt Wege finden, alle vernünftig zu integrieren und den Männern beizubringen, dass Frauen auch Menschen sind.«

»Dann viel Spaß dabei«, meinte sie und deutete auf ein Pärchen.

Der Mann war ganz normal gekleidet, von der Frau, die zwei Schritte hinter ihm lief, war dagegen kaum etwas zu sehen, denn sie war völlig verhüllt. Nur ein Augenschlitz ließ Licht ins Finstere. Es wirkte fremd und gruselig.

Terror und Tote

Der Sonntag begann harmonisch. Nichts deutete darauf hin, dass in wenigen Stunden etwas Schreckliches passieren würde. Ich frühstückte spät, setzte mich in den Garten und freute mich an der Blütenpracht des Spätfrühlings. Die blauen Schwertlilien hätte van Gogh nicht besser auf Leinwand malen können und die frühen Rosen hätten manch romantischen Dichter sicherlich zu schwülstigen Versen animiert. Ich färbte meine Haare rot, zupfte die Augenbrauen und nahm ein Schönheitsbad.

Gegen Mittag hörte ich Martinshörner. Eigentlich nichts Besonderes, denn in zwei Kilometern Luftlinie befanden sich mehrere Krankenhäuser mit Notfallaufnahmen. Doch die Alarmsignale kamen gar nicht mehr zur Ruhe. Als ich ins Haus zurückging, bemerkte ich, dass mein Handy klingelte. Es war Pöppelbaum.

»Es hat eine Explosion im Klinikum gegeben«, teilte er mir kurz mit. »Ich bin auf dem Weg. Wir treffen uns dort.«

Im Klinikum! Sofort dachte ich an Duru, Perihan und auch an Kleist. Mit zitternden Händen kleidete ich mich an und startete Richtung Innenstadt.

Auf dem Weg ins Zentrum verdichtete sich der Lärm der Martinshörner. Statt Sonntagsruhe herrschte Katastrophenstimmung. Ich parkte mein Auto irgendwo im Halteverbot und legte die letzten Meter zu Fuß zurück. Als ich in die Straße einbog, in der das städtische Krankenhaus lag, verhinderten Schaulustige den schnellen Zugang. Ich quälte mich durch die Reihen. Mein Nervenkostüm flatterte, mir war übel. Verdammt! Ich hatte Angst vor dem, was da passiert sein konnte.

Endlich sah ich die Fassade des Krankenhauses. Im zweiten Stock klaffte ein schwarzes, qualmendes Loch. Kleine Stichflammen loderten. Überall standen gepanzerte Polizeiwagen. Hubschrauber waren in der Luft. Vermummte SEK-Beamte. Die Feuerwehr war mit mehreren Wagen im Einsatz. Ab und zu fielen Mauerreste und verbrannte Gegenstände in die Tiefe, verkohlte Gardinen wehten im Wind.

Ich hielt Ausschau nach Wayne. Da war er. Voll bei der Arbeit. Ich näherte mich ihm. Seine Haare waren grau geworden von der Asche, die überall in der Luft schwebte. Ich bekam Atembeschwerden.

»Weißt du schon mehr?«, fragte ich.

»Nur Gerüchte. Es soll ein Selbstmordattentäter gewesen sein, irgend so ein Bekloppter, der sich und andere in den Tod sprengt, weil ihm Allah das befohlen hat«, antwortete er, ohne mich anzusehen. »Vielleicht ist Perihan Tercanli auch unter den Opfern. Sie wollte Duru Sahin besuchen.«

»Woher weißt du das?«

»Sie hat es mir erzählt, Grappa.«

»Wahrscheinlich nicht nur dir«, meinte ich.

»Wie meinst du das?«

»Sie plappert zu viel. Wenn die Explosion etwas mit Duru Sahin zu tun hat, muss der Täter gewusst haben, wo sich die Frau aufhält. Vielleicht von ihr. Immerhin ist Duru erst kürzlich verlegt worden.«

»Das kannst du ihr ja sagen, wenn sie überlebt hat.« Wayne war sauer. »Und jetzt, Grappa, lass mich meine Arbeit machen. Ich bin der Knipser und für die Fotos zuständig. Die Infos musst schon du ranschaffen!« Er hatte Tränen in den Augen.

Ich drehte ab. Suchte den Pressepolizisten, doch da war noch keiner. Der Kollege vom Lokal-TV, der über den Vorplatz irrte, hatte ihn auch noch nicht gefunden.

»Was hast du schon?«, fragte ich.

»Bombe. In der zweiten Etage. Terrorakt. Mehrere Tote.«

»Wer ist tot?«

»Ich weiß es nicht. Ich hab nur zufällig einen Notarzt belauscht.«

»Sind Polizisten unter den Opfern?«

»Könnte sein.«

Ein Hustenanfall schüttelte mich. Die Luft war dick und schwer. Über der Klinik kreiste ein Hubschrauber. Leichenwagen fuhren vor.

Ein weiterer Polizeibus traf ein. Er trug das Schild *Presse* an der Windschutzscheibe. Doch der Beamte wimmelte mich ab, noch bevor er aus dem Wagen stieg. »Ich muss mich erst selbst auf den neuesten Stand bringen«, sagte er und verschwand Richtung Eingang.

Die Zahl der Schaulustigen und Reporter nahm zu. Ü-Wagen fuhren durch das Polizeiband, ein Kollege ließ eine Drohne fliegen, um bewegte Bilder von der Verwirrung vor der Klinik zu bekommen.

Ich musste unentwegt an Kleist denken. War er unter den Opfern?

»Tut mir leid, Grappa, dass ich eben so reagiert habe.« Wayne hatte sich wieder zu mir gesellt.

»Kein Thema, Baby!«, sagte ich.

Die ersten Aluminiumsärge wurden zu den Leichenwagen transportiert. Wayne fotografierte. Er schaute nicht aufs Display, sondern drückte einfach drauf. Klick, klick, klick.

»Da kommt der Pressefuzzi.«

Der Mann drückte sich durch die gaffenden Zuschauer Richtung Polizeibulli und stieg in den Bus.

Wir folgten ihm und ich klopfte ans Fenster.

»Sind Sie jetzt auf dem aktuellen Stand?«, fragte ich. »Was ist hier passiert?«

»Schnack kommt«, flüsterte Wayne. »Dreh jetzt nicht durch!«

»Sie sind nicht im Dienst, Frau Grappa«, hörte ich eine Stimme hinter mir.

Er war es tatsächlich. Nicht in Anzug und Krawatte, sondern als Journalist verkleidet. Sweatshirt, Jeans und ein fesches Halstuch.

Am liebsten hätte ich ihn mit Letzterem erwürgt, doch ich riss mich zusammen. Ich wollte und musste diesen Artikel schreiben.

»Lieber Herr Schnack, ich dachte, wir hätten uns geeinigt, meine Beurlaubung aufzuheben. Das hier ist meine Story und ich werde sie nicht aufgeben. Oder wollen Sie meine Exklusivinfos bei der Konkurrenz lesen?«

»Das wagen Sie nicht«, zischte er.

»Wollen wir wetten?«

»Wir sollten jetzt unsere Arbeit machen«, mischte sich Wayne ein. »Die Beurlaubung von Grappa war doch ein Missverständnis.«

»Danke, Bruder«, lächelte ich. Und zu Schnack gewandt sagte ich: »Ich werde künftig Ihre Anregungen, was meine Artikel betrifft, weitgehend berücksichtigen. Und es geht auch keine Post an die Verleger.«

Schnacks Adamsapfel tanzte unter dem affigen Halstuch. »Einverstanden. Wir treffen uns am Nachmittag in der Redaktion. Geben Sie mir bis dahin telefonisch die Fakten durch, damit ich sie heute Abend in unserer Onlineausgabe bringen kann.«

Geschafft. Ich atmete durch. Inzwischen hatten sich die Kollegen vor dem Pressebus versammelt und lauschten dem Pressesprecher. Ich erreichte die Gruppe noch rechtzeitig, um die wichtigsten Infos mitzubekommen.

Inflationäre Betroffenheit

Eine Stunde später veröffentlichte Schnack die Fakten und Waynes Bilder in einem Liveticker auf der Homepage des *Tageblatts:*

Selbtmordattentat im Klinikum:
Sechs Menschen sterben

Am Vormittag erschütterte eine schwere Explosion das Bierstädter Klinikum. Es stellte sich heraus, dass es Schauplatz eines Selbstmordattentats geworden ist. Nach jetzigem Stand ist Folgendes bekannt:

Um zehn Uhr fährt ein Ambulanzwagen zur Klinikauffahrt. Zwei Sanitäter befördern einen Mann im Krankenstuhl aus dem Transporter, ein vierter Mann mit Vollbart, der aussieht wie ein Krankenpfleger, tritt zu der Gruppe und folgt ihr. Niemand hält die Gruppe auf.

Der vierte Mann ist der Selbstmordattentäter. Niemand wundert sich darüber, dass er eine wattierte Jacke trägt. Es ist windig an diesem Sonntagmorgen.

Im Foyer nimmt der Mann einen anderen Weg als die Sanitäter mit ihrem Kranken. Er besteigt den Aufzug und lässt sich in den zweiten Stock bringen. In der Inneren Abteilung drückt er die Schwingtür auf, spricht eine Krankenschwester an und erkundigt sich nach Duru Sahin. Die Frau wird misstrauisch, weil sie diesen Pfleger noch nie gesehen hat, und fordert ihn auf, die Abteilung sofort zu verlassen. Der Mann öffnet seine Jacke. Die Schwester sieht den Sprengstoffgürtel. Sie will schreien, doch der Mann drückt ihr eine Waffe in den Rücken und fordert sie auf, ihn zum Zimmer Duru Sahins zu begleiten.

Vor der Tür stehen zwei Polizisten. Die Krankenschwester ist ihnen bekannt, nicht aber der Pfleger. Sie fordern ihn auf, sich auszuweisen. Wieder öffnet der Mann die Jacke, legt den Finger auf die Lippen und macht: »Psst.« Ein Polizist zieht die Waffe, doch er wird sofort angeschossen. Die Krankenschwester rennt schreiend weg. Der Attentäter betritt das Krankenzimmer, in dem Duru Sahin schläft. Hier ist eine Kamera installiert, denn die Patientin steht unter Polizeischutz. Der Attentäter beugt sich über sie, als wollte er sich vergewissern, dass im Bett wirklich das Ziel seines Anschlags liegt. Er schaut in die Kamera, ruft: »Allahu akbar.« Dann betätigt er den Knopf an dem Sprengstoffgürtel.

Die Polizeibeamten im Zimmer nebenan haben den Schuss zwar gehört, doch sie können nicht schnell genug reagieren. Die Explosion tötet die zwei Polizisten auf dem Flur und zwei im Nebenzimmer. Auch Duru Sahin und der Selbstmordattentäter überleben den Anschlag nicht. Sechs Tote im Namen Allahs. Eine noch unbekannte Zahl von Menschen wird verletzt. Wir berichten weiter.

Ich schaltete mein Tablet aus. Wayne und ich saßen in meinem Auto. Wir hatten den Rückzug antreten müssen, denn die Ermittler sperrten alles weiträumig ab. Ich wählte Kleists Handynummer, doch niemand meldete sich. War er unter den Opfern dieses Wahnsinnigen?

Wayne tippte genauso erfolglos wie ich auf seinem Handy herum.

»Perihan?«, fragte ich.

Er nickte.

»Duru war allein im Zimmer«, erinnerte ich ihn. »Sonst hätte der Pressesprecher das erwähnt.«

»Ich brauche einen Kaffee, sonst falle ich um«, sagte Wayne. Er war bleich und hatte rote Ränder um die Pupillen.

Im Bistro lief ein Nachrichtensender, der live vom Terroranschlag auf das Krankenhaus in Bierstadt berichtete. Anneliese Schmitz hatte den Ton des Fernsehers laut gestellt. Die Reporter interviewten die Patienten, die vor der Klinik geraucht hatten. Einige von ihnen waren von Glassplittern getroffen worden, doch sonst war ihnen nichts passiert, weil das Vordach sie geschützt hatte.

»Frau Grappa, da seid ihr ja«, begrüßte sie uns. »Ich hab euch eben im Fernsehen gesehen. Terroristen hier in Bierstadt! Ich fass es nicht! Sind diese Moslems denn verrückt geworden? Müssen die immer alles kaputt machen und Menschen töten?«

»Zwei Mal kleines Frühstück, Frau Schmitz«, bestellte ich.

»Und für mich eine Kopfschmerztablette, wenn Sie eine haben«, bat Wayne.

»Alles an Bord!«, versicherte sie und verschwand.

Der Fernsehreporter der Regionalsendung interviewte jetzt den Geschäftsführer des Integrationsrates.

Der aufrechte Sozialdemokrat hatte die üblichen Floskeln drauf. »Wir dürfen diese schreckliche Tat nicht mit den Menschen in Verbindung bringen, die in unserer Stadt Zuflucht suchen. Diese Leute sind doch gerade vor denen weggelaufen, die diesen Anschlag mutmaßlich verübt haben.«

Diese Sätze waren inflationär geworden. Nach den Terroranschlägen in Paris hatte sie – außer den Rechtsradikalen – jeder gesagt und sich anschließend auf die Schultern geklopft.

Die Livesendung endete und der Moderator verwies auf eine Sondersendung in einer Stunde.

Frau Schmitz brachte unser Frühstück. Kaffee, Brötchen, Butter, Käse und Schinken.

Ich nahm mein Handy und tippte Perihans Nummer. Mailbox. Ich tippte Kleists Nummer. Mailbox. Mist.

Wayne nahm zwei Scheiben Käse und steckte sie sich in den Mund. Er machte mir Sorgen. Seine Hände zitterten, als er den Kaffeebecher hob und trank.

»Geht es dir nicht gut?«, fragte ich.

»Ich muss wohl eine Grippe ausbrüten«, behauptete er. Seine Finger pulten das Weiße aus den Brötchenhälften und formten es zu Kügelchen.

»Du hast Angst, oder?«

»Ja. Ich habe Angst«, gestand er. »Ich hab in meinem Berufsleben bestimmt zehntausend Fotos gemacht, aber dieser Fall macht mich fertig. Sinnloses Morden.«

»Duru Sahin kann nichts mehr aussagen. Wenn das der Sinn des Anschlags war, ist er gelungen.«

Waynes Handy klingelte. Er nahm das Gespräch an, meldete sich und hörte zu. Schließlich sagte er: »Komm vorbei. Wir sind in der Bäckerei Schmitz.«

Dann lächelte er mich an: »Das war Perihan. Ihr ist nichts passiert. Der Bus, mit dem sie zur Klinik fahren wollte, hatte unterwegs einen Unfall und sie mussten einen Ersatzbus schicken. Sie lebt!«

Zwanzig Minuten später war die junge Türkin da. Sie war ungeschminkt, das schwarze Haar stand wirr um den Kopf und sie hatte geweint.

»Tut mir sehr leid, dass Duru tot ist«, sagte ich.

Sie nickte. »Ja, das hat sie nicht verdient, egal, was sie getan hat. Es ist alles so schrecklich. Und es hört nicht auf. Diese Schweine werden immer weitermachen, bis sie uns alle im Namen Allahs hingeschlachtet haben.«

Tränen liefen ihr übers Gesicht. Wayne reichte ihr seine Papierserviette.

»Und da ist noch was«, schluchzte sie. »Mein Bruder Erkan ist verschwunden.«

»Seit wann?«

»Er hat das Haus heute früh verlassen.«

»Das ist doch erst ein paar Stunden her«, entgegnete ich. »Warum machst du dir Sorgen? Er kann doch bei Freunden sein.«

»Hier.« Sie aktivierte ihr Handy und tippte aufs Display. »Dieses Video war auf seinem PC. Er hat es immer wieder angeschaut und ist dann gegangen. Der Rapper heißt Deso Dogg. Der soll inzwischen im Dschihad getötet worden sein, aber ganz sicher ist das nicht. Erkan fand ihn klasse.«

Sie ließ die Musik laufen. Der Rap-Song trug den Titel *Willkommen in meiner Welt voll Hass und Blut.*

Der Sänger beklagte sein Leben in abgehackten Sätzen.

Ich setz mich auf die Bank, fütter die Tauben und denke Hardcore, hab die Nase voll von dem ganzen Stress. Ich bin alleine draußen ohne meine Kinder, mein Herz ist eiskacke geworden wie der schlimmste Winter, Junkies mit toten Augen schreien: »Zur Hölle mit diesem Staat«, und ich scheiß auf diese Welt, denn es dreht sich nur ums Geld.

Das Versmaß überzeugte nicht, die Aussage noch weniger. Doch das Video war handwerklich gut gemacht. Schwarz-Weiß, Straßenschluchten, Müll, sterbende Industrie, kaputte Typen.

Bitte Allah verzeih mir meine Sünden, zieh mich aus dem Dreck. Ich bin verzweifelt jeden Tag auf der Suche nach dem Paradies. Ich wünschte mir den Tod, denn mein Leben war mies. Ich wünschte, ich wär nicht geboren. Willkommen in meiner Welt voll Hass und Blut.

»Netter Bursche, dieser Sänger«, meinte ich. »Wenn dein Bruder wegen solcher Parolen weg ist, sieht mir das eher nach einer romantischen Schwärmerei aus. Als ich jung war, fand ich die *Rote Armee Fraktion* cool. Ich glaube nicht, dass du dir große Sorgen machen musst.«

»In seinem Regal habe ich Anleitungen zum Bau einer Bombe gefunden«, sagte Perihan ernst. »Erkan hat sogar Artikel über Selbstmordattentäter gesammelt. Ich denke, dass er …« Sie stockte.

»Du meinst, er könnte den Anschlag in der Klinik ausgeführt haben?«, fragte ich entsetzt. »Das musst du melden.«

Ich wählte die 110.

Wenig später holte ein Polizeiwagen Perihan Tercanli im Bistro ab. Der Attentäter musste auf den Bildern der Kameras im Krankenhausflur zu sehen sein. Das gab ihr die Möglichkeit, ihren Bruder gegebenenfalls zu identifizieren, ohne sich abgesprengte Gliedmaßen und zerfetztes Fleisch ansehen zu müssen.

Wir blickten ihr nach, als sie – von zwei Beamten in Zivil begleitet – ins Auto stieg.

»Wie wird sie damit fertig, wenn es wirklich ihr Bruder war?«, sinnierte Wayne.

Darauf wusste ich keine Antwort.

Der Imam bleibt kalt

Wir fuhren zum Verlagshaus. Schnack wartete bereits auf uns. Ich informierte ihn über Perihans Aussage und ihren Verdacht. Auch er war nicht untätig geblieben. Er hatte inzwischen mit Imam Sahin telefoniert, der sich wenig bestürzt über den gewaltsamen Tod seiner Tochter Duru zeigte.

»Scheißkerl«, sagte ich.

»Vielleicht tut er nur so kalt«, wandte Schnack ein. »Ich hatte das Gefühl, dass er sich sehr zusammengerissen hat, um keine Schwäche zu zeigen.«

Zwei Stunden später gab die Staatsanwaltschaft eine Mitteilung an die Medien weiter. Schnack und ich lasen sie synchron. Der Selbstmordattentäter, der fünf Menschen und sich selbst in den Tod gebombt hatte, war tatsächlich Erkan T., achtzehn Jahre alt. Angehörige hätten den jungen Mann auf dem Krankenhausvideo eindeutig identifiziert. Bei einer Hausdurchsuchung wurde belastendes Material gefunden. Weiter war zu lesen:

Erkan T. war Mitglied einer salafistischen Gruppe namens Islam mit Herz, *die sich als Verein für Integration und berufliche Förderung bezeichnet. Vermutlich wurde der Achtzehnjährige dort radikalisiert.*

»Dieser Verein wird seit Jahren von der Stadt unterstützt und bekommt öffentliche Zuschüsse«, erinnerte ich mich. »Toll, dass solche Leute mit unseren Steuergeldern finanziert werden.«

»Das können Sie ja in Ihrem Artikel erwähnen, Frau Grappa«, meinte Schnack. »Aber nur, wenn Sie auch die Seite der Stadt dazu hören, so wie es gute, alte journalistische Sitte ist.«

»Heute ist Sonntag. Da ist die Pressestelle gewöhnlich dicht«, entgegnete ich. »Aber ich werde den Bierstädter Pressesprecher auf dem Handy anrufen.«

»Tun Sie das«, nickte er.

Auch zur Bombe gab es schon Erkenntnisse.

Erkan T. war mit einem Sprengstoffgürtel ausgerüstet. Die Sprengladungen waren daran befestigt. Neben dem Sprengstoff (Acetonperoxid) enthielten die Ladungen Nägel und Schrauben, um die Splitterwirkung zu erhöhen. Bei Acetonperoxid handelt es sich um einen hoch entzündlichen Initialsprengstoff, der in diesem Fall mit zwei Batterien und einem Druckknopf zur Explosion gebracht worden ist.

»Ich schreibe den Artikel fürs Internet«, kündigte Schnack an. »Und Sie haben hundertzwanzig Zeilen in der morgigen Printausgabe. Ich habe bereits ein kurzes Statement vom Leiter des NRW-Verfassungsschutzes eingeholt. Er äußert sich zu den Gefahren des Salafismus. Ich habe Ihnen die Stellungnahme ausgedruckt.« Er legte mir ein paar Blätter auf den Schreibtisch. »Geben Sie mir kurz Bescheid, wenn Sie Ihren Artikel fertig haben? Ich warte in meinem Büro.«

»Aber gerne.«

Wayne grinste. Als Schnack das Großraumbüro verlassen hatte, meinte er: »Ist das jetzt der Beginn einer wunderbaren Freundschaft zwischen euch?«

»Nun übertreib nicht gleich«, wies ich ihn zurecht. »Ich würde es als vorläufigen Waffenstillstand bezeichnen.«

»Das beruhigt mich, Grappa. Ich mach mir jetzt einen Kaffee und kümmere mich dann um die Fotos. Wie legst du deine Story an? Emotionale Reportage oder knallharte Enthüllungsgeschichte?«

»Emotionale Enthüllungsgeschichte!«

»Mit oder ohne Fingerspitzengefühl?«

Ich zeigte ihm den Mittelfinger.

Der Pressesprecher der Stadt äußerte sich nicht zu dem Verein *Islam mit Herz.* »Schwebendes Verfahren«, das war die einzige Auskunft, die ich erhielt. Ein Standardsatz der öffentlich finanzierten Wahrheitsverhinderer.

Ein Verein mit viel Herz

Es war tatsächlich schwierig, den richtigen Ton zu finden.

Selbstmordanschlag im Klinikum – Fünf Tote

– titelte ich.

Das war falsch, es waren ja sechs tote Menschen – genau genommen gehörte der Täter auch dazu. *Selbstmordattentäter reißt fünf Menschen in den Tod.* Nein, das Wort *reißen* passte nicht. *Selbstmordattentäter sprengt fünf Menschen in den Tod.* Auch nicht besser. *Sechs Tote bei Selbstmordanschlag im Klinikum* – langweilig.

Islamist tötet fünf Menschen im Namen Allahs – Selbstmordanschlag im Klinikum

Ja, das war okay.

Sein Name: Erkan T. Sein Alter: achtzehn. Seine Waffen: Sprengstoff, Maschinenpistole und abgrundtiefer Hass. Sein Ziel: eine Frau zu töten. Sein Auftraggeber: der Islamische Staat.
Erkan T. (18) kannte sein Opfer. Duru S. war die Freundin seiner Schwester und die Frau, die vor gut einer Woche nachts auf einem Spielplatz ihr totes Kind schaukelte. Das kleine Mädchen wurde erstickt, vom wem und warum, ist unklar. Heute wollte die 19-Jährige ihrer Freundin das Herz ausschütten. Doch dazu kam es nicht. Erkan T. tötete die junge Mutter im Schlaf, indem er sich in ihrem Krankenzimmer im Bierstädter Klinikum in die Luft sprengte. Vier Polizisten starben. Auch Erkan T. überlebte die Tat nicht. Ob es Auftraggeber gab und wer sie sind, ist nicht bekannt. Die Polizei geht von einer Verbindung zur Terrormiliz des sogenannten Islamischen Staates aus. Duru S. war vor einigen Monaten aus Syrien nach Bierstadt zurückgekehrt. Der Vater ihres Kindes soll ein bekannter IS-Mörder sein. Erkan T. selbst engagierte sich in dem als salafistisch geltenden Verein *Islam mit Herz,* der von der Stadt mit öffentlichen Mitteln unterstützt wird. Die Pressestelle der Stadt wollte sich mit Hinweis auf ein schwebendes Verfahren nicht zu dem Verein äußern.

»Das gibt Theater«, meinte Schnack nach der Lektüre meiner Zeilen.

»Wieso das denn?«, fragte ich.

»Es wird den Ratsherren und -damen nicht gefallen, dass wir berichten, dass sie den Verein unterstützen.«

»Sind wir dafür da, diese Leute zu erfreuen?«, fragte ich. »Der Verein ist in der Szene als Salafistenschmiede bekannt. Aber Bierstadt befindet sich ja in guter Gesellschaft. Bushido hat einen Integrationspreis bekommen und Arafat sogar den Friedensnobelpreis – alles sehr interessante Entscheidungen!«

»Die Stadtoberen wissen inzwischen, dass die Förderung ein Fehler war. Aber sie haben auf den Integrationsrat vertraut, der eine Unterstützung empfohlen hatte«, erklärte er. »Vor allem Imam Sahin hat sich für den Verein stark gemacht.«

»Und dass er seine Tochter verstoßen hat, stört niemanden?«, wunderte ich mich.

»Das ist Privatsache. Imam Sahin ist der bekannteste Vertreter der Muslime in Bierstadt und gilt als gemäßigt. Jedenfalls steckt er nicht mit dem IS unter einer Decke.«

»Ist das sicher?«

»Er hat seine Tochter doch verstoßen, weil sie nach Syrien gegangen ist. Oder hab ich da etwas falsch verstanden?«

»So habe ich es recherchiert«, musste ich ihm recht geben.

»Dann ist ja alles in Ordnung, Frau Grappa«, meinte Schnack. »Der Imam ist also gegen den IS.«

Kleist – leicht angeschlagen

Vor meinem Haus parkte ein dunkler Wagen der Luxusklasse. Ein Mann saß am Steuer.

Als ich in die Einfahrt einbog, stieg er aus. Kleist.

Ich atmete durch.

»Hallo, Maria«, sagte er.

»Was machst du hier? Ich dachte, du seist tot!«

»Tut mir leid, aber du irrst dich«, lachte er.

»Oh, Mann«, schimpfte ich. »Ich hab mir solche Sorgen gemacht. Warum hast du dich nicht gemeldet?«

Er nahm mich in den Arm und küsste mich. »Mein Handy hat den Anschlag nicht überlebt und danach hab ich es einfach vergessen. Entschuldige. Können wir hineingehen?«

Im Licht des Flurs erkannte ich, wie erschöpft er aussah. Er zog sein Jackett aus, stöhnte leise. Unter dem Hemd erkannte ich einen Verband.

»Du bist verletzt!«, rief ich.

»Nur ein paar Splitter, mehr nicht«, erklärte er. »Ich war im Nebenzimmer, als der Sprengsatz hochging. Die Scheibe flog mir entgegen. Ich hab meinen Kopf geschützt und die Wand, gegen die ich fiel, ist stehen geblieben. Mein Kollege von der Kriminaltechnik hatte nicht so viel Glück. Er wurde vom Mauerwerk erschlagen.«

Wir gingen in die Küche.

Ächzend setzte sich Kleist auf den Stuhl.

»Willst du ein Schmerzmittel?«

»Nein, ich hab genug von dem Zeug intus. Krieg ich ein Wasser?«

»Klar.« Ich holte die Flasche aus der Kühlung und öffnete für mich einen Chianti.

Kleist hustete und hielt sich den Brustkorb.

»Möchtest du heute Nacht hierbleiben und dich ausruhen?«, fragte ich.

»Das wäre schön. Ich bin ja eh dienstunfähig.« Er lächelte gequält. »Aber ich kann nicht neben dir im Bett liegen.«

»Echt nicht? Keinen heißen Sex?«, witzelte ich.

»Ausnahmsweise mal nicht. Ich kann nicht waagerecht liegen, deshalb bin ich auch aus dem Krankenhaus geflüchtet. Im Bett spüre ich jeden Knochen und bekomme kaum

Luft. Am liebsten wäre mir ein Sessel mit einer Verlängerung unten dran, damit die Beine nicht runterhängen. Hast du so was?«

»Relaxliege, so heißt das. Steht im Gästezimmer. Für die zahlreichen Überraschungsbesucher.«

Krankenpflege en détail

Am Morgen hörte ich Kleist telefonieren. Leider sprach er leise und ich konnte nicht viel verstehen. Er ließ sich vermutlich einen Bericht über die aktuelle Lage geben. Mehrmals fiel das Wort *Razzia*.

Als er das Gespräch beendet hatte, klopfte ich an die Gästezimmertür, öffnete sie und flötete ein fröhliches »Guten Morgen«.

»Hallo, liebe Maria.«

Er war der einzige Mensch, der mich nicht ›Grappa‹ nannte, und ich mochte das.

»Wie hast du geschlafen?«

»Tief und fest und fast ohne Schmerzen«, erklärte er. »Könntest du mir beim Waschen helfen? Duschen ist mir verboten worden.«

»Sicher. Meine heimliche Passion ist die Krankenpflege – en gros und en détail.«

»Détail reicht.«

Ich gab mein Bestes und nach zehn Minuten strahlte Kleist in neuem Glanz.

»Und jetzt könnte ich einen Kaffee und ein Frühstück gebrauchen«, sagte er.

»Aye, aye, Sir!«

Zum Glück hatte ich noch ein eingefrorenes Ciabatta, das im Backofen fast frisch wurde.

»Was war heute Nacht los?«, fragte ich.

»Wir haben mehrere Wohnungen, Restaurants und Bars durchsucht. Die Moscheen folgen heute. Die Gerichte waren etwas zögerlich bei der Ausstellung der Durchsuchungsbeschlüsse.«

»Gibt es schon Ergebnisse?«

»Liebe Maria, das darf ich dir nicht sagen.«

»Okay, aber ich hab es wenigstens versucht.«

»Hast du.«

Ich schaute auf die Uhr. »Ich muss zur Arbeit. Kommst du allein klar?«

»Überhaupt nicht. Ich dachte, du seist beurlaubt.«

»Das hat sich erledigt«, erklärte ich. »Schnack und ich sind jetzt gute Freunde. Bald werden wir unsere Verlobung bekanntgeben. Möchtest du unser Trauzeuge sein?«

»Maria!«, stöhnte er. »Hör auf! Wenn ich lache, schmerzt mein ganzer Körper. Hab bitte Mitleid mit einem alten, geschwächten Mann.«

Flüchtlinge und Flussschiffe

Im Großraumbüro wurde ich mit Applaus begrüßt. Simon Harras kredenzte mir Kaffee, Sarah lächelte mir wissend zu und Mäggi Wurbel-Simonis packte eine Tüte Mandelhörnchen aus, die zwar nicht von meiner Dealerin Schmitz, aber auch ganz lecker waren.

»Bist du jetzt der neue Chef-Liebling?«, fragte Simon.

»Mal den Teufel nicht an die Wand«, bat ich. »Wer Schnack zum Freund hat, braucht keine Feinde mehr.«

»Wie hast du ihn denn rumgekriegt, dich wieder schreiben zu lassen?«, wollte Susi wissen. »Sex kann es ja nicht gewesen sein. Der steht doch auf Jungs mit Knackärschen.«

»Ach, Susi, das wissen wir alle«, gähnte ich. »Hast du nicht irgendwas Wichtiges zu tun? Fingernägel polieren oder so?«

Bärchen Biber schlenderte in den Raum. Designerklamotten, Starbucks-Tasse in der Hand und Siegerlächeln im Gesicht.

»Hallo, Grappa«, sagte er. »Ich hab vielleicht eine heiße Story für dich.«

»Und warum machst du die Story nicht selbst?«, fragte ich. »Wenn sie so heiß ist.«

»Diese Flüchtlingsthemen sind nicht so mein Ding. Armut kotzt mich an.«

»Das war klar. Erzähl deine Geschichte gleich in der Konferenz, vielleicht findest du ja jemanden, der sie dir abnimmt.«

Wir versammelten uns im Konferenzraum. Bärchen setzte sich wie immer neben den Chef, ich mich ihm gegenüber – ich behielt Schnack lieber im Auge.

»Wie Sie alle wissen, hat es am gestrigen Sonntag einen verheerenden Anschlag gegeben. Frau Grappa und ich haben schon gestern die Berichterstattung übernommen und wir werden das Thema auch weiter bearbeiten. In enger Absprache.«

Bärchen Biber grinste schief.

»Für den Fall, dass sich einige von Ihnen Gedanken darüber machen: Die Kollegin und ich haben unsere Differenzen beigelegt.«

Er sprach das Wort ›Kollegin‹ so verächtlich aus, als sei es ein verbotenes Wort.

»Und jetzt erwarte ich Ihre Vorschläge.«

»Die Stadt wird heute Nachmittag hundertachtzig Flüchtlinge auf zwei Flusskreuzfahrtschiffen im Hafen unterbringen«, tat Bärchen Biber kund. »Man hat diesen Termin geheim gehalten, um keine rechtsradikalen Demonstranten auf den Plan zu rufen. Die Leute kommen frisch aus Syrien. Die Schiffe heißen *MS Diana* und *MS Solaris* und sind in den letzten Wochen umgebaut worden. Nach dem Terroranschlag bekommt dieser Termin eine besondere Brisanz. In Neonazikreisen hat sich die Sache natürlich rumgesprochen und die rüsten auf. Die Polizei ist vorbereitet.«

»Gute Geschichte, Carsten«, lobte Schnack. »Ich nehme an, du hast diese Fakten aus Ermittlerkreisen?«

»Genau«, krähte Bärchen triumphierend und schaute zu mir. »Ich habe gute und zuverlässige Quellen.«

Ich zeigte ihm mal wieder, wie hübsch gerade gewachsen mein Mittelfinger war.

»Wie viele Zeilen brauchst du?«, fragte der Chef.

»Ich kann die Geschichte leider nicht machen«, antwortete Bärchen. »Ich habe einen Termin für eine langwierige Untersuchung im Krankenhaus, auf den ich schon ein halbes Jahr warte. Wenn ich absage, kriege ich erst wieder in einem Jahr einen MRT-Termin.«

»Frau Grappa?«, hörte ich Schnack fragen. »Wäre das nicht was für Sie?«

»Ich wollte mich weiter um den Terroranschlag kümmern«, entgegnete ich.

»Das Thema kann ich weiter beobachten«, entgegnete er. »Ich fände es sehr sinnvoll, wenn wir einen Bericht über die Flüchtlinge auf den Schiffen bringen würden. Besonders, wenn es zu Auseinandersetzungen kommen sollte. So was ist doch sonst genau Ihr Ding.«

Leider hatte er recht. Krawall war mein Ding. Ich stimmte zu, doch es wurmte mich, dass mir Bärchen Biber die Geschichte auf diese Art aufs Auge gedrückt hatte.

Auf dem Weg ins Großraumbüro trottete er vor mir her.

»Wenn ich gewusst hätte, dass du dich einer Computertomografie unterziehen musst, hätte ich doch gleich zugestimmt, mein Bärchen«, sagte ich und legte meinen Arm um seine Schultern.

»Das ist lieb von dir, Grappa-Baby«, entgegnete er.

»Was suchen die Ärzte denn bei dir? Das Rückgrat?«

Anständige Deutsche

Der Weg in den Hafen führte durch den Bierstädter Norden. Je näher wir unserem Ziel kamen, umso weniger Grün sahen wir. Dafür nahm die Graffiti-Dichte zu. Kaum eine Hauswand, die nicht mit merkwürdigen Zeichen bedeckt war. Früher malten die »Künstler« noch Bilder, heutzutage sprühten sie scheue Zeichen, die nur sie entschlüsseln konnten, auf marode Mauern. Und davon gab es viele im Norden. Man konnte sie schön finden, musste es aber nicht. Interessant waren sie auf jeden Fall und ansehnlicher als die pappgrauen verkommenen Flächen.

Leider waren auch einige Hakenkreuze unter den Malereien. Das nationalsozialistische Symbol war ursprünglich ein asiatisches Swastika-Zeichen, das es schon seit zehntausend Jahren gab und Glück bedeutete. Die Nazis hatten es für immer versaut. Eigentlich schade drum.

Die Wohnbebauung wurde immer dünner. Kleingewerbebetriebe hatten sich rechts und links der geraden Straße angesiedelt. Autoreparaturwerkstätten, Polstereien, Gartenbau und Werkzeughersteller.

»Da hinten liegen die Schiffe«, sagte Wayne und deutete auf zwei flache Kähne, die reglos in der Sonne vor sich hindümpelten. Es sah fast idyllisch aus.

Wir fanden keine Möglichkeit zu parken und fuhren ein Stück weiter. Zwischen zwei größeren Hallen gab es einen Wendehammer mit freiem Blick auf das Hafenbecken. Einige Männer saßen oder standen direkt am Ufer und hielten Angeln ins Wasser.

»Lass uns mal aussteigen«, schlug ich vor. »Von hier aus kann man die Schiffe in ihrer ganzen Länge sehen.«

Wir verließen das Auto. Der Blick auf die *Diana* und die *Solaris* war frei. Noch waren keine Menschen eingezogen, auf Deck patrouillierten Sicherheitskräfte.

»Was sucht ihr denn?« Ein Angler lief auf uns zu. »Seid ihr Zeitung oder was?«

»Zeitung. Heute sollen hier Flüchtlinge ankommen. Haben Sie davon gehört?«, begann ich meine Vorort-Recherche.

»Gehört schon, gesehen noch nix«, antwortete er. »Bin mal gespannt, wer da so ankommt. Die Stadt hat die Kähne ja zu Luxusschiffen ausbauen lassen. Das Essen wird serviert und wir Deutsche putzen denen noch die Kabinen. Alles kriegen die in den Arsch geschoben.« Er sah mich provozierend an.

»Was genau wird denen in den Arsch geschoben?«, fragte ich.

»Geld und unsere Jobs. Und die deutsche Kultur machen die auch kaputt. Und unsere Frauen sind auch nicht mehr sicher.«

»Welchen Job haben Sie denn, den man Ihnen wegnehmen kann?«

»Hartz IV.«

»Ach so, verstehe«, lachte ich. »Deshalb sind Sie so aggressiv.«

Pöppelbaum knipste den Kerl. Das brachte ihn erst recht auf die Palme.

»Lassen Sie das!«, schrie er und ging auf Wayne los. Der stieß ihn weg. Der Typ taumelte, war wohl nicht mehr ganz sicher auf den Füßen.

»Woher wissen Sie denn so gut über die Flüchtlinge Bescheid?«

»Das weiß doch jeder anständige Deutsche.«

»Und was ist ein anständiger Deutscher? So einer wie Sie?«

»Was sollen diese beknackten Fragen?«

»Ich will Sie nur verstehen«, lächelte ich.

»Verdammte Lügenpresse!«, brach es aus ihm heraus. »Ihr steckt doch alle unter einer Decke mit denen, die auf unsere Kultur scheißen. Wenn die Mullahs hier das Sagen haben, werden Weiber wie du in einen schwatten Sack eingewickelt.«

»Prima, dann kann ich den Schleier vor meine Augen ziehen und muss solche Arschlöcher wie dich nicht mehr angucken.«

»Komm, Grappa«, sagte Wayne und zog mich am Arm. »Ich hab keinen Bock auf diese Scheiße.«

Wir fuhren ein Stück zurück und fanden nun einen Parkplatz am Ufer des Kanals unmittelbar vor den beiden Schiffen. Wir warteten. Wayne stellte den Lokalsender im Autoradio ein. Den Nachrichten waren die neuen Unterkünfte für die Flüchtlinge keine Meldung wert. Entweder war nichts durchgesickert oder es gab mal wieder eine Absprache zwischen den Medien und der Stadt.

Mein Handy meldete sich. Es war Perihan – völlig aufgelöst. »Sie wollen den Leichnam von Erkan nicht freigeben«, schluchzte sie. »Wir müssen unsere Toten innerhalb eines Tages begraben. So steht es im Koran.«

»Das geht hier nicht so schnell. Die Ermittlungen laufen doch noch«, gab ich zu bedenken. »Außerdem ist sein Körper nicht mehr …«, ich stockte. *In einem Stück* – hatte ich sagen wollen.

»Meine Eltern wollen ihn nach Istanbul überführen und dort begraben«, erzählte Perihan. »Kannst du nicht deinen Einfluss geltend machen, dass es schneller geht?«

»Nein, tut mir leid. Das sind nun mal unsere Gesetze. Und Einfluss habe ich da sowieso nicht.«

Wayne stupste mich an und deutete auf die Straße. Mehrere Polizeiautos und Motorradpolizisten näherten sich und postierten sich an der Straße.

»Ich muss Schluss machen«, sagte ich und drückte das Gespräch weg. »Vielleicht kannst du sie später mal anrufen und ihr alles erklären.«

Ich sah zufällig in den Seitenspiegel. »Guck mal, die Nazis rücken an. Es geht los.«

Braune Attacken

Wayne stieg aus und machte seine Kamera betriebsbereit. Immer mehr deutsche Kulturbürger marschierten auf der Fahrbahn, bestückt mit Plakaten mit den üblichen Sprüchen. *Deutschland den Deutschen, Asylantenpack – hau ab!* Und *Stoppt den Multikultiwahn* oder *Deutsch kann nur der sein, der deutscher Abstammung ist.*

Wayne und der Polizeifotograf machten Bilder und wurden dafür beschimpft.

»Wir wollen denen doch nur unsere Willkommenskultur zeigen«, grölte ein Rechter.

Polizisten mit Schlagstöcken und Schilden drückten ihn und andere zurück, zogen ein Sicherheitsband zur Straße hin und markierten so eine Grenze. Eher eine symbolische Aktion, denn wenn etwas bei Demos zuerst kaputtging, waren es diese Plastikbänder.

Noch hielten sich die Neonazis an die Vorgaben der Polizei und blieben hinter der Absperrung. Und noch war kein Flüchtling zu sehen.

»Mit wie viel Mann sind Sie heute im Einsatz?«, sprach ich einen Polizisten an und hielt meinen Presseausweis hoch.

»Wenden Sie sich an die Pressestelle«, antwortete er. Die übliche Ansage.

»Wann kommen die Flüchtlinge denn?«, versuchte ich es weiter.

»Pressestelle, junge Frau!«

»Bus kommt gleich in Sichtweite«, quäkte es aus dem Funkgerät.

»Danke«, grinste ich.

Tatsächlich dauerte es keine Minute mehr: Ein Omnibus der Bierstädter Stadtwerke fuhr im Schritttempo auf die Schiffe zu und hielt. Polizisten sicherten den Ausstieg. Die Neonazis schrien ihre Sprüche durch ein Megafon. Ich drängelte mich so weit wie möglich nach vorn. Die Menschen, die den Bus verließen, waren sichtlich eingeschüchtert durch den Empfang. Besonders die Mienen der Frauen strahlten Angst aus. Niemand sprach. Mitarbeiter der Diakonie begleiteten die Menschen bis zu der Brücke, die auf die Schiffe führte.

»Willst du mal sehen, wie Hass aussieht?«, fragte Wayne und zeigte mir auf dem Display einige Nazifratzen. Verzerrte Münder, aufgerissene Augen, erhobene Fäuste.

»Gruselig.« Ich schüttelte mich. »Was bin ich froh, dass diese Typen hier nichts zu bestimmen haben.«

»Die sind genauso schlimm wie die Hassprediger und ihre Anhänger«, sagte Wayne.

»Man sollte die Nazis und die Salafisten auf eine Insel schicken und den Schlüssel wegwerfen.«

Der erste Bus war leer, die Türen schlossen sich.

»Es kommen noch zwei Fahrten«, erklärte Wayne. »Hat mir ein Bulle gesteckt. Die haben zuerst die Familien gebracht, gleich kommen die alleinreisenden jungen Männer. Die lassen sich von den Faschos nicht so anpampen, wetten?«

Der leere Bus setzte sich in Bewegung, ein zweiter erreichte sein Ziel wenige Minuten später und spuckte rund vierzig meist junge Männer aus. Das Gebrüll wurde lauter und noch aggressiver. Ein Böller detonierte, einige Nazis schoben das Grenzband beiseite und liefen zum Bus. Die Polizisten drückten sie zurück und verpassten denjenigen, die nicht zurückwichen, ein paar Schläge mit dem Stock. Ich sah Baseballschläger, Schlagringe und Elektroschocker auf der anderen Seite. Das wird eine Straßenschlacht, dachte ich und drückte mich an eine Mauer.

Die Flüchtlinge blieben stehen und weigerten sich, die Schiffe zu betreten. Jetzt hatte die Polizei an zwei Fronten für Ordnung zu sorgen. Eine Megafonstimme forderte beide Seiten auf, sich zu trennen und Ruhe zu bewahren. Vergeblich. Wieder detonierte Pyrotechnik. Die Lage wurde unübersichtlich.

Die Sirenen mehrerer Rettungswagen übertönten das Geschrei. Wo war Wayne? Ich hatte ihn aus den Augen verloren. Für alle Fälle holte ich meine Primitivkamera heraus und knipste drauflos.

»Achtung, Achtung, hier spricht die Polizei … Gehen Sie hinter die Absperrung. Zünden Sie keine Pyrotechnik …«

Inzwischen gab es Körperkontakt zwischen Flüchtlingen und Neonazis in Form von Prügeleien. Ein fetter Glatzkopf mit Springerstiefeln und den bekannten weißen Schnürbändern blutete aus der Nase, die gebrochen aussah. Er wurde von einem Sanitäter zum Ambulanzwagen begleitet.

»Hast du was auf deine dumme Fresse gekriegt, du Nazisau?«, fragte ich freundlich und machte ein Foto. Er konnte nicht protestieren, weil ihm das Blut in den Mund lief.

Reiß dich zusammen, Grappa, forderte ich mich auf. Du bist dienstlich hier und musst vor allem eins sein: objektiv!

Noch immer herrschte Chaos auf der Straße. Wer die Prügelei gewinnen würde, war nicht auszumachen. Ein Motorengeräusch ließ mich aufhorchen. Vom Straßenrand setzte sich der blaue *WaWe 10*, der neueste Wasserwerfer der Bierstädter Polizei, in Bewegung.

»Achtung, Achtung! Um die Lage zu beruhigen, werden jetzt Wasserwerfer eingesetzt. Bringen Sie sich in Sicherheit«, tönte es aus dem Lautsprecher.

Die Düsen waren bereit. Langsam hoben sich die zwei Werferrohre und zielten auf die sich prügelnden Menschen. Die Polizisten liefen außer Schussweite und dann ging es auch schon los. Ich duckte mich hinter die Mauer. Die Dinger hatten um die fünfundsechzig Meter Reichweite und mein Abstand war geringer. Wasser macht kein schönes Geräusch, wenn es mit zehn Bar Druck auf Menschen prasselt. Leider schossen die Rohre nicht über die Mauer hinweg, sondern trafen sie.

Innerhalb von einer Minute war ich klitschnass. Ich schützte meine Kamera, zu mehr kam ich nicht. Zu flüchten machte keinen Sinn, der Strahl hätte mich getroffen. Durch die Berichterstattung des *Tageblattes* wusste ich, dass der *WaWe 10* insgesamt 10.000 Liter Wasser fassen konnte. Irgendwann würde es also vorbei sein.

War es dann auch. Ich rappelte mich hoch. Die Abkühlung hatte geholfen. Die Flüchtlinge trotteten brav zu den Schiffen, die Neonazis rafften ihren Krempel zusammen und die Bullen nahmen Personalien auf.

»Wie siehst du denn aus, Grappa?«, fragte Wayne.

»Nass. Ich bereite mich auf den *Wet-T-Shirt-Contest* vor.«

»Gibt es den auch für Damen deines Alters?«

»Ja, für Blinde.« Ich starrte ihn an. »Kannst du mir mal sagen, warum du so trocken bist?«

»Ich saß im Einsatzwagen, als der Wasserwerfer loslegte.«

»Du Hundesohn! Warum hast du mich nicht hier rausgeholt?«

»Ich hab dir gewinkt«, behauptete er. »Aber du hattest nur Augen für die dunkelhaarigen jungen Männer. Sag mal, willst du nicht deine Sachen wechseln?«

»Klar. Fahr mich nach Hause. Ich brauche nur fünf Minuten, um wieder salonfähig zu werden.«

Wieder eine tote IS-Braut

Kleist und Pöppelbaum tranken gemütlich Kaffee, als ich frisch geduscht und in trockenen Klamotten in die Küche kam. Ich setzte mich dazu.

Kleist schob mir einen Kaffeepott hin. Die Temperatur des Getränkes wärmte mich von innen.

»Deine Augäpfel sind ganz gerötet, Grappa«, meinte Wayne.

»Mir brennen auch die Augen«, stellte ich fest.

»Das liegt an den chemischen Zusätzen im Wasser«, erklärte Kleist.

»Wie bitte?«, fragte ich entsetzt.

»Dem Wasser dieser Wasserwerfer werden oft in geringen Mengen Reizstoffe beigemischt. So eine Art Tränengas. Du solltest deine Augen mehrmals gut ausspülen, dann geht das wieder weg.«

»Schön, dass du das so locker siehst, Herr Kriminaldirektor«, meinte ich. »Beim Wasserwerfereinsatz auf der Stuttgart21-Demo ist ein Mann erblindet. Jetzt weiß ich auch, woran es lag.«

»Falsch. Das lag nicht an der Chemie, sondern am Wasserdruck. Und es war auch nur ein Auge betroffen«, korrigierte mich mein Polizist.

»Das tröstet mich jetzt aber«, grummelte ich.

»Komm, Grappa, wir müssen in die Redaktion. Oder meldest du dich krank?«, sagte Wayne.

»Keineswegs!« Ich setzte meine Sonnenbrille auf. »Dann mal los.«

»Nun sei nicht eingeschnappt«, meinte Wayne, als wir im Auto saßen. »Dein Schnuggi ist nun mal Bulle. Und die denken anders als wir.«

»Wenn so ein Wasserstrahl das Gesicht trifft, kann er Augenlider und sogar die Hornhaut zerreißen«, meinte ich. »Doch ich gebe zu, dass der *WaWe 10* die Prügelei wenigstens beendet hat.«

Kurz bevor wir den Parkplatz des Verlagshauses erreichten, brachte der Lokalsender eine Meldung über die Schlägerei am Hafen. Drei leicht verletzte Polizisten, mehrere leicht verletzte Demonstranten, Personen- und Ausweiskontrollen sowie einige Platzverweise. »Die Einsatzkräfte hatten die Situation jederzeit im Griff«, sagte der Sprecher.

»Na, hattest du einen aufregenden Nachmittag?«, fragte Bärchen Biber scheinheilig. Er lümmelte sich vor seinem Rechner.

»Bestimmt nicht so geil wie deiner«, blaffte ich. »Haben die Ärzte dein Rückgrat entdeckt oder war die Suche vergeblich?«

Sarah und Stella kicherten.

»Deine derben Scherze werden nicht besser, wenn du sie wiederholst, Grappa.«

»Ich nehme mir deine Kritik zu Herzen und werde meine Kollektion extra für dich erweitern, Bärchen«, versprach ich und fuhr den Rechner hoch.

Schnack hatte mir hundertzwanzig Zeilen zugeteilt. Kein Problem. Meine Augen brannten immer noch. Das war nicht mein Tag.

Die Fotos von Wayne konnten die Stimmung zum Glück besser transportieren als mein Text. Er hatte sich mal wieder selbst übertroffen.

»Einfach super«, lobte ich. »Besonders das hier.«

Das Bild zeigte einen Mann mit Hitlertolle und Hitlerbärtchen. Die Gesichtszüge waren ihm völlig entglitten, der Mund war schief verzerrt. Sein Überbiss verschönerte ihn nicht. Vor dem Nazi stand ein Flüchtling, der keine Angst vor dem Angreifer zu haben schien. Der Mann trug einen schwarzen Vollbart, moderne Kleidung, Adidas-Sneakers und einen fetten silberfarbenen Ring am Finger. Er hatte den erhobenen Arm des Nazis gepackt und hielt ihn fest. Die Gesichtszüge konnte man nicht erkennen, da der Bart zu üppig wuchs.

»Wer hat denn gewonnen?«, fragte ich.

»Keine Ahnung, wer als Sieger aus der Nummer rausgegangen ist«, antwortete Wayne. »Ich wurde durch irgendwas abgelenkt.«

Wir suchten weitere Bilder aus und platzierten sie. Jetzt musste ich meinen Text nur noch um ein paar Fakten aus der Pressemitteilung der Polizei ergänzen.

Auch die Stadt hatte sich gemeldet und Fotos vom Inneren der Schiffe geschickt. Die angebliche Luxusunterbringung war keine. Die Kabinen für die hundertachtzig Flüchtlinge waren eng, aber immerhin abschließbar, sodass es Rückzugsorte gab. Dusche und WC gehörten ebenfalls zu jeder Kabine.

»Schön ist anders«, meinte Wayne. »Aber die Leute bleiben ja nicht für immer da. Ich frage mich allerdings, was die vierundzwanzig Stunden am Tag auf diesen Schiffen machen sollen. Acht Stunden schlafen, dann bleiben noch immer sechzehn Stunden. Die Hafengegend lädt nicht gerade dazu ein, freie Zeit sinnvoll zu verbringen. Das wird schwierig, besonders für die jungen Männer. Zu viel geballtes Testosteron.«

»Deshalb haben die Männer ohne Familie ja ein Schiff für sich allein«, entgegnete ich. »Und es sind genug geschulte

Betreuer da. Immerhin finanziert die Stadt acht Vollzeitstellen und das Essen bringt eine Cateringfirma. Klingt doch durchorganisiert.«

Ein halbe Stunde später hatten wir eine komplette Zeitungsseite gestaltet. Ich sparte nicht mit Lob für die Polizei, die den braunen Mob im Griff gehabt hatte – dank des Wasserwerfers.

»Was machen deine Augen, Grappa?«, fragte Wayne.

»Alles wieder gut«, antwortete ich. »Kein Brennen mehr. Ich komme durch.«

Erst als ich auf dem Heimweg war, bemerkte ich, dass ich ziemlich fertig war. Ich hatte ein Kratzen im Hals und eine verstopfte Nase.

Zu Hause angekommen, jammerte ich ein bisschen rum. Kleist verstand und kochte mir einen Pfefferminztee. Er war inzwischen in der Klinik gewesen und hatte seine Wunden versorgen lassen. Alles verheilte gut.

»Es gibt noch eine tote IS-Braut«, berichtete er beim Abendessen. »Eine Bekannte von Duru Sahin. Erst siebzehn Jahre alt, eine Bosnierin, die früher ebenfalls in Bierstadt lebte. Sie wollte aus Rakka fliehen, ist dabei erwischt und zu Tode geprügelt worden.«

»Woher weißt du, dass sie Duru kannte?«

»Auf Durus Smartphone war ein Foto, das sie und das Mädchen noch hier in Bierstadt zusammen mit anderen zeigte. Wir prüfen gerade, ob weitere Frauen auf dem Foto nach Syrien ausgereist sind.«

»Warum erst jetzt?«

»Liebe Maria, in unserem Land herrscht Freizügigkeit. Junge Frauen und auch Männer können hinreisen, wohin sie wollen. Erst recht, wenn die Eltern uns glaubhaft machen, dass ihre Kinder einige Monate ihre Verwandten in der Türkei, im Irak oder meinetwegen auch in Bosnien besuchen.

Dann haben wir keine Handhabe. Wir könnten höchstens aufpassen, wann die jungen Leute zurückkehren und ob sie sich radikalisiert haben. Könnten! Doch dafür fehlen uns Personal und Geld.«

»Also müssen wir in Kauf nehmen, dass ab und zu eine Bombe hochgeht?«

»So sieht es leider aus.«

Eine Oma sucht ihren Enkel

Am Morgen verließ Kleist das Haus mit unbekanntem Ziel. Er versprach, sich zu melden, und gab mir die Nummer seines abhörsicheren Handys. Natürlich nur für Notfälle und nicht, um das Abendessen abzustimmen.

In der Redaktion wartete Besuch auf mich, wie mir der Pförtner mitteilte. Er hatte die Frau in die Kantine geschickt. Ich tippte auf Perihan, doch ich sollte mich täuschen.

Eine alte Frau saß an einem der Tische und rührte in einer Tasse Kaffee. Sie war schmal und weißhaarig.

»Wollen Sie zu mir? Ich bin Maria Grappa.«

»Ja. Mein Name ist Elisabeth Weiß. Sie haben doch den Artikel über die Flüchtlingsschiffe geschrieben?«

Ich leugnete es nicht.

»Ich bin die Oma von Pedro Weiß. Er lebt bei mir, ist aber verschwunden. Er war gestern im Hafen und hat mit seinen Leuten einen Aufmarsch veranstaltet. Gegen die Flüchtlinge und die Überfremdung Deutschlands.«

Ich war verblüfft. Was wollte diese Frau von mir? Dass ich ihr half, einen Neonazi zu finden?

»Ich weiß, was Sie jetzt denken«, fuhr sie fort. »Dass er mit seinen Kumpels irgendwo versackt ist. Dass ihn die Polizei aus dem Verkehr gezogen hat. Hat sie aber nicht. An sein

Handy geht er nicht. Ich habe einige seiner Kameraden angerufen, doch die wissen auch nicht, wo er ist.«

»Und was habe ich damit zu tun?«

»Haben Sie ihn vielleicht gesehen?« Sie reichte mir ein Foto. Ihre magere Hand zitterte leicht. »Das ist der Pedro.«

Aus dem Bild blickte ein bulliger junger Kerl, neben dem die Oma noch zierlicher wirkte, als sie ohnehin war.

»Nein, ich kann mich nicht erinnern, Ihren Enkel gesehen zu haben.«

»Sie haben doch bestimmt noch viel mehr Bilder gemacht, als die paar, die in der Zeitung zu sehen waren. Können Sie mir die mal zeigen? Vielleicht ist Pedro da irgendwo drauf.«

»Das nützt Ihnen doch nichts«, sagte ich. »Dadurch taucht er nicht wieder auf.«

»Ja, aber ich weiß dann wenigstens, dass er am Hafen war.«

Mann, war die Frau hartnäckig.

»Meinen Sie nicht, dass er von allein wieder zurückkommt?«, versuchte ich sie abzuwimmeln.

»Bitte! Ich möchte die Fotos angucken. Die Polizeifotos durfte ich nicht sehen und die Beamten sagten, dass ich es bei Ihnen versuchen soll.«

»Wie kommt es, dass Ihr Enkel bei den Nazis gelandet ist?«

»Bitte helfen Sie mir.«

»Na gut. Kommen Sie mit, wir gehen an den Rechner.«

An meinem Arbeitsplatz klickten wir die hundertzwanzig Bilder durch, die Wayne am Hafen gemacht hatte. Auf drei von ihnen war Pedro Weiß zu sehen. Er hielt ein Plakat in der Hand mit der freundlichen Aufforderung: *Moslem go home! Heimreise statt Einreise.*

»Das ist der Junge.« Elisabeth Weiß hüstelte. »Glauben Sie mir, der tut niemandem was zuleide. Das ist nur die schlechte Gesellschaft, in die er geraten ist. Ich hab mein Leben lang SPD gewählt.«

»Ja, sicher, schuld sind immer die anderen«, reagierte ich. »Was wollen Sie jetzt tun?«

»Ich werde ihn am Hafen suchen.«

»Tun Sie sich das nicht an«, riet ich. »Die Gegend ist sehr weitläufig. Vielleicht klärt sich alles auf. Warten Sie noch ein paar Tage.«

Oma Weiß guckte mich an. In ihrem Blick war Entschlossenheit. »Warten? Kann ich nicht. Pedro hat den Schwerbehindertenschein, er ist Diabetiker. Er braucht sein Insulin. Wenn er das nicht kriegt, kippt er um und stirbt. Wir müssen ihn finden.«

Wir?

Nein, ich hatte keine Lust, einen Neonazi zu suchen und ihn womöglich noch zu retten. Warum war ihr Enkel kein Buckelwal? Für den hätte ich mich sofort engagiert. Du bist ein schlechter Mensch, Grappa, meldete sich mein Gewissen. Klappe!, entgegnete der Teufel in mir.

Eins konnte ich jedoch für Oma Weiß tun: Ich rief bei der Polizeipressestelle an und schilderte den Fall. Der Beamte versprach, seine Kollegen im Hafen zu informieren und sie zu bitten, ein paar Runden zu drehen und die Gegend nach dem jungen Mann abzusuchen. Dass Weiß zur Neonaziszene gehörte, verschwieg ich.

»Sie fahren jetzt zur Polizeiwache und geben das Foto Ihres Enkels dort ab«, sagte ich. »Hat er irgendwelche Kennzeichen außer seiner braunen Gesinnung?«

»Eine Tätowierung.«

»SS-Runen oder das Hakenkreuz?«

»Nein. Zwischen Rücken und Popo hat er sich ein Bild stechen lassen. Ein Gebäude, und darüber steht der Spruch *Jedem das Seine*.«

Mich fröstelte. »Dieser Spruch stand über dem Eingang des Konzentrationslagers Buchenwald.«

»Das wusste ich nicht«, sagte die alte Frau erschrocken. »Pedro hat gesagt, dass der Spruch aus dem alten Rom stammt und bedeutet, dass jeder das kriegt, was er verdient. *Suum cuique* – oder so. Und in den Gerichten steht das auch auf Tafeln gemalt.«

Es schien sinnlos, ihr zu erklären, dass es einen Unterschied macht, ob ein Neonazi diesen Spruch als Arschgeweih trägt oder ob er als Formel in einem Gerichtssaal hängt.

»Alles Gute, Frau Weiß. Ich hoffe für Sie, dass alles so ausgeht, wie Sie es sich wünschen.«

»Danke. Pedro ist kein schlechter Junge, glauben Sie mir.« Gestützt auf einen Stock schleppte sie sich zum Aufzug.

»Ein zuckerkranker Neonazi, der bei Oma lebt!« Wayne lachte. »So habe ich mir diese harten Jungs immer vorgestellt. Wahrscheinlich gönnt er sich abends deutsche Volksmusik in der Glotze und pfeift sich dabei deutsche Kartoffelchips rein.«

»Wir sind alle nicht perfekt«, grinste ich. »Die alte Frau tut mir leid. Vielleicht taugt das ja zu einer Story – je nachdem, wie das Ganze ausgeht. *Mein Enkel ist ein Neonazi – Oma fragt: Was soll ich tun?* – das wäre doch eine geile Überschrift.«

Pedro Weiß' Schicksal wurde tatsächlich eine Schlagzeile: Am Nachmittag teilten Polizei und Staatsanwalt mit, dass eine männliche Leiche im Kanal gefunden worden war. Die Identifizierung war schwierig, denn der Kopf fehlte. Man habe aber ernst zu nehmende Hinweise, dass es sich um den vermissten deutschen Staatsbürger Pedro W. (24) handle. *Jedem das Seine*. Pedro Weiß hatte *Seins* bekommen.

Kopflos im Müll

Die Leiche ohne Kopf mobilisierte die Medien. Im Morgenmagazin des Fernsehens wurde die Stelle im Hafen gezeigt, an der Pedro Weiß gefunden worden war. Tote Fische, Plastikmüll und Ölrückstände. Ein Livereporter bemühte sich, die Atmosphäre zu schildern, und hielt sich an die immer gleichen Standards: Das Wasser sei unergründlich tief, der Nebel waberte gespenstisch und die Möwen schrien aggressiv. Kein Hinweis auf die rechtsradikale Szene. Das war gut, ich hatte die Informationen exklusiv.

In der Konferenz konnte ich damit punkten. In der Onlineausgabe am Mittag veröffentlichten wir die drei Fotos, die Pedro Weiß auf der Demo gegen die Flüchtlinge zeigten.

Neonazi Pedro W. hetzte gegen Flüchtlinge – Jetzt ist er tot

– titelte ich.

Seinen letzten Auftritt als Rassist und Neonazi hatte Pedro W. (24) am vergangenen Montag im Bierstädter Hafen. Mit seinen Kumpanen beleidigte er Flüchtlinge aus Syrien und dem Irak, die von der Stadt auf zwei Ausflugsschiffen untergebracht worden sind. Es kam zu einer Schlägerei. Die Polizei setzte Wasserwerfer ein – wir berichteten. Was mit Neonazi Pedro W. nach dem Aufmarsch geschah, ist unklar. Seine Leiche wurde gestern aus dem Wasser gefischt. Die Polizei geht von Mord aus, denn dem Mann wurde der Kopf abgetrennt. Der Kopf ist verschwunden, doch da W. bereits früher erkennungsdienstlich behandelt worden war, gibt es laut Polizei keinen Zweifel an seiner Identität. Pedro W. war seit

Jahren in der rechtsextremen Szene der Stadt aktiv. Der schwer zuckerkranke Langzeitarbeitslose lebte bei seiner Großmutter Elisabeth W. Wir berichten weiter.

Kaum war mein Artikel online geschaltet, kam die nächste Neuigkeit und ich musste den Text aktualisieren. Der Polizei war ein Video zugespielt worden, das die Hinrichtung von Pedro Weiß zeigte. Ein schwarz gekleideter, arabisch aussehender Mann schnitt ihm vor laufender Kamera den Kopf ab. Den Film hielten die Ermittlungsbehörden unter Verschluss. Sie gaben nur ein Bild heraus, das den Mörder mit dem abgeschnittenen Kopf in der Hand zeigte. Das Gesicht der Leiche war unkenntlich gemacht worden, um die Würde des Opfers zu wahren. Aber es war auch so gruselig genug. Hinter dem Täter, der eine Sonnenbrille und die schwarze Kleidung der IS-Mörder trug, war eine Wasserfläche zu sehen und am Ufer ein hohes Gebäude mit einer Inschrift und einem Firmenzeichen.

»Das ist das Raiffeisen Kornhaus im Hafen«, stellte Pöppelbaum fest. »Siehst du hier das Giebelkreuz?« Er deutete auf das Logo. »Es stellt zwei gekreuzte Pferdeköpfe dar.«

»Dann müsste sich der Tatort ja genau gegenüber befinden«, sagte ich. »Lass uns dort hinfahren.«

»Auf die Idee sind die Bullen bestimmt noch nicht gekommen«, unkte er. »Aber ein paar Fotos können nicht schaden.«

Die Speicherstraße, die zum Hafen führte, war abgesperrt. Überall Polizei und schwer bewaffnete Spezialkräfte. Die Übertragungswagen der Fernsehsender drängelten sich vor dem Plastikband. Niemand durfte passieren. Die Fernsehjournalisten schimpften, erinnerten an die Freiheit der Berichterstattung und telefonierten hektisch mit ihren Sendern.

»Die können hier nicht alles komplett dichtmachen«, sagte Pöppelbaum. »Komm, Grappa. Wir versuchen es anders.«

Wayne und seine Schleichwege. Im Gegensatz zu mir vergaß er nie eine Route, die er einmal gefahren war, und konnte sie auch in Beziehung zum Umfeld setzen.

Wir zogen ab und kurvten durch schmale Straßen. Manche führten parallel zum Wasser, andere an verfallenen Gebäuden, schmucklosen Fabrikhallen und Müllhaufen vorbei. Ich hatte längst die Orientierung verloren.

»Da ist der Raiffeisen-Turm.« Wayne wies auf das große graue Gebäude. »Noch fünfhundert Meter am Ufer entlang, dann haben wir den Tatort direkt gegenüber.«

Wir parkten an der Seite eines Schuppens. So konnten wir vom anderen Ufer nicht sofort gesehen werden.

Er holte sein Teleobjektiv aus dem Koffer und montierte es auf die Kamera. »Vielleicht reicht es ja für ein paar Fotos.«

So unauffällig wie möglich schlenderten wir zum Hafenbecken. Doch unsere Vorsicht war nicht notwendig. Gegenüber waren zwar die Spurensicherer der Kripo in ihren weißen Anzügen zu erkennen, doch sie waren zu beschäftigt, um auf uns zu achten.

»Schau mal«, sagte Wayne und deutete auf die beiden Flusskreuzfahrtschiffe, die auf unserer Seite des Ufers im Wasser lagen. Auf Deck spielten Männer Fußball, Frauen sahen ihnen zu. Es war leise Musik zu hören.

»Glaubst du, dass der Mörder sich unter die Flüchtlinge gemischt hat?«, fragte Wayne.

»Das glaube ich allerdings.«

»Weg hier, Grappa, bevor uns die Bullen doch noch erwischen.« Er zog den Chip aus der Kamera und gab ihn mir.

»Kostet nun von unserem Terror«

Wir erreichten die Redaktion unbehelligt. Jetzt konnte ich den Artikel für die Printausgabe am nächsten Morgen schreiben.

Der Tod des Neonazis hatte sich auch in der rechten Szene herumgesprochen. Auf den einschlägigen Seiten im Internet schworen die Braunen blutige Rache. *Rache für Pedro – Tod den Asylbetrügern*. Allein diese Aussage war ein Fall für Staatsschutz und Staatsanwaltschaft.

Die Nazis unterstellten der Polizei, die Demonstration nicht genügend vor Angriffen durch Flüchtlinge geschützt zu haben, die nicht nur Schmarotzer, sondern auch Terroristen seien. Dass ausgerechnet die Rechtsradikalen auf die Demonstrationsfreiheit pochten, hatte schon etwas Skurriles.

Ich stellte alle Fakten zusammen. Die Fotos vom Nachmittag rundeten den Artikel ab. Das schreckliche Bild mit dem abgeschlagenen Kopf gehörte natürlich dazu, auch wenn es nicht zur Identifizierung eines Täters führen konnte. Dann noch das Foto des lebenden Pedro Weiß, das Wayne auf der Demo geschossen hatte. Hoffentlich übersteht Oma Weiß das alles, dachte ich und fühlte mich ziemlich unwohl.

Schnack ließ den Artikel ohne Änderungen passieren. Na also, ging doch.

Zu Hause verfolgte ich die Berichterstattung der Konkurrenz. Gegen Mitternacht passierte es dann: Das Onlinemagazin einer politischen Wochenzeitung hatte das Mordvideo ebenfalls zugeschickt bekommen. Anonym – wie sie behaupteten. *Nach langen Diskussionen haben wir uns entschlossen, Ihnen diese schrecklichen Bilder zu zeigen* – hieß es auf der Seite. Dass die Klicks sich dadurch um ein Vielfaches erhöhen würden, spielte natürlich keine Rolle. Scheinheiliges Pack. Salafisten würden das Video bejubeln, Gutmenschen sich empören, Politiker mit Abscheu reagieren und Nazis das Opfer aus ihren Reihen heiligsprechen.

Auch ich schaute mir das Video an. Pedro Weiß kniete auf dem Boden, die Hände auf dem Rücken gefesselt. Er hatte einige Wunden im Gesicht. Die Augen waren aufgerissen und er wimmerte. Der Mörder hielt den Kopf des Neonazis an den Haaren und zog ihn nach oben. Dabei redete er arabische Worte in die Kamera.

Für die Übersetzung hatte das Magazin gesorgt: »Wir müssen die strafen, die uns strafen, wir müssen ihre Männer, Frauen und Kinder töten, bis sie aufhören, unsere Frauen und Kinder zu töten. Wir werden sie in ihren Häusern angreifen, ihren Tag zur Nacht und ihre Nacht zum Tag machen. So wie ihr bei uns tötet, töten wir bei euch. Kostet nun von unserem Terror. Allahu akba.«

Nach diesen Worten drückte der Mörder den Kopf des Neonazis nach hinten und schnitt ihm die Kehle durch.

Ich hatte genug und ersparte mir den Rest. Ein Gläschen Kräuterlikör brachte meinen Magen wieder ins Gleichgewicht.

Nachricht von einem Toten

Noch in der Nacht wurden in Bierstadt und Umgebung wieder Wohnungen durchsucht und Islamisten festgenommen. Das Ergebnis war allerdings mager, so eine Meldung im Radio. Die Polizei konzentrierte sich auf die Männer, die sich in den letzten Monaten in Syrien oder im Irak aufgehalten hatten und zurückgekehrt waren – vermutlich nach einem Terror-Schnellkurs mit Gehirnwäsche. Das alles mutete ziemlich hilflos an, denn solange man den Festgenommenen keine Straftaten nachweisen konnte, musste man sie wieder freilassen. Dieselben Leute, die den Rechtsstaat vernichten wollten, pochten auf demokratische Gesetze. Sich den Dschihad zu wünschen war durch die Meinungsfreiheit abgedeckt, nur der Aufruf zu Straftaten war verboten – und selbst damit, solche Aufrufe nachzuweisen, taten sich unsere Gerichte schwer. Die Hassprediger hatten viele Gründe, sich in Deutschland wohlzufühlen.

Ich fuhr früher in die Redaktion als üblich. Wayne war auch schon im Büro. Er hatte in der Nacht im Norden der Stadt die Razzien beobachtet und ein paar Fotos mitgebracht.

»Die Schiffe im Hafen sind gefilzt worden«, berichtete er. »Die Flüchtlinge mussten die Kojen verlassen und dann kämmte das Spezialkommando der Bundespolizei alles durch. Hier!«

Die Bilder zeigten verschlafene Menschen am Rand des Hafenbeckens, die von Polizisten mit Maschinenpistolen festgesetzt wurden.

»Stell dir das mal vor, Grappa, da fliehen die vor Krieg und Gewalt aus ihrer Heimat, und hier stehen wieder Leute mit Knarren im Anschlag. Irgendwie traumatisch.«

»Erschossen werden sie bei uns aber nicht«, stellte ich fest. »Also hat sich die Lage für sie ziemlich verbessert.«

»So rustikal kann man das auch sehen.« Wayne gähnte. »Aber hirnrissig ist es schon. Wenn sich der Mörder des Neonazis unter die Flüchtlinge gemischt hat, wartet er ganz bestimmt ab, bis es eine Razzia gibt.«

»Warum nicht? Das ist doch eine gute Tarnung«, widersprach ich.

»Durch das Video ist der Mörder jedenfalls nicht zu identifizieren. Brauchst du vielleicht Kaffee, Grappa?«

»Aber immer.«

Wayne trabte Richtung Kaffeeküche. Ich sah die Mails durch. Die Staatsanwaltschaft kündigte für den späten Nachmittag eine Pressemitteilung an. Der tote Neonazi war obduziert worden und man wollte die Medien über die Ergebnisse unterrichten.

Wayne kehrte zurück, aber nicht allein, sondern in Begleitung von Perihan Tercanli.

»Der Pförtner wollte sie nicht durchlassen«, erklärte er. »Er hat sogar mit der Polizei gedroht. Die Verlagsleitung hat erhöhte Sicherheitsmaßnahmen und verstärkte Personenkontrollen angeordnet. Wusstest du das, Grappa?«

»Nein. Langsam werden alle hysterisch«, stellte ich fest. »Schön, dass du da bist, Perihan. Wie geht es dir?«

»Nicht gut. Meine Eltern sind in Istanbul, um Erkan zu begraben. Die Staatsanwaltschaft hat seine Leiche endlich freigegeben. Ich hab mich geweigert, mitzufahren. Ich denke, dass meine Eltern die nächsten Monate nicht zurückkommen oder sogar ganz in der Türkei bleiben. Sie werden nicht damit fertig, dass ihr Sohn so viele Menschen getötet hat, und geben sich die Schuld dafür.«

»Können wir irgendwas für dich tun?«

Die junge Frau nickte. »Meine Eltern wollen, dass ich ihr Haus verkaufe. Ich dachte, dass ihr mir vielleicht helfen könnt.«

»Aber ja«, freute sich Wayne. »Ein alter Kumpel von mir ist Immobilienmakler. Oder willst du den Verkauf selbst stemmen?«

»Keinesfalls. Ein Haus, in dem ein Mörder gewohnt hat, wird bestimmt keinen reißenden Absatz finden. Das will ich mir nicht antun.«

»Und du?«, fragte Wayne. »Wo willst du künftig leben?«

»Die Schule hier hab ich geschmissen. Ich werde zu meinem Onkel und seiner Familie ziehen. Nach Berlin. Er besitzt da einige Wohnungen. Vielleicht mache ich dort mein Abi und studiere danach irgendwas.«

Das Großraumbüro füllte sich. Sarah und Susi musterten die junge Frau unverhohlen und tuschelten prompt.

»Ich kann meinen Freund wegen des Hauses anrufen«, sagte Wayne. »Komm mit.«

Er zog sie mit sich.

»Wer war das denn?«, wollte Susi wissen. »Waynes neue Flamme?«

»Dazu ist sie definitiv zu jung«, kommentierte Sarah. »Ich denke eher …«, sie fixierte mich, »… dass es die Freundin von dieser Duru ist, der Kindsmörderin, und die Schwester des Selbstmordattentäters. Nicht wahr, Grappa?«

»Was ihr immer so denkt. Diese junge Frau hat sich bei uns als Redaktionssekretärin beworben.«

»Erzähl keinen Mist, Grappa«, sagte Stella. »Die Bild-Zeitung hat ein Foto von ihr abgedruckt. Da war auch ihr Bruder, dieser Mörder, drauf.«

Ich bekam keine Gelegenheit, zu antworten, denn Wayne und Perihan kehrten zurück, sichtlich aufgeregt.

»Ich hab ein Video auf mein Phone bekommen«, rief die junge Frau. »Von Erkan! Das ist seine Mail-Adresse.«

Wir sahen uns das Video an. Darauf war tatsächlich Erkan zu sehen. Perihan brach in Tränen aus.

»Was sagt er denn?«, fragte ich.

»Ich weiß es nicht, er spricht Arabisch.«

Familienschande und 72 Jungfrauen

Eine Stunde später im Polizeipräsidium. Wayne wartete mit Perihan im Auto, sie wollte nicht dabei sein, wenn die Polizei den Film begutachtete. Mit im Raum waren außer mir drei Beamte, unter ihnen auch Friedemann Kleist und ein syrischer Islamwissenschaftler namens Dr. Abbas al-Sayed, der neuerdings zum Ermittlerteam gehörte. Der Kriminaltechniker hatte den Film kopiert und wir sahen ihn auf einem großen Monitor.

»Das ist ein Abschiedsvideo, wie es Selbstmordattentäter für ihre Angehörigen herstellen«, erklärte al-Sayed. »Es soll aber auch diejenigen überzeugen, die auf dem Weg dorthin sind. Den IS-Suizidattentätern wird neuerdings vorgeschrieben, in ihren Abschiedsvideos die rechte Hand mit ausgestrecktem Zeigefinger zu heben.«

»Sieht fast aus wie ein Stinkefinger«, meinte ich.

»Der Finger steht für die Ziffer eins, das ist das Symbol für den islamischen Einheitsglauben und die Einigkeit der Dschihadisten«, korrigierte Abbas al-Sayed.

Kleist drückte den Knopf. Erkan erschien. Sein Gesicht war totenblass und von schwarzem Stoff umhüllt, die Stimme fast tonlos.

Abbas al-Sayed übersetzte Satz für Satz:

Wie glücklich ich bin, dass mir der Tod den Sonnenaufgang bringt, dass ich an die Front gehe, dass ich brenne im Namen des Islam. Liebe Eltern, freut euch für mich. Allah will von den Verrätern befreit werden. Allah liebt nicht die Verräter. So kämpfe auf Allahs Weg – du wirst nur für dich selbst verantwortlich gemacht – und sporne die Gläubigen an. Vielleicht wird Allah die Gewalt derjenigen, die ungläubig sind, zurückhalten. Allah ist stärker an Gewalt und an Bestrafung. Ich bete, dass ihr, meine Eltern, und du, meine Schwester, die du Schande über die Familie gebracht hast und kein Leben führst, das Allah gefällt, auf den richtigen Weg zurückfindet.

»Er vermischt einige Suren des Koran mit eigenen Worten«, sagte al-Sayed. »Seine Opfer sind für ihn Verräter, die vernichtet werden müssen …«

»Ich hab gelesen, dass Selbstmord im Islam verboten ist«, wandte ich ein.

»Grundsätzlich stimmt das auch. Doch die Selbstmordattentäter werden als *mustaschhid,* als Märtyrer verehrt und respektiert«, erläuterte er.

In der letzten Szene des Videos kniete sich Erkan nieder und betete.

»Wer hat Perihan diesen Film geschickt?«, fragte ich. »Der Auftraggeber der Morde?«

»Erkan Tercanli hat seine Mail-Adresse offenbar weitergegeben. Das Video von der Hinrichtung des Neonazis wurde von demselben Absender geschickt«, antwortete Kleist.

»Man kann doch anhand der IP-Adresse feststellen, von welchem Rechner die Nachricht stammt«, rief ich aus.

»Ja. Doch die Absendeorte waren unterschiedlich«, entgegnete Kleist. »Mal eine Moschee, mal ein Internetcafé mit angeschlossener Shisha-Bar.«

»Ich hasse diese Teufel«, entfuhr es mir.

»Verehrte Frau«, lächelte der Islamwissenschaftler. »Die Männer des IS sind nicht mehr Teufel als unsere Brüder in Saudi-Arabien, die die Terroristen unterstützen. Köpfe abschlagen, Steinigung und Auspeitschung finden dort jeden Tag statt. In diesem Jahr haben sie schon mehr Menschen geköpft als der IS.«

»Das werden wir erst mal nicht ändern können«, meinte Kleist. Und an mich gewandt: »Perihan sollte nicht mehr im Haus ihrer Eltern wohnen. Ich glaube zwar nicht, dass ihr akute Gefahr droht, aber besser ist besser. Wir bringen sie in dem Hotel unter, das von der Polizei für die Unterbringung von Zeugen benutzt wird. Machst du ihr das schmackhaft?«

Perihan stimmte zu. Sie fuhr in Begleitung von zwei Polizisten zum Haus ihrer Eltern, um ein paar Sachen zu packen und anschließend unterzutauchen.

Wayne sah der schönen Türkin nach. Es hatte ihn mal wieder erwischt.

»Was meint Erkan eigentlich damit, dass sie Schande über die Familie gebracht hat?«, murmelte er.

»Das musst du sie schon selbst fragen. Vielleicht hat sie einen deutschen Freund?«

»Sie hat keinen Freund – das habe ich schon geklärt.«

»Aha«, grinste ich.

»Zweiundsiebzig Jungfrauen warten auf die Selbstmordattentäter im Paradies«, sinnierte ich, als wir in die Redaktion zurückfuhren. »Wer glaubt denn so einen Scheiß? Stell dir mal vor, wie anstrengend das sein muss, bis du die alle durch hast.«

»Im Paradies hast du Zeit ohne Ende«, widersprach Wayne. »Mir würde eher was anderes Angst machen: dass zu den zweiundsiebzig Jungfrauen zweiundsiebzig Schwiegermütter gehören.«

Beherzte Ausführung

Die angekündigte Pressemitteilung war schon da. Der Gerichtmediziner hatte bei der Obduktion von Pedro Weiß' Leiche festgestellt, dass dem Neonazi mit einem *Caminada*-Schinkenmesser mit einer Klingenlänge von einundzwanzig Zentimetern der Kopf abgetrennt worden war. Das Mordwerkzeug war in der Nähe des Tatortes sichergestellt worden, es hatte in einem Busch am Hafenufer gelegen.

Der zuständige Arzt hatte wohl ein Faible für Messer, denn er ging ins Detail:

Das Caminada *ist in seiner Form angelehnt an die typische japanische Messerform* Santoku. *Die lange Klinge schneidet auch große Braten, Roastbeef und ganze Schinken in gleichmäßig dünne Scheiben. Es kostet im guten Fachhandel rund 300 Euro.*

Ein Foto vervollständigte die Beschreibung. Ein formschönes Teil, das ich aus meiner Küche sicherlich nicht verbannt hätte. Dass ein Flüchtling ein Messer in dieser Preisklasse besaß, wollte mir nicht in den Kopf. Auch nicht, dass ein solches Messer achtlos weggeworfen wurde.

Der Gerichtsmediziner nahm im Weiteren zu den tödlichen Verletzungen von Pedro Weiß Stellung:

Wird der Kopf vollständig abgetrennt, kommt es innerhalb von Sekunden zum Bewusstseinsverlust, sowohl durch die starke Blutung als auch durch eine Sauerstoff-Unterversorgung des Gehirns. Der Täter hat die Schnitte beherzt ausgeführt und die beiden Halsschlagadern glatt durchtrennt, was auf eine gewisse Erfahrung schließen lässt.

Beherzt ausgeführt. Das klang nach Anerkennung. Der Mann schien den Mörder zu bewundern, weil er sein Handwerk so brillant beherrschte. Ich kannte den Arzt flüchtig. Er gehörte dem *Berufsverband Deutscher Rechtsmediziner* an und lud die Polizeireporter der Medien einmal im Jahr zum Pathologen-Pressestammtisch in eine Kneipe ein, wo er und seine Kollegen uns Journalisten mit unappetitlichen Details von Obduktionen erfreuten. Warum die Rechtsmediziner ihr Treffen mit dem Wort ›Pathologen‹ schmücken, obwohl das ganz unterschiedliche Berufsbilder sind, weiß niemand. Wahrscheinlich finden sie das Wort schick. Normalerweise gab es Mettbrötchen, was die Abende erst recht unvergesslich machte.

Ich schrieb einen kurzen Artikel über die Ergebnisse der Obduktion. Das Foto der Tatwaffe sah zwar reißerisch aus, machte aber alles komplett. Immerhin bat die Polizei um Hinweise auf den Besitzer. Vergeblich, wie ich vermutete.

Kaum war mein Artikel online, wurde er schon von Neonaziforen kopiert. Die Rechten teilten mit, einen *Stadtschutz* gegründet zu haben, der ihre Sympathisanten und uns Bürger vor mörderischen Angriffen des Asylantenpacks schützen sollte. Die Rechten trugen gelbe T-Shirts mit der Aufschrift: *SS-Stadtschutz* und schwarze Hosen.

Dass sich der Klub *Stadtschutz* nannte, was sich mit *SS* abkürzen ließ, war ebenso perfide wie die gelben T-Shirts. Auch die Trikots der Borussia, dem Fußballbundesligisten, waren gelb.

Stadtschutz heißt, unsere Stadt zu schützen. Wir werden uns zu weren wissen, stand es in altdeutscher Schrift auf der Internetseite. Leider hatten die Hüter der deutschen Kultur den Buchstaben *h* in dem Wort *wehren* vergessen. Wer in der Schule nicht aufgepasst hat, muss halt Neonazi werden, dachte ich.

Noch am Abend erfolgte eine Reaktion von Stadt und Polizei. Beide hatten wegen Amtsanmaßung eine einstweilige Anordnung gegen den *Stadtschutz* beantragt, über die ein Amtsrichter zu entscheiden hatte.

Ich fügte meinem Bericht die Infos über den *Stadtschutz* bei und packte meine Sachen. Bei der Fahrt nach Hause hatte ich das Gefühl, dass die Stimmung anders war als noch vor ein paar Wochen. Vor allen öffentlichen Gebäuden hatten sich Polizisten eingefunden. Vor den Firmengebäuden in einem Industriegebiet, das ich durchquerte, standen private Objektschützer. Hinter den Fenstern der Moschee im Bierstädter Süden, die vor Kurzem eröffnet worden war, war es dunkel. Ein für diesen Tag geplantes Fest war aus Sicherheitsgründen abgesagt worden. Das Selbstmordattentat und der Mord an dem Neonazi hatte die Atmosphäre in der Stadt verändert.

Fingerspitzengefühl und der Streit um die Kunst

Am Morgen stand fest, dass die Neonazis ihre nachgemachten Ordnungshüter weiter auf die Straße schicken durften. Gelbe T-Shirts kann man nicht verbieten – so urteilte das Gericht und die einstweilige Verfügung gegen die Neonazis wurde abgelehnt. Der *SS-Stadtschutz* durfte also bleiben. Ein Amtsrichter meinte, dass die gelben T-Shirts keine Uniformen seien, sondern Freizeitkleidung, die – so wörtlich – »an einen Junggesellenabschied oder Fan-T-Shirts des örtlichen Fußballvereins« erinnerten. Die Neonazis triumphierten auf ihrer Internetseite: *Stadtschutz Dortmund heißt, unsere Stadt zu schützen. Diese Forderung transportieren wir in Zukunft noch deutlicher!*

Die Antifa-Seite blieb danach nicht lange leer: *Wir ziehen euch die T-Shirts aus, ihr Nazi-Schweine!*

Ich erinnerte mich an eine ähnliche Gerichtsentscheidung. Die berüchtigten *Shariah-Police*-Westen, mit denen radikale Salafisten in einer Innenstadt patrouilliert hatten, galten nach Ansicht des Landgerichtes nicht als Uniformen. Von den handelsüblichen Warnwesten in grellem Orange würden keinerlei einschüchternde oder bedrohliche Effekte ausgehen, so hatte das Gericht entschieden.

Es war schon bemerkenswert, dass sowohl islamistische

als auch neonazistische Gruppen ähnliche Ordnungsvorstellungen in den kranken Hirnen entwickelten.

In der Redaktionskonferenz bekam ich vierzig Zeilen zugeteilt. »Bitte gießen Sie kein Öl ins Feuer, Frau Kollegin«, ermahnte mich Schnack. »Die Situation ist angespannt genug.«

»Ja, ich werde mein berühmtes Fingerspitzengefühl aktivieren«, versprach ich und wedelte mit den Händen. »So meinten Sie das doch, Herr Schnack?«

»Wie recht Sie haben.« Er zeigte ein falsches Lächeln. »Wir sollten das gesamte Flüchtlingsthema etwas sachlicher gestalten. Solange die Behörden keine wirklichen Ermittlungserfolge vorweisen können, kann ein bisschen Tiefe ja nicht schaden.«

»Das ist ein guter Denkanstoß«, kroch Bärchen dem Chef ins Hinterteil. »Ich habe neulich eine Diskussion in der Auslandsgesellschaft besucht – in meiner Freizeit. Da hielt ein Islamwissenschaftler einen sehr interessanten Vortrag über die Ursachen des Terrorismus. Ich habe den Mann danach angesprochen und er ist bereit, uns ein ausführliches Interview zu geben. Er heißt Abbas al-Sayed.«

»Sehr gut«, lobte Schnack. »Du hast die halbe Seite auf der Drei. Und nun hoffe ich auf Themenvorschläge, die nichts mit Flüchtlingen, Islamisten, Selbstmordattentätern und Neonazis zu tun haben. Ich höre.« Er schaute in die Kollegenrunde.

»Morgen beginnt ein lustiger Rechtsstreit vor dem Amtsgericht«, meldete sich Mäggi Wurbel-Simonis zu Wort. »Dabei geht es um die grundgesetzlich garantierte Freiheit der Kunst.«

»Erzählen Sie«, bat Schnack – durchaus interessiert.

»Ein Bierstädter Paar liegt mit seinem Nachbarn im Streit, weil der Nachbar im Reihenhaus nebenan Reparaturkosten an der gemeinsamen Abwasserpumpe nicht zahlen will. Die Pumpe befindet sich im Haus des Ehepaares.«

»Und was hat Abwasser mit Kunst zu tun?«, fragte der Chef, dessen Neugierde sichtbar nachgelassen hatte.

»Abwarten. Die beiden haben eine Kloschüssel in ihren Vorgarten gestellt, das Becken mit Blumen bepflanzt und mit dem Titel *Memento* verziert. Das heißt Erinnerung. Das Klo steht direkt am Weg des anderen. Der wird dadurch daran erinnert, dass das Ehepaar seine Fäkalien entsorgt, fühlt sich in seiner Ehre gekränkt und will den Pott wegklagen.«

»Ich würde auch nicht jeden Tag an einem Klo vorbeilaufen wollen«, warf Simon Harras ein.

»Das Klo wurde aber zur Kunst erklärt und soll demnächst im Rahmen einer 100-Jahre-Dada-Ausstellung öffentlich vorgestellt werden«, erklärte Mäggi. »Hinzu kommt, dass im Musée Maillol in Paris ein ähnliches Exponat ausgestellt ist. Es heißt *Fountain,* also Fontäne, und ist ein Readymade von Marcel Duchamp aus dem Jahr 1917. Das Objekt ist ein handelsübliches Urinal und zählt zu den Schlüsselwerken der modernen Kunst. Also wird es schwer, das Klo des Bierstädter Ehepaares als ehrabschneidend zu erklären. Und die Kunst ist frei.«

»Die Leute haben Sorgen.« Schnack schüttelte den Kopf. »Aber in einer Welt des Terrors und der Gewalt sind solche Themen echte Erholung. Sie bekommen fünfzig Zeilen, Frau Wurbel-Simonis. Vorbericht zu dem Prozess morgen.«

Die Pflichttermine wurden verteilt, ich bekam die redaktionelle Verantwortung für die Leserbriefseite aufs Auge gedrückt. Eine Knochenarbeit, denn ich musste alle Leserbriefe lesen und die juristisch zweifelhaften aussortieren. Dazu gehörten vor allem rechtsradikale Hetzparolen, die seit der Flüchtlingskrise in Massen bei uns landeten und die manchmal Aufrufe zu Straftaten enthielten.

Neonazis mögen keine Fotos

Doch der Tag sollte nicht so langweilig werden, wie ich befürchtete. Wayne hatte sich am Mittag verabschiedet. Er hatte vor, Perihan zum Haus ihrer Familie zu begleiten. Sie wollte dort weitere Kleider, persönliche Dinge und einen MP3-Player abholen, um sich im Zeugenhotel nicht zu langweilen. Ihr Handy hatte die Polizei behalten, um eingehende Nachrichten oder Videos bewerten zu können. Sie hatte dafür ein neues bekommen mit einer Nummer, die nicht allgemein bekannt war.

Ich vertiefte mich in die Leserbriefe, leerte einen Pott Kaffee nach dem anderen und stellte die Seite zusammen. Sie wurde als Stehsatz abgelegt und kam erst dann zur Aufführung, wenn die Themenlage desolat war.

Ich wähnte Wayne beim gemütlichen Beisammensein mit seiner jungen Freundin, denn er war auch drei Stunden später noch nicht in die Redaktion zurückgekehrt.

Meine Augen waren müde und ich schaltete den PC aus. Fast hätte ich das Klingeln meines Handys überhört, das sich mal wieder in den Untiefen meiner Handtasche befand. Friedemann Kleist wollte mich sprechen.

»Dein Fotograf liegt in der Klinik«, teilte er mir mit. »Pöppelbaum ist zusammengeschlagen worden, aber er wird es überleben.«

»Wer war das?«

»Ein paar Männer. Sie lauerten Perihan und Pöppelbaum vor dem Haus der Tercanlis auf. Mit Baseballschlägern. Mehr weiß ich noch nicht – auch nicht, ob es eine salafistische oder neonazistische Attacke war.«

»Und Perihan?«

»Sie konnte weglaufen und den Notruf wählen. Die Kollegen waren zum Glück schnell da und haben vielleicht Schlimmeres verhindert.«

Ich informierte Schnack, der sich ehrlich betroffen zeigte. Wir vereinbarten, zunächst nichts zu veröffentlichen, weil es kaum Informationen gab.

In der Klinik gab ich mich als Waynes Schwester aus. Der Arzt zählte auf, welche Blessuren der Fotograf davongetragen hatte: Rippenbrüche, Gehirnerschütterung, Nasenbeinbruch und jede Menge Prellungen, verursacht durch Tritte und Schläge.

»Kann ich ihn sehen?«

»Er ist gerade beim Röntgen.«

»Dann grüßen Sie ihn von seiner Schwester Maria. Ich besuche ihn später, sagen Sie ihm das bitte.«

Ich verließ das Arztzimmer, stieg ins Auto und fuhr schnurstracks zum Bistro, wo ich mich mit Kleist verabredet hatte.

Es waren keine Gäste mehr da, es war kurz vor Feierabend. Frau Schmitz räumte die Spülmaschine ein und Donka wischte den Boden.

»Ich mach dir noch einen Kaffee«, kündigte die Bäckerin an. »Er sitzt schon drüben. Schrecklich, was dem Herrn Pöppelbaum passiert ist.«

Es hatte mich gewundert, wenn sie nicht schon Bescheid gewusst hätte. Kleist hatte vor ihren neugierigen Fragen kapituliert.

»Hallo, Maria«, begrüßte er mich. »Warst du in der Klinik?«

Ich gab ihm einen Kurzbericht. Frau Schmitz brachte den Kaffee und spitzte die Ohren.

»Setzen Sie sich zu uns, Frau Schmitz«, lächelte Kleist. »Er ist ja auch Ihr Freund.«

»Ich brauch ein Schnäpschen«, gestand sie. »Mein Magen. Ihr auch einen?«

Kleist verzichtete, ich stimmte zu. Die Flasche *Killepitsch* kam fast geflogen. Die Bäckerin goss sich ein Pinnchen voll, ich schüttete mir nur einen kleinen Schluck ins Glas.

Kleist runzelte leicht die Stirn, immerhin war ich mit dem Auto da.

»Ja, du hast ja recht«, sagte ich. »Ist ja auch die Ausnahme. Und jetzt erzähl!«

»Wir haben inzwischen drei Verdächtige festgenommen«, begann er. »Sie haben Verbindungen zur rechtsradikalen Szene. Nach Aussagen von Nachbarn haben die Typen das Haus der Tercanlis beobachtet. Ihnen waren die gelben T-Shirts mit der Aufschrift *Stadtschutz* aufgefallen.«

»Warum haben die das nicht sofort gemeldet?«

»Maria, du kennst das doch: Man will sich nicht einmischen. Die Typen haben Perihan als Terror-Schlampe beschimpft und Wayne hat dagegengehalten. Als er seine Kamera rausholte und die Kerle ablichten wollte, kam es zur Schlägerei. Drei gegen einen. Wayne rief Perihan noch zu, dass sie verschwinden soll, was sie auch tat. Zum Glück hat sie sofort die Kollegen alarmiert. Die veranlassten eine Fahndung und hatten Erfolg.«

»Wo ist Perihan jetzt?«

»Wieder im Zeugenhotel«, antwortete er. »Die Nazis haben das Haus ihrer Eltern mit Hakenkreuzen und Galgen verziert.«

»Wie hat das Mädel das alles verpackt?«, fragte Frau Schmitz.

»Ich hab ihr einen Arzt ins Hotel geschickt.« Kleist schaute auf die Uhr. »Ich muss los. Wir haben heute Abend noch ein Meeting.«

Er verließ das Bistro. Anneliese Schmitz sah ihm nach.

»Seid ihr wieder zusammen, Frau Grappa?«, fragte sie.
»Wir sind gute Freunde. Mehr nicht.«
»Das tut mir leid.«
»Muss es nicht. Es ist alles okay.«

Der perfekte Muslim ist bekannt

Wochenende. Das *Bierstädter Tageblatt* lag vor der Tür, ich schnappte es und ließ mich auf der Terrasse nieder. Das wunderschöne, milde Wetter passte so gar nicht zu meinem Gemütszustand. Merkwürdige Träume hatten mir die Nacht schwer gemacht. Die Unterschiede zwischen Nazis und Islamisten hatten sich verwischt, sie waren allesamt fürchterlich.

Ich schlug die Zeitung auf und sah ins Gesicht von Abbas al-Sayed. Bärchen hatte ihn – wie angekündigt – ins Blatt gehoben. *Mehr Tiefe* hatte Schnack angekündigt, eine Tiefe, die meinen Storys angeblich fehlte.

Frage: Was ist für junge Menschen das Verlockende am IS-Terror?
Antwort: Der IS ist für viele junge Menschen aus Europa eine Möglichkeit, aus dem Alltagstrott in eine vermeintlich bedeutende Rolle zu schlüpfen. Damit einher geht das Versprechen, in das Paradies einzuziehen. Dieses Heilsversprechen ist verlockend. Es setzt unserer gesellschaftlichen Lethargie eine Verheißung entgegen.
Frage: Die Frauen im IS sollen ihrem Mann untertan sein, Kinder gebären, das Haus am besten gar nicht verlassen und auf Bildung wird auch keinen Wert gelegt. Was soll daran attraktiv sein?
Antwort: Es ist die idealisierte Welt, die so anziehend ist. In der sind die Frauen versorgt, sie müssen nicht selbst aktiv sein und sich nicht immer wieder neu definieren. Unsere Vorstellung, dass

es den Menschen genügt, wenn sie in Shoppinggalerien einkaufen, im Café sitzen können und eine sichere Vierzigstundenwoche mit einem Monatsgehalt haben, ist ein Irrglaube. Viele Menschen wollen gerne für etwas Ideelles kämpfen.

Frage: Wie sehen Sie die Zukunft in diesem Land? Wird es Frieden zwischen den Religionen geben? Und welche Rolle spielen die Flüchtlinge?

Antwort: Die meisten Flüchtlinge fliehen vor dem Terror des Islamischen Staates und wollen in Frieden und Freiheit leben. Gleichzeitig aber entstammen sie Kulturen, in denen der Hass auf Juden, auf die Gleichberechtigung von Frau und Mann oder auf Homosexuelle zur Erziehung und zum Alltag gehört. Es wird Probleme geben, wenn die muslimischen Flüchtlinge hier ihren Glauben, ihre Überzeugungen und Vorurteile beibehalten und ausleben wollen.

Gar nicht schlecht, du kleiner Arschkriecher, dachte ich. Bärchen hatte selbstverständlich auch noch einen Steckbrief des Islamwissenschaftlers beigefügt. Seine Vita machte betroffen. Studium in Damaskus, als Assad-Gegner im Gefängnis, Frau und drei Kinder vom Assad-Geheimdienst getötet, vor zehn Jahren Flucht nach Deutschland. Er war erst vierzig Jahre alt und hatte schreckliche Dinge erlebt, die für zehn Leben reichten.

Ich duschte, frühstückte und machte mich ausgehfertig. In meiner Tasche suchte ich den Zettel, auf dem ich Perihans neue Handynummer notiert hatte.

Ihre Stimme klang weit weg, als sie sich meldete.

»Wollen wir Wayne im Krankenhaus besuchen? Ich hole dich ab.«

Sie wollte.

Vor der Tür des Hotels schoben Polizisten ihren Dienst. Ich zeigte meinen Presseausweis vor. Einer der Beamten telefonierte und ich konnte passieren. Perihan wartete auf mich in der Lobby.

Verloren saß sie in einem tiefen Fauteuil – ungeschminkt und bleich. Aus der schönen, selbstbewussten Türkin mit genauen Plänen für ihr Leben war eine ängstliche junge Frau geworden. Sie erblickte mich und erhob sich.

»Ich muss hier raus. Danke, dass du gekommen bist. Es ist so schrecklich, dass Wayne wegen mir zusammengeschlagen wurde. Ich hoffe, dass er überlebt.«

»Das wird er sicher«, beruhigte ich sie. »Komm mit.«

Als wir draußen waren, sah ich mich unwillkürlich um. Ich entdeckte weder Neonazis noch Salafisten, sondern nur hoffentlich anständige Bürger.

»Wir gehen jetzt«, sagte ich zu einem der Polizisten. »In zwei Stunden bringe ich die junge Frau zurück. Machen Sie sich keine Sorgen.«

»Wir machen uns keine Sorgen, Frau Grappa«, lächelte er. »Sie werden begleitet.« Er deutete auf einen Kleinwagen, dessen Fahrer gerade den Motor anwarf.

»Jetzt haben wir sogar Polizeischutz«, rief ich aus.

»Den hatten andere auch«, entgegnete Perihan. Ich wusste, dass sie Duru Sahin meinte.

Unser Begleiter sorgte dafür, dass wir, ohne großes Aufsehen zu erregen, in Pöppelbaums Krankenzimmer gelangten.

Wayne hatte einen verbundenen Kopf, eine dicke Nase, Blutergüsse im Gesicht und hing am Tropf.

»Hallo, Bruder«, sagte ich. »Blumen hab ich vergessen. Schlimm?«

»Klar, Grappa«, krächzte er. »Konntest du nicht die Rabatten vor der Klinik plündern?«

»Das nächste Mal«, versprach ich. »Aber ich hab dir das *Tageblatt* von heute mitgebracht.«

Ich legte ihm die Zeitung auf die Bettdecke.

»Hallo, Wayne«, piepste Perihan. »Wie geht es dir?«

»Ganz gut«, antwortete er. »Es hätte schlimmer kommen können. Aber du hast ja gut reagiert und die Bullen antanzen lassen.«

»Die Täter sind festgenommen worden. Es waren bekannte Neonazis.«

»Sie haben mich gemeint«, sagte Perihan. »Mich wollten sie totschlagen.«

»Ja, unser Wayne hat das Zeug zum Helden«, nickte ich. »Wann kommst du wieder raus?«

»Die Untersuchungen sind abgeschlossen. Die Rippen und die Nase müssen allein zusammenwachsen. Wegen der Gehirnerschütterung soll ich noch ein paar Tage hierbleiben. Alles halb so wild. Leider haben diese Typen meine Kamera geklaut, das tut wirklich weh.«

»Was war auf dem Chip?«

»Nicht viel. Ein paar private Fotos.«

Ich holte meine Primitiv-Digi aus der Handtasche. »Lach doch mal und mach das Victory-Zeichen«, bat ich. »Unsere Leser mögen Menschen mit guter Laune und Zuversicht.«

»Ich kann nicht lachen, Grappa«, stöhnte Wayne. »Dann tut mir alles noch mehr weh.«

Ich machte einige Fotos. Perihan lachelte leicht verstort, blickte zu Wayne und dann auf das *Tageblatt.* Sie griff danach und blätterte.

»Abbas«, sagte sie erstaunt. »Das ist ja Abbas.«

»Ja. Dr. Abbas al-Sayed. Kennst du ihn? Er hat uns ein Interview gegeben. Ein sehr interessanter und kompetenter Mann.«

»Ja, das stimmt.« Sie legte die Zeitung wieder weg.

Klopfen an der Zimmertür. Visite. Mehrere Weißkittel traten ein.

»Würden Sie bitte draußen warten?«, fragte eine Pflegekraft.

»Wir müssen sowieso los«, entgegnete ich. »Das nächste Mal kriegst du Blumen und Sekt.«

»Alkohol ist verboten«, krähte die Krankenschwester.

Wayne grinste. Oder sah es nur so aus wegen der blauen Flecken im Gesicht?

Den Rücken frei halten

»Was ist mit Abbas al-Sayed?«, fragte ich, als wir im Auto saßen.

»Ich war mal mit ihm verlobt.«

Vor Schreck gab ich zu viel Gas und würgte den Wagen ab.

»Lass uns Kaffee trinken bei Frau Schmitz«, schlug ich vor und setzte die Karre wieder in Gang.

Zehn Minuten später stellte uns die Bäckerin zwei dampfende Kaffeebecher hin und ich musste ihr von Wayne berichten. Sie kündigte an, ihn mit knackigen Brötchen und anderen Leckereien zu versorgen, denn »man weiß ja, welchen Fraß es in Krankenhäusern gibt«.

Dann erzählte Perihan von Abbas. »Erkan kannte ihn vom Freitagsgebet in der Moschee. Eines Tages brachte er ihn mit und so lernte ich ihn kennen. Ich habe mir nichts dabei gedacht. Ich fand ihn sympathisch, aber mehr nicht. Vor zwei Monaten hielt er bei meinen Eltern um meine Hand an.«

»Er hat nicht zuerst mit dir gesprochen?«, fragte ich.

»Nein. Ich war natürlich völlig überrascht. Damit hätte ich niemals gerechnet. Abbas ist doppelt so alt wie ich!«

»Weißt du, dass das Assad-Regime seine Familie ermordet hat?«

»Ja, das tut mir auch sehr leid. Deshalb hab ich der Verlobung sogar zugestimmt. Wahrscheinlich war ich auch geschmeichelt. Abbas ist sehr anerkannt als Wissenschaftler und hat ein gutes Auskommen. Ich hätte ein sorgenfreies Leben gehabt, wäre beschützt gewesen, er hätte mich auf Händen getragen, aber …«

»Aber?«

»Ich liebe ihn nicht. Seine Berührungen waren mir unangenehm. Und er hatte feste Vorstellungen von unserem gemeinsamen Leben, ohne mich zu fragen, was ich möchte. Nach dem Abi sollte ich zu Hause bleiben, Kinder bekommen und ›ihm den Rücken frei halten‹. So hat er das ausgedrückt. Ich will aber studieren, Spaß haben und nicht mit Anfang zwanzig schon das erste Kind kriegen. Das war alles viel zu eng für mich.«

»Wie hat er es aufgefasst, als du ihm den Laufpass gegeben hast?«

»Er ist aufgestanden, hat mir mit der flachen Hand ins Gesicht geschlagen und ist gegangen. Wortlos. Erkan hat mich am Tag danach in seinem Namen regelrecht verprügelt, weil ich angeblich Schande über ihn und die Familie gebracht hatte.«

»In seinem Namen? Wie haben deine Eltern reagiert, als du die Verlobung gelöst hast?«

»Sie waren nicht gerade begeistert, haben es aber akzeptiert. Ich habe Abbas wohl sehr gekränkt.«

»Er wird es überstehen«, sagte ich. »Dass er dich geschlagen hat, geht natürlich nicht. Aber ich denke nicht, dass er eine Frau möchte, die ihn nicht liebt.«

Perihan seufzte. »Ich habe ihn kürzlich noch mal auf einer türkischen Hochzeit getroffen. Als ich auf ihn zuging, um ihn zu begrüßen, spuckte er mich an, drehte sich wortlos um und verschwand.«

»Dann ist er doch nicht so souverän, wie ich dachte.«

Frau Schmitz brachte Mandelhörnchen. Sie waren frisch gebacken und noch warm. Nur die Schokoenden fehlten.

»Probiert mal, Mädels«, lächelte sie. »Ich hab ein paar Tropfen Rosenwasser beigemischt. Hat mir eine türkische Kundin empfohlen.«

Ich testete. Ein leichter Hauch von Rosenduft breitete sich in meinem Mund aus, was mir merkwürdig vorkam: Ich schmeckte etwas, was ich nur vom Riechen kannte.

»Genial, Frau Schmitz. Und die Schokoenden lass tatsächlich weg, die passen nicht dazu. Und mach die Form anders. Keine Hörnchen, sondern einen Halbmond. Dann rennen dir die Muslime die Bude ein!«

»Na ja, ob ich das so will?«, meinte sie.

»Geschäft ist Geschäft«, entgegnete ich. »Wir müssen uns auf die Flüchtlinge einstellen.«

»Ich dachte eigentlich, dass umgekehrt ein Schuh draus wird.«

»Du hast doch auch schon schwule Mandelhörnchen gemacht, Frau Schmitz«, erinnerte ich sie. »Flexibilität ist heutzutage alles.«

»Die schwulen Hörnchen hast du geträumt, Frau Grappa. Die hat es nie gegeben.«

»Jedenfalls sind diese Bäckereien sehr lecker«, bestätigte Perihan. »Nicht so süß wie unser Baklava.«

Ich brachte Perihan zum Hotel zurück. Unser Beschützer folgte uns.

»Melde dich, wenn dir die Decke auf den Kopf fällt«, sagte ich zum Abschied.

Das Verhalten von Abbas al-Sayed ging mir nicht aus dem Kopf. Wäre es nicht normal gewesen, wenn er beim Termin im Polizeipräsidium erwähnt hätte, dass er mit der Familie des Selbstmordattentäters Erkan Tercanli bekannt war? Aber vielleicht wusste die Polizei es längst und nur ich war ahnungslos.

Ich recherchierte im Netz, fand aber nichts, was Abbas al-Sayed in irgendeiner Form in ein dubioses Licht gerückt hätte. Der Mann hatte alles richtig gemacht. Er war sozusagen ein Vorzeigemigrant. Er war in den richtigen Vereinen, in der Mehrheitspartei und engagierte sich in einem Hilfsprojekt, das sich um unbegleitete minderjährige Flüchtlinge kümmerte. Als vereidigter Dolmetscher für Türkisch und Syrisch-Arabisch trat er oft bei Gericht auf. Außerdem hatte er für die Landesregierung an einer wissenschaftlichen Untersuchung zum Thema Salafismus und Jugendkultur mitgewirkt.

Nur dass er jungen Frauen ins Gesicht schlug, wollte nicht zu dem Heldenbild passen.

Ich rief Kleist an und berichtete ihm von der Verlobung und al-Sayeds früherem Kontakt zur Familie Tercanli. Er fiel zwar aus allen Wolken, hatte jedoch ein paar Augenblicke später Gründe dafür gefunden, dass al-Sayed geschwiegen hatte. Männlicher Stolz zum Beispiel, Scham über die Abfuhr durch ein zwanzigjähriges Mädchen. Oder: »Vielleicht hat er es einfach nicht für relevant gehalten.«

»Arbeitet er weiter für euch?«

»Ja. Wir benötigen einen Dolmetscher und er beherrscht viele arabische Dialekte. Er weiß, wie die Salafisten ticken, und ist ein perfekter Verbindungsmann in die Flüchtlingsszene.«

»Du hältst ihn also für loyal?«

»Ja, uneingeschränkt. Was hast du gegen ihn, Maria?«

»Nichts. Nur ein Gefühl. Ich finde Lichtgestalten verdächtig.«

»Du leidest an professioneller Deformation. Dein Job hat dich misstrauisch gemacht.«

»Mag sein. Ich meine ja nur, dass ihr ihm gegenüber kritisch sein solltet.«

»Ich bin selbst Profi, liebste Maria. Soll ich morgen früh Brötchen mitbringen?«

Am späten Abend meldete ein Nachrichtenmagazin, dass demnächst in Bierstadt eine neue Beratungsstelle eröffnet werden solle. Sie nannte sich *Wegweiser gegen Salafismus* und wurde als nachahmenswertes Beispiel für das ganze Land bezeichnet. Ein Imam in Gebetskluft lobte das Engagement der Stadtverwaltung. Der Name des Geistlichen wurde eingeblendet: *Ahmad Sahin, Sprecher der muslimischen Gemeinden*. Durus Vater. Die Kamera zog auf. Neben Sahin stand Abbas al-Sayed. Auch er kam zu Wort: »Wir wollen nicht, dass die Salafisten unseren friedlichen Glauben in den Dreck ziehen.«

Ein Reporter jubelte die künftige Beratungsstelle zu einem schweren Geschütz gegen den gewaltbereiten Salafismus hoch. »Es haben sich bereits fünfzig Hilfesuchende an die Berater gewandt. Das Innenministerium geht von rund zweitausendfünfhundert Salafisten in Nordrhein-Westfalen aus. Rund fünfhundert von ihnen werden als gewaltbereit angesehen.«

Das letzte Bild zeigte al-Sayed und den Imam Sahin zusammen mit dem Oberbürgermeister, den Landtagsabgeordneten, den Kommunalpolitikern und den künftigen Mitarbeitern in den Räumen der Beratungsstelle *Wegweiser gegen Salafismus.* Merkwürdiger Titel. Kann ein Wegweiser gegen etwas sein?

Doch mich beschäftigte nicht allein diese Frage. Ich dachte noch bis tief in die Nacht darüber nach, warum sich der despotische Vater einer mutmaßlichen Kindsmörderin und der Freund eines Selbstmordattentäters so für den Frieden in der Welt engagierten. Vielleicht meinten sie es ehrlich und wollten ein gutes Beispiel geben. Kleist hatte recht: Die journalistische Beschäftigung mit Mord und Totschlag hatte wohl jeden Glauben an das Gute in mir abgetötet.

Fotoschau und Willkommensfest

Wie zu alten Zeiten: Kleist und ich beim ausführlichen Sonntagsfrühstück. Das wurde prompt durch das Klingeln von Kleists Handy unterbrochen. Er redete nicht viel, sondern hörte nur zu.

Als das Gespräch beendet war, sagte er: »Auf der Neonaziseite im Netz sind zahlreiche Fotos von Perihan zu sehen. Sie nennen sie die Terror-Schwester und haben sie zum Abschuss freigegeben.«

»Wie kommen diese Typen an Fotos von Perihan?«

»Das haben die Kollegen geklärt. Wayne Pöppelbaum hat Perihan noch mal in ihrer ganzen Schönheit fotografiert. Beim Angriff vor dem Haus ist seine Kamera gestohlen worden.«

»Weiß Perihan Bescheid?«

»Ja. Sie ist aber im Hotel sicher untergebracht. Wir haben das Bewachungspersonal aufgestockt«, antwortete er.

»Sie hätte mit ihren Eltern nach Istanbul fliegen sollen«, seufzte ich. »Da wäre sie besser aufgehoben.«

»Die Bundesanwaltschaft hat beantragt, die Internetseite zu schließen.«

Wir sahen uns die Seite an. Wayne hatte Perihan ins beste Licht gesetzt. Die Fotos wirkten sehr natürlich, die Kamera mochte die schöne Türkin. Die rassistischen Texte der rechtsradikalen Hetzer unter den Fotos waren an Häme und Hass kaum zu toppen. Noch schlimmer waren die Kommentare der Nazisympathisanten, die unter lustigen Decknamen wie *Antisemit* oder *Hitlerjunge* posteten. Die Texte strotzten vor Rechtschreib- und Grammatikfehlern. Alle waren sich einig, dass *Terrorschlampen* wie Perihan den Tod verdienten. Manche wollten sie an die Wand gestellt sehen, andere waren für die Aktivierung von Konzentrationslagern und noch andere fanden es spaßig, wenn die *Ausländer-Fotze* mit dem Flammenwerfer *langsam abgefackelt* würde.

»Wenn das Gericht diese Seite nicht killt, verstehe ich die Welt nicht mehr«, sinnierte ich. »Und jetzt brauche ich frische Luft. Kennst du schon die Flüchtlingsschiffe im Bierstädter Hafen? Da findet heute ein Willkommensfest statt, das von Nordstadt-Bürgern veranstaltet wird. Ich muss mal wieder deutsche Zeitgenossen erleben, die noch zur Empathie fähig sind.«

Der Tag war schön und kein Lüftchen regte sich. Rechts und links der lang gezogenen Straße pilgerten Menschen Richtung Wasser. Schon bevor die Flusskreuzfahrtschiffe in Sichtweite kamen, zog der Geruch von gebratenem Fleisch in unsere Nasen.

»Hoffentlich legen die Bierstädter kein Schweinefleisch auf den Grill«, wünschte ich.

»Ich denke, dass sich herumgesprochen hat, dass Muslime kein Schwein essen, Maria«, lachte Kleist. »Da hinten kannst du dein Auto abstellen.« Er deutete auf ein mit Flatterband abgegrenztes Terrain, vor dem ein Polizeiwagen parkte.

Ich reihte mich in die Schlange ein, die zum Parkplatz führte. Vor mir rollte ein Auto, das ich kannte. Bärchen Bibers feuerroter Angeberschlitten.

»Auch das noch«, entfuhr es mir.

»Was?«

»Unser Redaktions-Bärchen. Offenbar hat es neuerdings

sein Herz für Flüchtlinge entdeckt. Sogar am Sonntag. Mir bleibt auch nichts erspart.«

»Ich hab das Gefühl, dass du ihn nicht magst. Sein Interview mit al-Sayed war doch gar nicht übel. Er hat intelligente Fragen gestellt.«

»Zufallstreffer«, grummelte ich.

Kleist grinste in sich hinein.

Die Stimmung auf dem Willkommensfest schien entspannt. Fast zu schön, um wahr zu sein. Kein Neonazi störte und die Salafisten waren auch zu Hause geblieben. Blonde und dunkelhaarige Kinder spielten miteinander, arabische Klänge und Deutschrock vermischten sich und überall hatten sich kleine Gruppen gebildet, in denen gescherzt und geplappert wurde. Es gab Kartoffelsalat ohne Speck, Currywurst aus Lammfleisch, Couscous und Süßigkeiten, die allein vom Hinschauen dick machten.

»Hallo, Grappa«, zirpte es in meinem Rücken. »Guten Tag, Herr Kleist.« Bärchen Biber hatte sich hinterrücks angeschlichen.

»Bärchen, was treibt dich denn hierher?«, fragte ich mit meinem süßesten Lächeln.

»Die Arbeit, liebe Grappa«, entgegnete er artig. »Reportage über das Willkommensfest. Ein nachahmenswertes Beispiel gelebter Integration. Nette Leute hier. Und du zeigst deinem Freund das profane Bierstädter Provinzleben? Oder ermitteln Sie hier, Herr Doktor?«

»Geheime Mission«, konterte Kleist. »Ich bin inkognito hier. Ich bitte um Ihre Verschwiegenheit.«

»Selbstverständlich. Ich muss los.« Bärchen schaute über meine Schulter. »Ich bin mit Herrn al-Sayed verabredet und schon taucht er auf. Pünktlich wie ein guter Deutscher.«

Al-Sayed erblickte uns und grüßte kurz.

Ich zog Kleist weg. »Du bist ja inkognito hier, also musst du ihn nicht bespaßen.«

Über einen Lautsprecher wurde ein Redner angekündigt. Der Oberbürgermeister gab die üblichen Floskeln von sich. Die Begriffe Willkommenskultur, Frieden zwischen den Religionen, Integration kamen inflationär in seiner Rede vor – stückweise ins Arabische übersetzt von Abbas al-Sayed.

»Unsere Richtschnur, unsere Leitlinie muss unsere Verfassung sein. Die rechtsstaatlichen Grundprinzipien, die Würde des Menschen, die Gleichbehandlung von Männern und Frauen und die Meinungsfreiheit.«

Applaus.

Danach durfte al-Sayed in seiner Eigenschaft als künftiger Salafismusbekämpfer auch noch sprechen. Und er nutzte seine Chance.

»Wenn der Islamische Staat seine menschenverachtende Politik mit Koransuren rechtfertigt, dann reicht es als Reaktion nicht aus, ständig zu wiederholen, der Islam habe mit Terror nichts zu tun. Darum sage ich den islamischen Organisationen: Sie müssen sich mit einer Reform des Islam auseinandersetzen, wenn sie wirklich dauerhaft in der aufgeklärten Welt ankommen wollen.«

Applaus. Friede, Freude, Eierkuchen. Die Musik spielte wieder. Helene Fischers: *Atemlos durch die Nacht*. Die Menschen waren vor dem Terror geflüchtet, um hier solche Musik zu hören, dachte ich.

Bärchen Biber trabte hinter al-Sayed her – aber da war noch jemand. Ein junger schwarzhaariger Mann mit Vollbart folgte den beiden und sprach sie an. Bärchen hörte zu, während al-Sayed den Mann abzudrängen versuchte, was auch gelang. Ich wandte mich ab.

»Meinst du, dass Currywurst vom Lamm genießbar ist?«, fragte ich.

»Es wäre einen Versuch wert«, antwortete Kleist. »Die Soße soll doch eh wichtiger sein als das Fleisch. Oder hab ich da was missverstanden?«

»Nee, absolut korrekt. Für uns Ruhris zählt nur die Soße.«

»Dann bin ich gleich zurück.«

Der junge Mann, der Biber und al-Sayed angesprochen hatte, ging dicht an mir vorbei. Er machte einen niedergeschlagenen Eindruck. Als er gegen meine Handtasche stieß, entschuldigte er sich sofort auf Englisch. Ich gab ihm zu verstehen, dass alles in Ordnung war. Er verbeugte sich und strich sich durchs Haar. Am Finger blinkte ein Silberring, der mit arabischen Schriftzeichen verziert war.

Den Schmuck hatte ich schon einmal gesehen – auf Pöppelbaums Foto von der Neonazidemo gegen die Ankunft der Flüchtlinge im Hafen. Da hatte dieser Arm einen Neonazi daran gehindert, zuzuschlagen. Aber solchen Schmuck trugen wahrscheinlich viele.

Kleist brachte die Halal-Currywurst. Sie schmeckte köstlich und war viel würziger als die vom Schwein. Die Soße war ziemlich scharf und enthielt einen Touch von Zimt und Piment. Lecker.

Eine Frau mit einem Tablett bot uns Pfefferminztee an. Sogar der passte zur Wurst.

»Eigentlich ist es doch ganz einfach, friedlich miteinander umzugehen«, sinnierte ich.

»Findest du?« Kleist deutete auf eine Gruppe von Kindern. Ein kleiner blonder Junge schlug auf ein schwarzes Mädchen ein, das sofort losbrüllte. Das Geschrei lockte die Mutter des Mädchens an, die den Jungen wegstieß. Der holte seine Mutter und jetzt stritten sich die beiden Frauen.

»Okay, du hast mich überzeugt. Es gibt nur brüchigen Frieden. Wie wollen wir den Tag ausklingen lassen? Bei mir oder bei dir?«

»Es gibt zurzeit kein *mir*«, antwortete er. »Also gehen wir zu dir.«

Der Resttag verlief harmonisch, weil wir die unaufgeklärten Morde ausblendeten. Doch in meinen Träumen holten sie mich wieder ein. Die Bilder aus der Nacht, in der Duru Sahin ihr totes Baby geschaukelt hatte, quälten mich noch immer.

Anweisung zur Lüge

Im Morgengrauen schlich ich mich aus dem Bett. Kleist schlief noch.

Ich kochte Kaffee, legte mir eine Decke um und setzte mich in den Garten. Dort nickte ich wieder ein und wachte erst auf, als sich Kleist zu mir setzte.

»Ich muss gleich los«, sagte er. »Wir haben für heute einige Vernehmungen angesetzt. Hauptsächlich Salafisten, die in Moscheen und Vereinen aktiv sind. Allerdings mache ich mir wenig Hoffnung, etwas Belastendes zu finden. Die Leute sind schlau und haben gute Anwälte. Und unsere Justiz ist einfach zu demokratisch strukturiert. Vor zwei Tagen mussten wir zehn Personen aus der U-Haft entlassen, weil ihnen nichts nachzuweisen war, was eine längere Festsetzung gerechtfertigt hätte. Sie grinsen uns an und beleidigen uns. Es ist im Moment nicht einfach, diesen Staat und seine Rechte zu verteidigen, zumal die Politik auch noch starken Druck auf uns ausübt.«

»Wie meinst du das?«

»Wir werden angewiesen, bestimmte Fakten geheim zu halten.«

Ich stutzte. Bisher hatte er das nie so offen zugegeben. »Kannst du ein Beispiel nennen?«, fragte ich.

»Ja. Vor drei Tagen wurden die Kollegen in eine Erstaufnahmestelle gerufen. Bewohner hatten anderen Flüchtlingen Papierröllchen zwischen die Zehen gesteckt und angezündet. Der Grund für die Quälerei war, dass die Opfer sich zu ihrer Homosexualität bekannt hatten«, berichtete Kleist. »Und das war nicht der erste Vorfall dieser Art. Man lauerte ihnen vor der Toilette auf und zwang sie, vor einer johlenden Menge ihre Geschlechtsorgane zu zeigen. Wir haben den Fall dokumentiert und bekamen vom Innenministerium die Anweisung, nichts darüber verlauten zu lassen. Die Pressemitteilung durfte nicht abgeschickt werden.«

»Hat man den Maulkorb begründet?«

»Um die Bevölkerung nicht zu verunsichern.«

»Vor drei Tagen erst? Dann ist der Fall ja noch heiß. Lass mich mal machen.«

»Du willst ...?«

»Klar. Ich gebe der Arbeitsgemeinschaft schwul-lesbischer Vereine einen kleinen Tipp. Die werden die Messer wetzen! Und dann kann ich die Story schreiben.«

»Ja, das ist eine gute Idee«, nickte er.

»Was ist bloß los mit dir?«, wunderte ich mich. »Sonst lehnst du solche kleinen Tricks doch immer ab.«

»Es läuft zurzeit politisch zu viel schief. Die Integrationsdebatte wird falsch geführt. Jeder, der das kritisiert, wird sofort in die rechte Ecke gedrückt und als islamfeindlich hingestellt. Die Wahrheit wird verbogen und verschleiert – und das gefällt mir nicht.«

»Damit hab ich zu kämpfen, seitdem ich Journalistin bin«, seufzte ich. »Ich bin schon zufrieden, wenn ich es schaffe, die Wirklichkeit zu beschreiben.«

»Dabei ist es eigentlich so einfach: Die meisten Flüchtlinge kommen aus Gebieten mit einem völlig anderen Verständnis von Grundwerten und Demokratie. Sie haben Familienvorstellungen und ein Frauenbild, das uns erschreckt. Und das liegt nicht am Islam, sondern an der Tradition in den Herkunftsländern der Geflüchteten.«

Heilende Tiefkühlerbsen

Wayne ging es besser. Die Schwellungen im Gesicht waren zurückgegangen und die Schmerzen hielten sich in Grenzen. Die Nase sah aus wie eine dicke Runkelrübe.

»Sie wollen mir eine Maske verpassen, damit ich mein klassisches griechisches Profil zurückbekomme«, unkte er.

»Ist doch ein guter Vorschlag. Jetzt jedenfalls siehst du aus wie der hässliche Bruder von Gérard Depardieu.«

»Danke, Grappa, ich mag deine sensible Art.« Er verzog den Mund zu einem schmerzhaften Lächeln. »Ich muss hier raus. Es gibt nichts Langweiligeres als Krankenhäuser. Ich hab meine Sachen schon zusammengepackt.«

»Das geht nicht, du bist krank!«, widersprach ich.

»Hast du schon mal einen Helden gesehen, der Anweisungen der Ärzte befolgt?«, fragte er. »Auf meine Nase lege ich eine Tüte Tiefkühlerbsen, das kenne ich vom Sport. Und die Rippen müssen sowieso wieder allein zusammenwachsen. Kannst du mir mein T-Shirt überstülpen? Ich bekomme die Arme so schlecht hoch.«

»Dreh dich um.«

Ich öffnete das Krankenhemdchen und erschrak. Waynes Rückseite war brombeerrot mit violetten Mustern. Die Abdrücke von Schuhen oder Stiefeln waren noch zu erkennen – die Nazis hatten ordentlich zugelangt.

»Dein Rücken sieht aus wie ein Gemälde von Pollock«, meinte ich.

»Den kenn ich nicht«, stöhnte Wayne und reckte sich.

»Ich nehme jetzt die Arme ganz langsam hoch und du ziehst das Shirt drüber.«

Es klappte. »Die Hose schaffe ich allein, Grappa. Drehst du dich um?«

»Menno! Ich hab schon mal einen nackten Mann gesehen.«

»Grappa! Die haben mir zwischen die Beine getreten. Du könntest einen Schock fürs Leben kriegen.«

»Ist ja gut.«

Ich wandte mich ab. Schnaufend quälte sich der Fotograf in die Jeans.

»Zu Hause solltest du eine Jogginghose tragen«, schlug ich vor. »Dann hat das da unten mehr Luft.«

»Du nervst.«

Unbemerkt vom Pflegepersonal verließen wir das Krankenhaus. Im Auto informierte ich Wayne über die Ereignisse der letzten Tage. Unterwegs hielten wir beim Supermarkt. Ich kaufte eine Tüte mit tiefgekühlten Erbsen, Ravioli und Chili con Carne in Dosen sowie eine Flasche Himbeergeist.

Wayne versprach, sich zu schonen und das Haus vorerst nicht zu verlassen.

»Sag Bescheid, wenn du was brauchst«, sagte ich.

»Geht klar, und danke, Grappa.«

Die Wahrheit über den Preisträger

Ich schaffte es gerade noch rechtzeitig zur Redaktionskonferenz. Die Stadt hatte bekannt gegeben, dass der diesjährige Integrationspreis an drei Männer vergeben werden sollte: Imam Ahmad Sahin, Abbas al-Sayed und Hakim Chalid. Der letzte Name sagte mir nichts.

Aber Bärchen Biber wusste etwas damit anzufangen. »Ein syrischer Flüchtling, der für Obdachlose kocht. Morgen zu lesen in unserer Zeitung. Von mir höchstpersönlich recherchiert und geschrieben.«

Ironischer Applaus der genervten Kollegen.

»Wir sollten alle Preisträger morgen im Blatt haben«, sagte Berthold Schnack, als niemand mehr klatschte. »Hat jemand Interesse an den anderen beiden Herren?«

»Ja, ich. Und zwar höchstpersönlich«, antwortete ich. »Ich schreibe die Geschichte von Imam Ahmad Sahin, dem Mann, der seine eigene Tochter und Enkelin verstoßen hat und dafür noch belohnt wird mit einem Preis, der eigentlich keine Bedeutung hat.«

Schnack schluckte, doch traute er sich nicht, voll reinzugrätschen.

»Er wird ja auch seine Verdienste haben«, meinte er. »In der Pressemitteilung der Stadt finden Sie eine Menge Anhaltspunkte, auf die Sie zurückgreifen können. Herrn al-Sayed übernehme ich selbst. Für jeden vierzig Zeilen und ein zweispaltiges Foto. Damit hätten wir dann unser tägliches Flüchtlingsthema abgefrühstückt.«

Abgefrühstückt? Das war für Schnack ein ungewöhnliches Vokabular.

»Wir müssen thematisch wieder etwas reichhaltiger werden. Zu viele Flüchtlingsthemen im Blatt führen zu einer Übersättigung beim Leser. Es gibt bereits entsprechende Leserreaktionen, und zwar nicht nur von Leuten, die dem rechten politischen Spektrum zuzuordnen sind. Wenn wir die Gutwilligen verschrecken, schadet das nicht nur unserer Zeitung, sondern auch der politischen Atmosphäre im Land.«

»Ich wollte gerade den Vorschlag machen, über eine Theatergruppe zu berichten, die aus unbegleiteten minderjährigen Flüchtlingen besteht«, meldete sich Mäggi Wurbel-Simonis zu Wort.

»Das verschieben wir erst einmal, Frau Kollegin«, bestimmte Schnack. »Was macht denn die Auseinandersetzung um die Kloschüssel im Vorgarten?«

»Der Prozess wird fortgesetzt«, antwortete Mäggi. »Ein Gutachter soll eingeschaltet werden, der entscheiden soll, ob die Freiheit der Kunst die Kloschüssel vor der Vernichtung schützt.«

»Liegt Kunst nicht immer im Auge des Betrachters?«, fragte der Chef.

»Nein. Wer noch nie in einem Museum war, kann Kunst nicht beurteilen. Deshalb hängen ja so viele barbusige Zigeunerinnen in bundesdeutschen Schlafzimmern«, konterte Mäggi.

»So ein ähnliches Bild hab ich auch überm Vertiko hängen«, grinste Bärchen Biber. »Aber es zeigt einen nackten Zigeuner. Ist das denn wenigstens Kunst?«

Gelächter.

»Wenn der Zigeuner eine Coca-Cola-Flasche in der Hand hält oder statt eines Penis eine Kalaschnikow zwischen den Beinen baumelt, dürfte es sich um eine gelungene künstlerische Provokation handeln«, erläuterte unsere Kulturfachfrau.

»Nee«, antwortete Bärchen. »Da baumelt gar nichts.«

»Manchmal ist die Grenze zwischen Kunst und Kitsch eben schmal«, sagte Mäggi mit einem verächtlichen Augenaufschlag. »Und über schlechten Geschmack lässt sich nicht streiten.«

»Danke für das Gespräch«, sagte Schnack. »Aber wieder zurück zum Tagesgeschäft. Was hat die Sportredaktion zur morgigen Ausgabe beizutragen?«

Die ›Sportredaktion‹, die bestand aus Simon Harras und einigen freien Mitarbeitern, die pro Zeile, und Fotografen, die pro Bild bezahlt wurden.

»Die Sicherheitsmaßnamen im Fußballstadion sind mangelhaft«, sagte Simon ernst. »Überall auf der Welt wird über Terroranschläge geredet, von Bomben, die möglicherweise explodieren, und von Selbstmordattentätern, die wahllos unschuldige Menschen ermorden. Und was macht unser gefeierter Bundesligaverein? Ein nackter Mann spielt im Flutlicht Fußball und der Verein merkt es nicht einmal.«

Schnack schaute ihn konsterniert an. »Könnten Sie zum Wesentlichen kommen, Herr Kollege?«

»Dem Sicherheitsdienst wurde der Mann am Samstagabend gemeldet, als er im Flutlicht alleine mit einem Ball auf dem Platz spielte. Er war nackt, weil's ihm im Flutlicht zu heiß war.«

»Na und?«, fragte Mäggi. »Seit wann benehmen sich Fußballfans normal?«

»Die Bullen haben den Nackten kassiert und verhört. Er konnte einfach so ins Stadion spazieren, hat sich unter die Reinigungskräfte gemischt. Bisher hat der Verein immer behauptet, dass niemand ins Stadion kommt, der dort nicht hineingehört. Der Typ hat das Gegenteil bewiesen. Er hätte irgendwo einen Sprengsatz verstecken und ihn später zünden können. So viel zum Thema Sicherheit im Stadion.«

»Das Thema ist gut«, urteilte Schnack. »Achtzig Zeilen und versuchen Sie, ein Interview mit dem Geschäftsführer zu bekommen. Der soll sich mal dazu äußern.«

Ein unversöhnlicher Vater

Nach einer gehörigen Portion Kaffee informierte ich meine Kontakte bei dem Schwulenverein *Prinzenbörse* über die Attacken gegen schwule Flüchtlinge in der Erstaufnahmestelle. Wie erhofft waren sie total heiß auf die Nummer. Die Recherche brauchte ich nicht zu betreiben, der Verein hatte seine Leute dafür und die würden alles daransetzen, die Story rund zu kriegen.

»Wir melden uns bei dir«, versprach mein Ansprechpartner. »Dann hast du es exklusiv.«

Ein weiterer kleiner Erfolg wurde in einer Pressemitteilung der Polizei gemeldet. Die Neonaziseite, auf der die Fotos von Perihan erschienen waren, musste auf gerichtliche Anweisung gelöscht werden: Volksverhetzung, Aufforderung zu einer Straftat und Verletzung des Persönlichkeitsrechtes.

Ich wandte mich den Preisträgern des Integrationspreises zu, im Speziellen Imam Ahmad Sahin. In der Pressemitteilung der Stadt wurde sein integratives Engagement gelobt, als sei er ein Heilsbringer. Ich war fast neugierig, den Mann kennenzulernen, dessen dunkle Seiten in der städtischen Jubelarie nicht erwähnt wurden.

In der offiziellen Verlautbarung war eine Kontaktnummer angegeben. Ich wählte sie. Eine Männerstimme meldete sich. Sahins Sekretär oder so was Ähnliches. Er gewährte mir einen Termin in einer Stunde in der Moschee.

Ahmad Sahin war ein großer, hagerer Mann. Er trug eine weiße Häkelkappe und einen langen Mantel. Vom Tisch her strömte der Duft von Pfefferminztee aus henkellosen Glastassen. Auf einem schlichten Holzregal stapelten sich Bücher, vermutlich Ausgaben des Koran. Arabische Buchstaben zierten die Wände und ein großes Foto der Kaaba in Mekka, die jeder Muslim einmal im Leben besuchen soll, um ins Paradies gelangen zu können. Jedes Jahr kamen bei der Pilgerfahrt Hunderte von Menschen ums Leben, die sich gegenseitig tottrampelten, wenn bei der Huldigung des Propheten eine Panik ausbrach.

Sahin verbeugte sich höflich, gab mir aber nicht die Hand.

»Sie bekommen den Integrationspreis der Stadt«, begann

ich und zog meine Hand wieder weg. »Haben Sie eine Ahnung, warum?«

»Das müssen Sie die Leute fragen, die das beschlossen haben«, antwortete er in nahezu akzentlosem Deutsch. »Ich habe mich nicht danach gedrängt, mir ist jeder Auftritt in der Öffentlichkeit zuwider.«

»Sie bekommen den Preis in einer schwierigen Zeit. Die Deutschen haben Angst vor den Flüchtlingen, die ihren Glauben leben wollen, die rechte Gewalt nimmt zu und die Terroranschläge des Islamischen Staates haben sogar unsere Stadt erreicht. Die Integrationsdebatte ist voll entbrannt. Was haben Sie persönlich dafür getan, um einen Integrationspreis zu verdienen?«

»Ich kann Ihnen nur die gleiche Antwort geben, die ich Ihnen eben schon gab.« Sahin nahm einen winzigen Schluck aus dem Teeglas.

»Sie hatten eine Tochter. Sie hieß Duru. Sie hatte ein Kind, Ihre Enkelin. Beide sind tot. Ihre Tochter ist nach Syrien gereist und war dort die Frau eines IS-Terroristen. Als sie flüchtete, haben Sie sich geweigert, ihr zu helfen.«

Er atmete tief durch. »Ich habe meine Tochter verstoßen, weil sie ungehorsam war. Das ist Privatsache und hat mit Integration nichts zu tun.«

»Gibt es das Wort ›Vergebung‹ in Ihrem Glauben nicht?«, fragte ich. »Oder das Wort ›Mitleid‹? Liebten Sie Ihr Kind nicht?«

»Was stellen Sie mir für unverschämte Fragen, Sie freches Weib!« Sahin war fassungslos. »Ich bin es nicht gewöhnt, so angesprochen zu werden!«

»Haben Sie ein Problem mit selbstbewussten Frauen?«, setzte ich nach. »Ich habe Ihre Tochter und das Baby in der Nacht gesehen. Da war Ihre Enkelin schon gestorben. Erstickt. Jemand hat sie tot auf eine Schaukel gesetzt, sie festgebunden und Duru hat sie stundenlang geschaukelt. Und kurz danach wird Ihre Tochter in die Luft gesprengt. Bricht Ihnen nicht das Herz?«

»Dieses Gespräch ist beendet.« Sahin erhob sich. »Und ich werde mit Ihren Vorgesetzten über Ihr Benehmen reden.«

»Wissen Sie, was in dieser Nacht geschehen ist? Wer hat die kleine Öslem getötet, Ihr Enkelkind?«

»Hören Sie mir genau zu.« Er kam auf mich zu, in seinem Gesicht arbeiteten die Muskeln und sein Blick war hasserfüllt. »Es geht nicht um mich und nicht um die Tochter, die ich nicht mehr habe. Es geht um den Islam und den Kampf der Kulturen. Der IS wird den Islam zerstören.«

Ich wollte ihn weiter provozieren. Vielleicht würde er sich weniger vorsichtig ausdrücken. »Die IS-Leute machen doch nur das, was alle Muslime beschlossen haben – sie führen den Dschihad. Das sollte Ihnen doch gefallen.«

»Sie haben keine Ahnung, wovon Sie reden.«

»Klar, ich bin ja nur eine dumme Frau«, räumte ich ein.

»Der Dschihad ist ein innerer Kampf gegen Untugend und Unmoral. Das hat mit einem militärischen Krieg nichts zu tun.«

»Das sehen die meisten Ihrer Glaubensbrüder aber anders«, widersprach ich. »Unter Berufung auf den Islam werden Frauen gesteinigt, Christen geköpft, Bomben auf Marktplätzen gezündet und in Saudi-Arabien Regimekritiker gekreuzigt. Ich frage mich, was war für Ihre Tochter so anziehend am IS?«

»Sie war nie eine gute Tochter. Die Unmoral hier in Deutschland hat sie verdorben. Meinen Anordnungen ist sie nicht gefolgt. Ich hatte einen Mann für sie ausgesucht, so wie es bei uns Sitte ist. Sie weigerte sich, ihn zu heiraten. Sie hat mich belogen und betrogen.«

»Aber sie hat doch dann eingesehen, dass es der falsche

Weg war. Sie kehrte zurück. Mit ihrem Baby!«, rief ich aus. »Und wollte sich mit ihrer Familie versöhnen.«

»Was wissen Sie denn schon? Sie war die Hure von vielen Männern.« Ahmad Sahin ging zur Tür und öffnete sie. »Ich hoffe, dass wir uns nie wiedersehen.«

»Darauf sollten Sie nicht hoffen«, sagte ich und verließ den Raum.

Immer nur meckern

Das Interview war der berühmte Schuss in den Ofen gewesen. Erstmals in meinem Leben folgte ich dem Rat meines Chefs und studierte die geschönte Pressemitteilung der Stadt, in der das Leben des neuen Integrationspreisträgers wohlwollend beschrieben wurde. Ich schusterte den Artikel zusammen, so gut es ging, und endete so:

> Imam Ahmad Sahin ist der Vater der bei einem Selbstmordanschlag im Bierstädter Klinikum ums Leben gekommenen Duru Sahin (18), die viele Monate im syrischen Aleppo bei den Terrorkämpfern des sogenannten Islamischen Staates lebte – wir berichteten. Ungeklärt ist noch immer, wie das Baby der jungen Frau zu Tode kam. Das Schicksal seiner Tochter und Enkelin scheint den Imam nicht zu berühren. Er habe seine Tochter verstoßen, weil sie ungehorsam gewesen sei.

Ich schickte meine Zeilen an Schnack und er reagierte prompt.

»Der letzte Absatz. Muss das sein?«, fragte er am Telefon.

»Ja, denn es stimmt ja, was da steht. Sahin bleibt bei seiner unmenschlichen Reaktion, zeigt kein bisschen Empathie.«

»Na gut«, räumte Schnack ein. »Sahin ist ein unverbesserlicher Traditionalist.«

»Das haben Sie aber lieb ausgedrückt«, meinte ich.

»Er hat sich übrigens bei mir über Ihr Auftreten beschwert.«

»Und? Wie haben Sie reagiert?«

»Ich sagte ihm, dass Sie sich immer so benehmen und dass er sich nicht so anstellen soll.«

Ups.

»Ich kann diese ewig jammernden Muslime nicht mehr ertragen!«, rief Schnack aus. »Diese Sitzungen im Integrationsrat sind einfach nur anstrengend. Immer fordern sie, nichts ist gut genug und selbst tun sie rein gar nichts! Sie sperren ihre Frauen zu Hause ein und verhindern, dass sie Deutsch lernen. Neulich hat die Caritas einen kostenlosen Deutschkurs für ältere Musliminnen angeboten. Das wurde von den Herren Muslimen abgelehnt. Und unsere SPD lächelt dazu, duckt sich und findet das auch noch in Ordnung. Und jetzt muss ich meinen Artikel über Abbas al-Sayed fertig schreiben. Der ist wenigstens nicht ganz so nervig.«

Abrupt beendete er das Gespräch und ließ mich für ein paar Sekunden fassungslos zurück. Legte er seine Hampelmann-Haltung langsam, aber sicher ab?

Abwarten, Grappa, dachte ich. Eine Schwalbe macht noch keinen Sommer und eine vernünftige Aussage noch keinen sympathischen Menschen.

Apropos unsympathisch. Bärchen Biber war fleißig gewesen; sein Artikel über den Flüchtling, der Obdachlose mit seiner Kochkunst erfreute, stand bereits online. Ich holte ihn auf den Schirm.

»Ich will etwas zurückgeben« – Hakim Chalid kocht für Obdachlose

An jedem Samstag steht Hakim Chalid (35) neben dem Bierstädter Rathaus – vor sich eine provisorische Theke, die er sich selbst gebaut hat. Chalid kocht für die Menschen, die kein Dach über dem Kopf haben, und die nehmen es gern an. Ein Plakat erklärt, um was es geht: »Ich will den Deutschen etwas zurückgeben.« Jetzt bekommt der 35-Jährige zusammen mit zwei weiteren Muslimen den Integrationspreis der Stadt.

Das Besondere an dem Koch ist, dass Hakim Chalid selbst als Flüchtling aus Syrien kam und eigentlich nichts hat, was er teilen kann.

Chalid hat sein Heimatland Syrien verlassen, weil die IS-Terroristen ihn umbringen wollten. Seine Familie schaffte die Flucht nicht, er selbst hat sich übers Meer und zu Fuß bis nach Deutschland durchgeschlagen. Inzwischen lebt er auf einem der Flussfahrtschiffe im Bierstädter Hafen – zusammen mit anderen Menschen, die ihre Heimat ebenfalls verloren haben.

Ich stutzte und schaute mir das Porträtfoto von Hakim Chalid an. Das war ja der junge Mann mit Silberring, der auf dem Willkommensfest auf Bärchen Biber eingeredet hatte! Allerdings hatte er sich seit dem Wochenende den Bart abrasiert. Ich las weiter:

Chalid kocht meist syrisch. Manchmal helfen ihm andere Menschen dabei oder spenden Lebensmittel.

Das beeindruckt nicht nur die Obdachlosen, sondern auch Passanten. Eine Frau gegenüber unserer Zeitung: »Dieser Mann hat meine ganze Hochachtung. Ich bin so froh, ihn getroffen zu haben und ihm ein bisschen helfen zu können.« Spricht's und legt einen Zwanzigeuroschein in die Spendenbox.

Bärchen hatte noch weitere Elogen über den Syrer zusammengetragen.

Ich begab mich ins Großraumbüro. Der Kollege lümmelte sich auf seinem Stuhl und tummelte sich in einem Schwulenportal, als ich zu ihm trat. Er machte keine Anstalten, die Seite wegzuklicken.

»Grappa, was liegt an?«, fragte er.

»Der ist doch noch keine sechzehn.« Ich deutete auf den Monitor. Ein halb nackter Junge räkelte sich in neckischer Pose auf einer Sonnenliege.

»Der ist über zwanzig«, behauptete Biber. »Aber in deinem Alter kommen dir Leute unter dreißig wie Kinder vor.«

»Hauptsache, du verstößt nicht gegen das Strafrecht, Bärchen.«

»Keine Sorge, liebe Grappa«, grinste er.

»Dein neuer syrischer Freund ist ja immerhin über dreißig. Netter Artikel. Wie hast du den jungen Mann eigentlich kennengelernt?«

»Über Facebook. Eine Flüchtlingshilfe hat Fotos gepostet, wie er in dem Topf rührt und einem Penner den Teller vollschaufelt.«

»Und dann hast du ihn gleich für den Integrationspreis vorgeschlagen?«, wollte ich wissen.

»Nein, das waren Sahin, al-Sayed und der Verein *Islam mit Herz.*«

»Der Salafistenverein?«

»Es steht nicht fest, ob der salafistisch ist. Die Leute vertreten zwar den konservativen Islam, es liegt aber nichts gegen sie vor, so die Staatsanwaltschaft. Die haben die Ermittlungen eingestellt.«

»Erkan Tercanli war dort Mitglied.«

»Na und? Das ist ja nicht strafbar.« Er klickte den halb nackten Mann endlich weg. »War sonst noch was, Grappa?«

»Ich wundere mich, dass jemand, der erst seit ein paar Wochen im Land ist, so schnell geehrt wird«, grübelte ich.

Bärchen stimmte zu. »Ich fand es auch erst komisch. Aber ich denke, dass es was mit Kosmetik zu tun hat. Bisher haben immer nur alte Säcke den Preis gekriegt. Und Frauen schon gar nicht. Also wollte man den Preis wenigstens verjüngen. Wie war eigentlich dein Date mit Sahin?«

»Schrecklich. Ein gefühlloser Despot. Kein Wunder, dass Duru vor ihm geflüchtet ist.«

»Nur leider in die falsche Richtung«, meinte Bärchen.

Eine Mutter packt aus

Zu Hause erwartete mich eine Überraschung. Perihan Tercanli saß auf der Bank vor meinem Haus. Sie hatte ihr Äußeres stark verändert. Statt der schönen langen Haare trug sie eine rappelkurze Jungenfrisur, Jeans und einen übergroßen Parka.

»Mädchen!«, rief ich aus. »Wie siehst du denn aus?«

»Ich find's gut«, lächelte sie. »So erkennt mich niemand. Und es ist irgendwie befreiend. Ich brauch noch nicht mal einen Fön. Und die Schminkerei kann ich mir auch sparen.«

»Steht dir gut«, sagte ich. »Warum hast du das Zeugenhotel verlassen?«

»Das war kein Hotel, sondern betreutes Wohnen.«

»Und wo ist dein Polizeischutz?«

»Die haben nicht auf mich geachtet, als ich in meinem neuen Outfit das Haus verlassen habe. Und ich bin froh, mich mal wieder frei bewegen zu können.«

»Hm. Seltsamer Zeugenschutz«, meinte ich.

»Können wir reden? Ich hab da noch ein Problem.«

Ich schob sie Richtung Tür. »Komm erst mal rein.«

Sie hatte noch nichts zu Abend gegessen und ich tischte auf, was da war. Viel war es nicht. Gürkchen, Brot, Käse und Schinken. Dazu Wasser für Perihan und Wein für mich.

»Erzähl von deinem Problem«, forderte ich sie auf.

»Es geht um Durus Mutter. Sie will ihren Mann verlassen, aber sie hat Angst.«

»Hat sie keine Verwandten oder Freunde, bei denen sie unterkommen kann?«, fragte ich.

»Nein. Der Imam hat dafür gesorgt, dass sie keine Kontakte außerhalb des Hauses knüpfen konnte. Elif hat mir einen Brief geschickt.« Sie zog einen Umschlag aus der Hosentasche.

»Ins Hotel?«

»Nein, natürlich nicht. Den Brief hat mir die Polizei gegeben. Die sammeln die Post ein, die bei meinen Eltern aufläuft.«

Ich nahm den Brief, konnte aber nichts lesen, weil er in türkischer Sprache verfasst war. Die Schrift allerdings wirkte ungelenk, vermutlich mangels Übung.

»Außer ihrer Absicht, ihn zu verlassen, hat sie auch etwas über Duru geschrieben, was dich sicherlich interessiert. An dem Abend, als du Duru auf dem Spielplatz gefunden hast, wollte sie sich mit ihrer Mutter treffen. Deshalb hat sie auch das Baby mitgenommen. Doch der Imam hat Elif erwischt, als sie gerade gehen wollte, und sie in einem Zimmer eingesperrt. Danach hat er selbst das Haus verlassen.«

»Das hat sie geschrieben?« Mir wurde heiß und kalt. »Hat sie dem Imam gesagt, was sie vorhatte?«

»Ja. Elif hatte Babysachen und Spielzeug gekauft, beides in einer Tüte dabei. Als er das sah, hat er natürlich sofort gewusst, wo sie hinwollte.«

»Und er hat sich statt ihrer mit Duru getroffen?«

»Das weiß Elif nicht. Aber sie beschuldigt ihn, die kleine Öslem getötet zu haben.«

»Das steht hier alles drin?« Ich wedelte mit dem Papier.

Perihan nickte. »Er wird aber bestimmt nicht zulassen, dass sie das wiederholt.«

»Das denke ich auch«, nickte ich. »Deshalb müssen wir

Elif Sahin in Sicherheit bringen, und das geht nur mit Hilfe der Polizei.«

Ich rief Kleist an. Er versprach mir, noch an diesem Abend die Frau des Imam zu holen und zu vernehmen.

Ich schickte Perihan nicht wieder ins Hotel zurück, sondern brachte sie im Gästezimmer unter.

Die halbe Nacht beschäftigte mich nur ein Gedanke: Hatte Ahmad Sahin seine Enkelin getötet? Und wenn, war es Mord oder Unfall?

Rätsel um blaue Kabelbinder

Gegen acht Uhr klingelte ein übernächtigter Kleist an der Tür. »Der Fall Öslem ist vorläufig geklärt«, begrüßte er mich.

»Mord oder Unfall?«

»Lass mich erst mal rein.«

Perihan hatte das Klingeln gehört und kam zu uns in die Küche. »Was ist passiert?«

»Ahmad Sahin hat ausgesagt. Der Imam hat sich tatsächlich mit seiner Tochter getroffen«, berichtete Kleist. »In einem Park in der Nähe des Spielplatzes. Duru war geschockt, dass der Vater statt der Mutter kam, und hat ihn aufgefordert, zu gehen. Er weigerte sich und schlug ihr ins Gesicht. Dabei rutschte ihr das Baby aus den Händen und fiel auf den Boden. Duru hob die Kleine auf und drückte sie an sich. Und zwar so stark, dass das Kind erstickt sein könnte. So jedenfalls schildert es der Imam.«

»Vielleicht war die Kleine ja nur bewusstlos und hätte noch gerettet werden können«, warf Perihan ein.

»Sahin behauptet, Duru habe das Baby angesehen, den Puls geprüft und dann zu schreien angefangen. Dann sei sie weggelaufen.«

»Er ist nicht hinterher?«, fragte ich.

»Angeblich nicht.«

»Das passt nicht zusammen. Woher stammen denn die blauen Kabelbinder, mit denen das Kind an der Schaukel befestigt war?«

»Das habe ich Sahin auch gefragt, aber er hat angeblich keine Ahnung«, antwortete Kleist. »Er wusste noch nicht mal, was Kabelbinder sind. Wir haben sein Haus durchsucht und tatsächlich keine gefunden.«

»Dann hat er sie verschwinden lassen«, mutmaßte ich.

»Die Kabelbinder sind jedenfalls ein großes Rätsel. Wie kamen die Dinger auf den Spielplatz? Sie gehören wohl kaum zur Standardausrüstung junger muslimischer Mütter.«

»Wo ist der Imam jetzt?«, fragte Perihan.

»In Untersuchungshaft.«

Das interessierte mich nun aber. »Wieso das denn?«

»Vieles ist zu unklar. Der Staatsanwalt glaubt die Geschichte nicht, vor allem wegen der Kabelbinder. Und der Imam hat beste Kontakte ins Ausland, darum besteht Fluchtgefahr. Einstweilen können wir ihn also festsetzen.« Kleist sah ziemlich zufrieden aus.

»Wo ist seine Frau?«

»Wir haben sie in einem Frauenhaus untergebracht, in dem Musliminnen leben, die vor ihren Männern geschützt werden müssen. Dort arbeiten engagierte Leute, die genau wissen, wie man mit islamischen Paschas umspringt«, antwortete Kleist. »Die kooperieren mit Rechtsanwälten, die auf schnelle Scheidungen spezialisiert sind.«

»Dann weiß ich ja, was ich jetzt zu tun habe«, freute ich mich. »Perihan, was hast du heute vor?«

»Kann Wayne mich abholen?«

Ich rief ihn an und er war einverstanden.

Streit um einen Sklavenmarkt

Gestern noch Integrationspreisträger, heute als Mordverdächtiger in Untersuchungshaft. Imam Ahmad Sahin konnte sich über ein langweiliges Leben nicht beklagen. Gegen Mittag gaben Staatsanwaltschaft und Polizei die Festnahme bekannt. Die Stadt reagierte eine Stunde später und teilte mit, dass sie an der Verleihung des Preises an Sahin festhielt, solange er nicht rechtskräftig wegen eines Deliktes verurteilt worden sei.

Wir hoffen, dass sich die Vorwürfe gegen den Vorsitzenden des Integrationsrates nicht bestätigen. Imam Ahmad Sahin wurde von uns in Konfliktsituationen oft als Vermittler zu Hilfe gerufen. So konnte manche Eskalation vermieden werden.

In der Konferenz bekam ich vierzig Zeilen zugeteilt.

»Der Mann ist so lange unschuldig, bis seine Schuld erwiesen ist. Also bitte mit Fingerspitzengefühl«, ermahnte mich Schnack einmal mehr.

Ich lächelte nur zuckersüß.

»Das steht noch auf deinem Grabstein, Grappa«, unkte Simon Harras. »*Ihr Fingerspitzengefühl brachte sie ins Grab* – oder so.«

»Sehr witzig, Herr Kollege«, sagte Schnack. »Kann ich heute Ihren Artikel über die Sicherheit im Bierstädter Fußballstadion einplanen?«

»Ja. Man wird künftig die Zugänge ins Stadion auch außerhalb des Spielbetriebs kontrollieren. Der Flitzer im Flutlicht hat die Herren wohl aufgeweckt.«

»Sonst noch Ideen?«, fragte Schnack.

»Ich bin heute früh durch die Innenstadt gebummelt«, tat Mäggi Wurbel-Simonis kund. »Und plötzlich stand ich auf einem Sklavenmarkt.«

»Was hat man für Sie geboten?« Das war Bärchen.

Die Kollegen grinsten und auch ich musste zugeben, dass die Frage mich belustigte.

»Es war ein symbolischer Sklavenmarkt«, erklärte Mäggi todernst. »Mit sehr bedrückenden Bildern. Verhüllte und gefesselte Frauen drängten sich nebeneinander in der Fußgängerzone und sollten versteigert werden. So, wie es die Terrormiliz des IS mit gefangenen Frauen macht. Ich würde gern über diese Protestaktion berichten. Ich habe Fotos davon gemacht.«

Wir trauten unseren Ohren nicht. Mäggi und Fotos? Sie hatte bisher immer auf strikter Trennung zwischen den Gewerken bestanden. Auch Schnack schien irritiert, verkniff sich aber eine Bemerkung.

»Super Thema«, sagte ich. »Vielleicht auch heilsam für die deutschen Wohlstandstussen. Dann sehen sie mal, dass es für Frauen andere Probleme gibt als die Farbe ihres neuen Mercedes SLK.«

»Ihr Steinzeit-Feminismus trägt immer wieder zur Auflockerung dieser Runde bei, Frau Kollegin«, seufzte Schnack.

»Ich weiß, dass Ihnen ein Sklavenmarkt mit männlichen Angeboten besser gefallen würde«, lächelte Mäggi maliziös.

»Natürlich, liebe Kollegin. Ihnen doch auch – besonders, wenn die Sklaven jung und schwarz sind.«

Dass Schnack so offen auf Mäggis Liaison mit Mamadou, ihrem sehr viel jüngeren kenianischen Lover anspielte, war ungewöhnlich. Aber das hatte sich Mäggi selbst zuzuschreiben.

Sie gifteten sich weiter an. Die Spannung unter den Kollegen am Konferenztisch stieg.

»Gleich fließt Blut«, raunte Simon Harras. »Ich setze fünf Euro auf Schnack.«

»Ich will ja meinen schlechten Ruf nicht versauen und anfangen, Streitereien zu schlichten«, griff ich ein. »Aber die Aktion, von der die Kollegin berichtet, passt zu dieser Agenturmeldung hier.« Ich legte das Papier auf den Tisch. »Es geht um ein siebzehnjähriges Mädchen, das aus Syrien zurück nach Deutschland flüchten wollte. Sie soll vor ihrem Tod den Terroristen als Sexsklavin gedient haben und als Geschenk an Kämpfer weitergegeben worden sein. Der Fluchtplan wurde verraten und sie gesteinigt. Insofern macht ein symbolischer Sklavenmarkt ja wohl Sinn.«

Mäggi nickte. »Und wenn nur ein Mädchen dadurch gerettet wird.«

»Dann schreiben Sie halt drüber«, stöhnte Schnack. »Und ich kann dann wieder die Leserbriefe der Leute beantworten, denen diese Themen bis hier stehen.« Er legte die Hand quer über die Nase.

Der Rest der Show verlief friedlich. Das Tagespensum wurde verteilt und alle trollten sich.

Im Großraumbüro kamen Mäggi die Tränen. »Der hat mich vor allen Kollegen bloßgestellt«, schniefte sie.

»Du ihn aber auch. Insofern steht es unentschieden. Und jetzt stell dich nicht so an!«

Freilassung aus Angst vor dem Mob

Sahins Anwälte schafften es dann doch, ihren Mandanten aus dem Knast zu holen. Angeblich sei er gesundheitlich angeschlagen und nicht haftfähig.

Gut, dass Elif Sahin inzwischen ausgezogen war und die Repressalien ihres Mannes nicht mehr zu fürchten brauchte.

Ich rief Kleist an, der natürlich schon Bescheid wusste. Er hielt die Freilassung für falsch.

»Wir haben es mal wieder mit einer politischen Entscheidung zu tun. Man hat Angst vor der Reaktion der Muslime im Land, wenn man einen Imam in U-Haft nimmt. Das haben die Anwälte beim Haftprüfungstermin sehr geschickt vorgetragen. Man wolle die Verantwortung für Proteste oder Schlimmeres nicht übernehmen, die durch Sahins Inhaftierung ausgelöst werden könnten.«

»Das ist ja eine Drohung«, empörte ich mich. »Und das lassen sich deutsche Gerichte gefallen?«

»Ja. Immerhin muss sich Sahin einmal pro Tag bei der Polizei melden und ich stelle ihm zwei Kollegen vor die Haustür. Offiziell zu seinem Schutz.«

Ich aktualisierte meinen Artikel mit der Information, dass ein gutgläubiger Richter bei einem gut integrierten Untersuchungsgefangenen keine Fluchtgefahr sah. Eine halbe Stunde später stand mein Artikel im Netz. Sofort bahnte sich ein rechter Shitstorm gegen diese Entscheidung an, sodass Schnack die Kommentarfunktion abschaltete.

Als ich meine Sachen packte, meldete sich der Betriebsratsvorsitzende des *Tageblatts* bei mir. Er teilte mir mit, dass Berthold Schnack aufgefordert worden sei, die Dossiers über die Kollegen zu löschen, wozu er sich auch bereit erklärt habe. Außerdem sei er von den Verlegern aufgefordert worden, so was künftig zu lassen. Wenigstens ein kleiner Erfolg an diesem Tag.

Mein Handy gab einen Ton von sich. Eine SMS von Wayne. Er schlug vor, dass wir uns in der Bäckerei treffen sollten. Der Gedanke an frische Mandelhörnchen ließ meinen Magen knurren.

Wayne hatte sich die Haare bis auf drei Millimeter abrasiert. Die genähten Risse in der Kopfhaut sahen noch immer furchtbar aus. Die Hämatome im Gesicht hatten sich weiterentwickelt und ihre Farbe geändert: Statt dunkelviolett leuchteten sie jetzt in einem satten Gelb.

»Perihan hat fast die gleiche Frisur wie du«, stellte ich fest. »Partnerlook?«

»Leider nicht«, bedauerte er. »An die Narben muss Luft dran, damit nichts suppt, sagt der Arzt.«

Donka brachte uns Kaffee. »Chefin kommt gleich. Sie ist in der Backstube. Mandelhörnchen?«

Ich nickte.

»Dass du die Dinger nicht leid wirst«, wunderte sich Wayne. »Dieses süße Zeugs ist zum Weglaufen.«

»Du musst sie ja nicht essen. Und jetzt erzähl, was los ist.«

»Wieso?«

»Es gibt doch einen Grund für unser Treffen, oder nicht?«, hakte ich nach.

»Ja, ich wollte eine liebe Freundin wiedersehen. Dich!«

»Och, jetzt bin ich aber gerührt«, grinste ich.

Frau Schmitz kam mit zwei Mandelhörnchen. »Wie isses, ihr zwei?«, fragte sie.

»Muss«, antworteten wir unisono.

»Die letzten. Ich mach gleich den Laden dicht.« Sie stellte den Teller ab. »Warum muss das Mädchen denn im Auto bleiben?«, fragte die Bäckerin, an Wayne gewandt.

»Welches Mädchen denn?«, fragte ich.

»Ich hab Perihan dabei«, gab er zu. »Sie möchte nicht zurück in das Hotel. Wir wollten dich fragen, ob sie noch ein paar Tage bei dir wohnen kann.«

Aha, das war der Grund.

»Was sagt die Polizei dazu?«

»Die weiß noch von nichts. Am Freitag will Perihan nach Istanbul zu ihren Eltern fliegen. Wir dachten, dass sie so lange bei dir bleiben kann.«

»Mensch, Wayne! Bei mir ist sie nicht sicher. Außerdem hab ich keine Lust, dass mir Neonazis oder IS-Fuzzis das Haus demolieren oder in die Luft sprengen.«

»Es weiß doch niemand, dass sie bei dir ist.«

»Noch weiß es niemand«, stellte ich fest. »Das wird sich aber schnell rumsprechen. Warum wohnt sie denn nicht bei dir?«

»Ich bin ein Mann. Sie eine Frau. Wir sind nicht verheiratet. Das gehört sich nicht.«

»Ich werde Kleist fragen, was er davon hält.«

Ich tippte seine Nummer, doch er meldete sich nicht. Auch die Mailbox war ausgeschaltet. Ich sandte ihm eine SMS.

»Für heute ist das okay«, lenkte ich ein. »Aber ab morgen müssen wir eine andere Lösung finden. Lass uns losfahren. Hier sitzen wir auf dem Präsentierteller.«

Die Bäckerin steckte uns noch eine Tüte Brötchen zu. »Morgen kann ich die nicht mehr verkaufen.«

»Vielen Dank«, sagte Perihan, als sie und Wayne in meiner Küche saßen. »Es ist ja nur für kurz. Meine Eltern freuen sich, dass ich komme. Im Hotel bin ich allein und grüble den ganzen Tag. Nachts träume ich schreckliche Sachen. Und ich frage mich, wie Erkan zum Mörder werden konnte. Er war so ein hübscher und lieber Junge.«

Sie holte ein Foto aus der Tasche und zeigte es uns. Vater, Mutter, zwei Kinder. Glückliche Gesichter. »Das ist ungefähr zehn Jahre her. Ich kann das alles nicht begreifen.«

»Du kannst nichts dafür«, meinte Wayne.

»Wir müssen überlegen, wie es weitergeht«, änderte ich

das Thema. »Du darfst nicht einfach so verschwinden, Perihan. Vielleicht braucht die Polizei dich als Zeugin.«

»Ich habe doch schon alles gesagt, was ich weiß. Warum sollte ich in Gefahr sein? Welche Gründe sollte jemand haben, mich umzubringen?«

»Rache?«, fragte ich.

»Oder gekränkte Eitelkeit«, warf Wayne ein.

»Gekränkte Eitelkeit?«

»Abbas al-Sayed?«, schlug ich vor.

Perihan schüttelte den Kopf.

»Warum nicht?«

»Er ist ein reicher Mann, der überall eine Braut finden kann. Warum sollte er mir nachtrauern?«

»Weil du eine sehr schöne und besondere Frau bist ... und weil deine Zurückweisung sein Ego verletzt hat«, sagte Wayne, nahm ihre Hand und aktivierte seinen Hundeblick. Das sah leicht komisch aus, denn Blick und Nasenbeinbruch harmonierten nicht.

»Ich öffne jetzt eine Flasche Wein«, kündigte ich an. »Wer mittrinken will, soll das tun. Wer Wasser will, soll zum Kühlschrank gehen.«

»Kannst du nicht auch Bratkartoffeln machen?«, fragte Wayne. »Und dazu Gewürzgurken?«

»Wenn du die Dinger schälst.« Ich ging zur Speisekammer und präsentierte ihm das Netz mit den mehlig kochenden Biokartoffeln.

»Die keimen ja schon«, meckerte er.

»Dann knips die Keime eben ab«, riet ich und setzte den Korkenzieher an.

»Ich kann die Kartoffeln schälen«, bot sich Perihan an.

»Niedere Arbeiten sind was für Männer«, hielt ich die Fahne des Feminismus hoch. »Ich drehe höchstens das Glas mit den Gurken auf, weil das ein gewisses motorisches Geschick erfordert. Bratkartoffeln werden das aber nicht. Dazu müssten die gekocht sein. Ihr macht Röstis.«

Der Korken ploppte. Perihan schob ihr Glas zu mir hin. Sie schlürfte den Riesling mit sichtbarem Genuss.

Amüsiert sahen wir zu, wie Wayne die Kartoffeln schnibbelte und sie in die Pfanne warf.

Auge um Auge

Am nächsten Morgen meldete sich Kleist – wie ja fast jeden Morgen. Er war damit einverstanden, dass Perihan zu ihren Eltern nach Istanbul flog.

»In Bezug auf Ali Musa sind wir übrigens kein Stück weitergekommen. Alle Hinweise laufen ins Leere«, berichtete er. »Möglicherweise hat er das Land ja wieder verlassen, nachdem sein Kind und seine Frau nun tot sind.«

»Er hätte aber Grund, noch hier zu sein«, murmelte ich. »Was, wenn er nach Deutschland gekommen ist, um Duru und das Kind zurück nach Syrien zu holen? Vielleicht wollte er auch nur seine Tochter haben. Und dann stirbt das Baby beim Streit zwischen dem Imam und seiner Tochter. Musa gibt Duru die Schuld daran und schickt ihr den Selbstmordattentäter. Doch einer ist noch übrig auf seiner Liste – nämlich Durus Vater. Wenn er den umbringt, ist seine Rache vollkommen.«

»Ob ihm das so wichtig ist, dass er die Gefahr auf sich nimmt, erwischt zu werden? Musa gehört zu den meist gesuchten Terroristen der Welt.«

»Ich würde an seiner Stelle jedenfalls so handeln. Wenn Rache, dann richtig.«

»Maria!«, rief Kleist mit gespieltem Entsetzen. »Auge um Auge, Zahn um Zahn?«

»Genau. In der Bibel stehen auch schöne Sachen, nicht nur im Koran.«

»Ja, Papier ist geduldig. Richte Perihan bitte aus, dass wir sie am Freitag zum Flughafen bringen. Bis dahin hoffen wir mal, dass sie bei dir sicher ist.«

Anleitung zur Behandlung von Sklavinnen

Der Integrationspreis sollte am Wochenende im Bürgersaal des Bierstädter Rathauses verliehen werden. Das kündigte das Presseamt der Stadt an. Alle drei Preisträger würden am Samstag anwesend sein. Für Freitag plante man ein internationales Fest fürs einfache Volk auf dem Friedensplatz. Am Samstagmorgen würden der Oberbürgermeister und die Ministerpräsidentin des Landes die Urkunden überreichen und ein paar warme Worte zur Willkommenskultur und Integration von sich geben. Das WDR-Sinfonieorchester spielte auf, Getränke, Multikulti-Häppchen, ein Fußballspiel für Jungs und eine arabische Tombola sollten den Festakt abrunden.

Ich überlegte kurz, was in eine arabische Tombola gehören könnte: ein Koran natürlich, gefolgt von einer Bombenattrappe und einer Spielzeug-Kalaschnikoff, für die Mädels eine schicke Burka oder ein Designerkopftuch.

»Ein Kessel Buntes«, bewertete Schnack in der Konferenz das Fest. »Weniger wäre mehr gewesen. Ich werde mich dazu in einem Kommentar äußern.«

»Wir sollten uns das Sicherheitskonzept der Polizei genauer ansehen«, schlug Bärchen Biber vor. »Wenn der IS am Samstagmorgen ein paar Bomben ins Rathaus schmeißt, ist mit einem Schlag die politische Elite von Stadt, Land und Medien vernichtet.«

»Richtig«, lobte Schnack seinen Schützling. »Ich bin nämlich auch eingeladen.«

»Dann könnten manche das sogar für einen Befreiungsschlag halten«, sagte ich mit träumerischem Blick.

Mäggi prustete los. »Der war gut, Grappa.«

Schnack zuckte nicht mit der Wimper. »Wenn die Damen sich ausreichend amüsiert haben, können wir ja ans Tagwerk gehen. Carsten Biber prüft das Sicherheitskonzept und ich schreibe einen Kommentar. Frau Wurbel-Simonis, Sie informieren sich bitte über das Programm des WDR-Sinfonieorchesters. Und Sie, Frau Grappa, unterhalten sich mit Abbas al-Sayed über die Fatwa 64.«

»Die Richtlinie zur Vergewaltigung von Slavinnen?«

»Ja. Das Thema dürfte Ihnen doch ein inneres Anliegen sein«, sagte Schnack. »Herr al-Sayed hat sich gestern in einer Talkshow zum Thema geäußert, die morgen ausgestrahlt wird. Machen Sie bitte einen Termin mit ihm aus. Und damit wären die aktuellen Themen gesetzt.«

Ich widersprach nicht.

Der Islamwissenschaftler stimmte einem Interview zu, wollte dafür sogar ins Verlagshaus kommen, um mittags mit mir zu essen. Auch das war mir recht.

Er kam pünktlich, duftete nach einem teuren Herrenparfum und sein Anzug kam nicht von der Stange. Ein attraktiver Mann, voll integriert und akzeptiert.

In der Kantine gab es Schweinemedaillons, vegetarische Lasagne und Spaghetti bolognese. Ich wollte ihn nicht provozieren, verzichtete aufs Schwein und wählte Lasagne.

»Ich nehme Gericht eins«, sagte er, als wir am Tresen standen.

»Schwein ist aus«, kam es von der Bedienung.

So kann man sich täuschen, dachte ich, der Mann ist eben

voll integriert. Wir nahmen unsere Teller entgegen, ich bezahlte und wir setzten uns.

»Es geht um die Fatwa 64. Tipps zur Vergewaltigung von Sklavinnen«, begann ich. »Welche Bedeutung hat eine Fatwa?«

»Das ist die Rechtsauskunft von islamischen Gelehrten. Sie regelt das Zusammenleben in der Gemeinschaft der Muslime.«

»Die Fatwa 64 beschäftigt sich mit dem Gebrauch weiblicher Sklavinnen durch ihre Herren. Sie regelt die Vergewaltigungen. Ist das nicht zutiefst menschen- und frauenverachtend?«

Ich stocherte in der Lasagne. In ihr waren die Reste der Essen der auslaufenden Woche zusammengewürfelt und mit Käse überbacken worden. Es sah leckerer aus, als es schmeckte.

»Entführung und Missbrauch gehören zu den wirksamsten Kriegswaffen des IS. Aber das ist in allen Kulturen so. Frauen sind immer Kriegsbeute gewesen. Auch bei den Christen. Denken Sie nur an die Kreuzzüge. Insofern sind alle Religionen im Kriegsfall frauenverachtend.«

Hier konnte ich einhaken. »Finden Sie es auch frauenverachtend, wenn ein junges Mädchen ins Gesicht geschlagen wird, wenn es den Heiratsantrag eines doppelt so alten Mannes ablehnt?«

Abbas al-Sayed ließ die Gabel sinken, schob den Teller von sich und zerknüllte die Serviette. »Perihan, richtig?«, fragte er.

Ich nickte.

»Das war eine nicht angemessene Reaktion. Ich war gekränkt und es tut mir leid, dass ich mich so habe gehen lassen. Das hat mit Frauenverachtung nichts zu tun, sondern nur mit meiner mangelnden Selbstbeherrschung.«

Gute Antwort, dachte ich, er reagierte wirklich perfekt.

»Lassen Sie uns wieder zum Thema kommen«, fuhr er fort. »Die Vereinten Nationen dokumentieren seit Monaten den systematischen sexuellen Missbrauch von Frauen und Kindern. Besonders betroffen sind die Jesiden aus dem Nordirak. Viele Frauen wurden IS-Kämpfern als Belohnung zugeteilt oder werden auf Märkten als Sklavinnen verkauft. Die Fatwa 64 regelt tatsächlich die Benutzung der Sklavinnen. Hat einer der Besitzer eine junge Sklavin vergewaltigt, darf er sich nicht auch an ihrer Mutter vergehen. Vater und Sohn dürfen nicht dieselbe Sklavin missbrauchen. Natürlich hat die Fatwa nicht nur bei mir, sondern auch bei anderen islamischen Religionswissenschaftlern helles Entsetzen ausgelöst. Ich habe Ihnen den genauen Text mitgebracht.« Er reichte mir ein Papier. »Fotos von mir finden Sie auf meiner Homepage. Sie können sie dort kostenfrei herunterladen.«

»Danke für das Gespräch«, lächelte ich. »Sie sind ein sehr eloquenter Gesprächspartner und haben auf jede Frage die perfekte Antwort. Sie sind gebildet, klug und reich. Warum hat Perihan Sie nicht gewollt?«

Er zuckte mit den Schultern. »Launen eines jungen Mädchens. Ich trage ihr nichts nach. Ich hätte ihr den Himmel auf Erden bereitet. Aber sie wird ihr Glück finden ... und ich vielleicht auch irgendwann.«

Er räumte unsere Tabletts vom Tisch und brachte sie in die Ablage für das schmutzige Geschirr.

Die Kantinenwirtin betrachtete ihn mit unübersehbarem Wohlwollen. Als er den Raum verlassen hatte, fragte sie mich sogar nach seiner Telefonnummer. Ich schaute in mein Handy und gab ihr die Nummer des ärztlichen Notdienstes.

Die nächsten Tage würde ich mir wohl Butterbrote von zu Hause mitbringen müssen oder Rasierklingen in meinem Salat finden.

Ich schrieb meinen Text nieder, erklärte, was eine Fatwa ist, und lud die Porträts von al-Sayeds Homepage herunter. Erledigt. Danach schaute ich, was Schnack und Biber geschrieben hatten. Das Bärchen hatte seine Aufgabe gemeistert und beim Sicherheitskonzept tatsächlich Schwachstellen gefunden. Die Polizei versprach, sie zu schließen. Schnack kritisierte in seinem Kommentar den weitgehend folkloristischen Aspekt der Preisverleihung ... *und das in einer Stadt, in der in den letzten Wochen Menschen getötet und verletzt worden waren – im Namen einer Religion, vor der sich die Bürger langsam zu fürchten beginnen.*

Nachricht von einem Toten

Bevor ich die Redaktion verließ, schaute ich noch mal auf die Homepage der Bierstädter Polizei und der Feuerwehr. Es hatte keinen Anschlag auf ein Erdhügelhaus im Süden der Stadt gegeben, auch von einem Brand war nicht die Rede. Mein Haus stand also noch.

Ich machte einen kurzen Abstecher in den Supermarkt. Obst, Gemüse, Lammkotelett und Brot. Es war derselbe Supermarkt, in dem mich vor ein paar Tagen ein muslimischer Mann in der Kassenschlange beiseitegedrängt hatte, nur weil ich eine Frau war. Verstohlen sah ich mich um. Zwar kauften auch heute wieder muslimische Männer hier ein, aber sie verhielten sich alle ganz deutsch. Und als ich an der Kasse stand und mir die Bananen herunterfielen, hob sie ein junger Mann auf. Ich bedankte mich und wir kamen kurz ins Gespräch. Er war erst seit zwei Wochen in Bierstadt und froh, dass seine Flucht aus Syrien ein gutes Ende gefunden hatte.

Perihan hatte meine Küche aufgeräumt, die Holzdielen gewischt und die Fenster geputzt.

»Du brauchst doch nicht bei mir sauber zu machen«, meinte ich.

»Ich weiß«, grinste sie. »Dafür hab ich deinen Parmesankäse aufgegessen und die halbe Flasche Wein aus dem Kühlschrank weggesoffen.«

»Prima. Und jetzt kochen wir uns was. Oder hast du keinen Hunger mehr?«

»Ich hab immer Hunger.«

»Alles klar.«

Während wir Gemüse schnibbelten, schilderte ich die Begegnung mit ihrem Exverlobten. Ihre Begeisterung über seine angebliche Läuterung hielt sich in Grenzen.

»Ich glaube ihm kein Wort«, sagte sie. »Den Blick vergesse ich nie, als er mich geschlagen und angespuckt hat.«

An der Haustür klingelte es. »Das ist al-Sayed«, behauptete ich. »Ich hab ihn zum Essen eingeladen.«

Perihan sah mich entsetzt an und wurde leichenblass.

»Tut mir leid, das war ein Scherz«, sagte ich erschrocken. »Warte mal kurz.«

Ich schaute durch den Spion. Die Nachbarin von gegenüber. »Ja?«, fragte ich durch die Tür.

»Ein Päckchen für Sie, ich hab es angenommen.«

Ich öffnete die Tür und nahm das Päckchen entgegen. Es war dunkel im Flur, sodass ich den Absender nicht lesen konnte. Perihan rührte das Gemüse in der Pfanne und ich schaute auf die Adresse.

Perihan Tercanli, c/o Maria Grappa … es folgte meine Anschrift. Oben links war der Absender angegeben: *Erkan Tercanli.*

Perihan drehte sich in dem Augenblick um, als meine Gesichtszüge zu entgleisen drohten. »Was ist los?«, fragte sie.

»Wieder so ein Werbescheiß«, sagte ich. »Ich hole mal eben eine neue Flasche Wein aus dem Keller.«

Schnell verließ ich die Küche. Im Flur atmete ich tief durch. Dann hielt ich mein Ohr an das Päckchen. Kein Ticken. Aber heutzutage tickten Sprengstoffsendungen nicht mehr.

Ich lief mit dem Paket unter dem Arm aus dem Haus und sprintete auf das Feld, das an mein Grundstück grenzte. In hohem Bogen warf ich das Teil weg, zog den Kopf ein, rannte davon und wartete auf den Knall. Nichts geschah. In der Ferne schrie eine Eule. Ich hatte mal gelesen, dass der Käuzchenruf bedeutet, dass bald jemand sterben muss.

Grappa, du drehst durch.

Langsam ging ich zurück zu meinem Haus, meine Knie zitterten. Wenn das Paket jetzt explodierte, würde es allenfalls ein paar Karnickel oder Feldmäuse in den Tod reißen.

Zurück im Flur rief ich Kleist an.

Zwanzig Minuten später holten Sprengstoffexperten der Polizei das Päckchen vom Feld. Schnell kam die Entwarnung. In dem Paket befanden sich Fotos. Nur Fotos. Der Absender hatte Perihan Tercanli geknipst. Und nicht nur einmal. Er musste sie seit Tagen beobachtet haben, wusste, dass sie im Zeugenhotel untergebracht gewesen war, dass sie sich mit Wayne und mir getroffen hatte, und offenbar auch, dass sie neuerdings bei mir wohnte.

»Perihan soll nichts erfahren, lass sie bitte im Unklaren«, bat Kleist. »Ich stelle euch für den Rest der Nacht ein paar Leute vors Haus. Morgen sehen wir dann weiter.«

»Was soll ich ihr denn erzählen?«, fragte ich. »Guck mal zum Haus; Perihan hat alles durchs Fenster beobachtet.«

»Denk dir was aus, Maria. An Fantasie hat es dir doch noch nie gemangelt.«

»Gut. Aber morgen will ich wissen, was ihr zu tun gedenkt. Das kann doch nicht so weitergehen.« Wut stieg in mir auf. Wer war der unsichtbare Typ, der uns tagelang im Auge gehabt hatte, ohne dass wir etwas bemerkt hatten?

»Ich denke, dass der Spuk bald vorbei sein wird«, beruhigte mich Kleist. »Irgendwann wird er einen Fehler machen. Hass macht unvorsichtig.«

Die Polizei nahm das Päckchen mit, um es genau zu untersuchen.

»Alles okay«, log ich, als ich zurück im Haus war. »Falscher Alarm. Ich hab wohl ziemlich hysterisch reagiert.«

»Was war denn in dem Paket drin?«, fragte Perihan.

»Zwei Bücher, die ich ersteigert habe«, behauptete ich. »Da der Absender fehlte, hab ich gedacht, dass uns die Terroristen einen Gruß schicken.«

»Und warum nimmt die Polizei dann deine Bücher mit?«

Ups. Die Frage war clever. »Das machen die immer so. Für den Bericht. Immerhin hab ich eine Riesenaktion ausgelöst, die dokumentiert werden muss. Typisch deutsch eben.«

»Dann können wir ja jetzt endlich essen«, meinte sie. »Das Gemüse ist inzwischen bestimmt zu weich geworden.«

War es auch. Aber das war mir ziemlich egal. Wer – verdammt noch mal – wollte Perihan Angst einjagen? Wer hasste diese junge Frau so, dass er sie quälen wollte, indem er den Namen ihres toten Bruders als Absender auf ein Paket schrieb?

»Schmeckt es dir nicht?«, fragte sie.

»Doch, es ist ein bisschen verkocht, aber noch essbar«, grummelte ich. »Ich spüle mal mit Wein nach. Willst du auch?«

Sie wollte und nach und nach leerten wir die Flasche.

»Ich freue mich auf Istanbul«, gab sie zu. »Ich werde dort meinen Abschluss machen und studieren. Das Haus ist so gut wie verkauft. Die Möbel werden eingelagert und wir holen sie später ab. Leider haben wir keinen guten Preis bekommen. Wer will schon in einem Haus wohnen, in dem ein Mehrfachmörder aufgewachsen ist?«

Gespiegelter Mann

Die Schreie des harmlosen kleinen Kauzes verfolgten mich im Traum und ich fand gegen sechs Uhr morgens keinen Schlaf mehr. Eulenvögel gehörten zu meinen bevorzugten Flattermännern. Sie waren ausgesprochen hübsch mit ihren großen Köpfen und dem starren Blick. Die großen Augen und die Nachtaktivitäten hatten ihnen leider einen schlechten Ruf verpasst. Drei Kauzschreie in Folge bedeuteten angeblich einen Toten. Der Aberglaube rührte daher, dass bei Schwerkranken die ganze Nacht das Licht brannte und die Vögel anzog. Und da Schwerkranke eher sterben als Gesunde, hatte man den Kauz mit dem Tod in Verbindung gebracht.

Aberglaube ist noch schlimmer als Glaube, so dachte ich bisher. Doch die Ereignisse der letzten Wochen hatten mich eines Besseren belehrt. Religionen, kombiniert mit Mordlust, Dummheit und Intoleranz, waren weit schlimmer.

Ich kochte mir einen Espresso und wagte einen Blick aus dem Fenster. Der Wagen auf der Straße gegenüber war mit zwei Polizisten besetzt. Einer gab dem anderen gerade Feuer und ich erkannte Gesichter und Uniformen. Merkwürdigerweise fühlte ich mich nicht beschützt. Wenn ein Selbstmordattentäter mit einem Auto voller Sprengstoff in die Einfahrt brettern und zünden würde, wären mein Haus, sein Inhalt und der Polizeischutz Schall und Rauch.

Schnack würde insgeheim jubeln und dennoch einen sehr betroffenen Nachruf im *Tageblatt* veröffentlichen. Aber es gäbe auch Menschen, die meinen Tod ehrlich bedauern würden, überlegte ich: Wayne, Frau Schmitz, Kleist. Warum fielen mir nur drei Leute ein? Lieber nicht weiter drüber nachdenken. Grappa, du musst was tun, damit dich die Menschen ordentlich betrauern, wenn du tot bist, dachte ich. Aber wieso eigentlich? Das kann dir doch wurscht sein, wenn du den Löffel abgegeben hast.

Solange die Zahl deiner Freunde die Zahl deiner Feinde übersteigt, hast du alles richtig gemacht, Grappa, tröstete ich mich.

Auf meinem Handy fand ich eine Nachricht von Friedemann Kleist. Er fragte freundlich, ob er gegen acht Uhr zum Frühstück kommen dürfe. *Die Brötchen bringe ich mit.* Das war in anderthalb Stunden. Zeit genug, um die Reste unseres Frauenabends aus der Küche zu entfernen und ein Bad zu nehmen.

Nach dem Abstecher in die Wanne checkte ich meine Mails und las die Nachrichten. In einer überregionalen Zeitung entdeckte ich eine interessante Meldung. Dort stand:

> Gefährlicher Job: Die Elitetruppe GSG9 erhält Verstärkung, es wird eine neue Einheit für groß angelegte Fahndungsaktionen aufgestellt. Sie ist speziell geschult, speziell bewaffnet – und soll schneller auf Terroranschläge reagieren können. Die Spezialeinheit der Bundespolizei wird künftig die bestehenden Kräfte bei großen Antiterroreinsätzen unterstützen. Sie soll bis zum kommenden Jahr 250 Beamte an verschiedenen Standorten umfassen. Unsere Redaktion erfuhr: Leiter dieser Spezialtruppe soll ein erfahrener Polizeidirektor werden, der zurzeit ins Innenministerium des Landes abgeordnet ist.

Das klang, als sei der neue Job auf Kleist zugeschnitten. Ich würde ihn fragen. In einer halben Stunde.

Er kam pünktlich, hatte noch warme Brötchen dabei und sah übernächtigt aus. »Ich brauche Kaffee«, stöhnte er. »Im Präsidium gibt es nur so eine elende Plörre.«

Ich setzte die Kaffeemaschine in Gang. »Was ist mit dem Päckchen?«, fragte ich.

»Es wurde bei der Hauptpost abgegeben«, antwortete er und ließ sich auf den Stuhl fallen. »Wie Tausende andere Päckchen auch. Der Absender kann also nicht ermittelt werden. Es gibt DNA-Spuren von mindestens zehn verschiedenen Leuten. Aber etwas haben wir doch entdeckt.«

Er zog ein Foto aus dem Jackett. Es zeigte Perihan im Aufenthaltsraum des Zeugenhotels – fotografiert durch die Scheibe.

»Siehst du diese Spiegelung?« Kleist deutete mit dem Finger auf eine verschwommene Figur.

Tatsächlich: Der Fotograf hatte sich selbst abgelichtet.

»Definitiv ein Mann«, stellte ich fest.

»Sagen wir mal so: Es könnte ein Mann sein. Eine Hose, Boots, T-Shirt. Das Gesicht ist leider durch die Kamera verdeckt.«

»Die Person trägt eine dunkle Mütze und einen Ring am Finger«, sagte ich. »Der muss doch zu finden sein.«

»Viele Männer tragen solchen Schmuck.« Mit geschlossenen Augen nahm Kleist einige Schlucke Kaffee. »Muslime mögen Ringe. Angeblich hat ihnen Allah jeden anderen Schmuck verboten, weil er unmännlich ist.«

»Wer ist der Mann, der Perihan verfolgt? Hast du eine Idee?«

»Ich vermute, dass es Ali Musa ist.«

»Wie kommst du darauf?«

»Wir haben in einer Kammer auf dem Flüchtlingsschiff einen gefälschten syrischen Pass gefunden – mit dem Foto von Ali Musa«, antwortete er. »Übrigens hatte der Mann nur wenig Gepäck in seiner Kammer. Seine Sachen sind in kleinen Säcken verpackt. Vielleicht keine schlechte Art zu reisen.«

»Kannst du mal beim Thema bleiben?«

»Nicht so hart, Maria. Du hattest doch den Gedanken, dass Musas Rache noch nicht vollendet ist. Perihan und der Imam leben noch. Was, wenn Musa einen Anschlag auf die Feierstunde zur Verleihung des Integrationspreises plant? Dort wird der Imam mit Sicherheit anzutreffen sein. Und eine bessere PR kann Musa nicht kriegen.«

»Sollte man die Veranstaltung nicht lieber abblasen?«

»Die Verantwortlichen haben sich dagegen entschieden. Sie sind der Meinung, dass Musa längst ausgereist ist. Das sieht die Bundesanwaltschaft leider auch so. Deutschland will zeigen, dass es sich terroristischen Drohungen nicht beugt. Ich halte das für falsch. Man kann nicht Menschen gefährden, nur um sein politisches Gesicht zu wahren.«

Ich überlegte. »Er könnte ja auch morgen zum Bürgerfest kommen und den Anschlag dort verüben.«

»Kaum. Er will Sahin. Und größtmögliche Aufmerksamkeit«, entgegnete Kleist. »Und die hat er, wenn eine Ministerpräsidentin unter seinen Opfern ist.«

»Die Bundespolizei soll eine Spezialeinheit bekommen, die speziell für Antiterroreinsätze ausgebildet wird. Das hat der Innenminister heute mitgeteilt«, sagte ich. »Chef soll ein erfahrener Polizeidirektor werden, der zurzeit ins Innenministerium des Landes abgeordnet ist – so steht es im *Spiegel.* Bist du damit gemeint?«

Kleist lachte. »Den Job hab ich schon vor Wochen abgelehnt. Ich habe keine Lust, der Büttel unfähiger Politiker zu sein.«

»Das kann ich verstehen«, nickte ich. »Ich werde heute Überstunden abfeiern und zu Hause bleiben. Ich möchte

Perihan nicht allein lassen. Morgen fliegt sie in die Türkei zu ihren Eltern – dann ist sie wohl außer Gefahr.«

»Ich habe den Wagen zum Flugplatz schon organisiert«, erklärte er. »Sie wird sicher in Istanbul ankommen.«

Genagelter Pudding

Wir verbrachten einen entspannten Nachmittag ohne Störungen. Vor und hinter dem Haus bewachten uns schwer bewaffnete Polizisten. Perihan kochte ihnen Kaffee und plauderte ein paar Worte mit ihnen.

»Heute Abend erwartet dich noch ein ganz besonderer Genuss«, sagte ich. »Dein Exverlobter ist Gast in einer Talkshow zum Frauenbild im Islam und wird sich bestimmt als voll integriertes Mitglied unserer deutschen Gesellschaft präsentieren.«

»Muss das sein?«, fragte sie. »Können wir nicht was anderes gucken?«

»Der kann dir nichts mehr tun«, beruhigte ich sie. »Und morgen bist du wieder bei deinen Eltern. Freust du dich?«

»Natürlich. Meine Mutter ist leider erkrankt. Sie leidet an Depressionen. Wenn wieder alles gut ist, kommst du uns besuchen, ja?«

Ich versprach es.

TV-Talkrunde am Abend: Abbas al-Sayed war ein geschickter Redner. Er fiel seinen Kontrahenten nicht ins Wort, lächelte höflich, wenn er angegriffen wurde, und antwortete ruhig und gelassen auf die Fragen des Talkmasters.

»Kennst du das Sprichwort mit dem Pudding, der sich nicht an die Wand nageln lässt?«, fragte ich Perihan.

Sie bejahte: »Ja, er ist ein solcher Pudding.«

Auch eine Feministin war unter den Talkgästen. Sie nannte den Islam eine durch und durch frauenfeindliche Religion und bewies es mit Zitaten.

»Der Koran wird von Männern interpretiert und die legen sich das zurecht, was ihnen passt«, tat sie kund. »Zum Beispiel Sure vier: *Die Männer stehen über den Frauen, weil Gott sie ausgezeichnet hat.* Oder Sure zwei, Vers 228: *Die Männer stehen eine Stufe über ihnen.* Oder Sure zwei, Vers 223: *Eure Frauen sind euch ein Saatfeld. Geht zu eurem Saatfeld, wo immer ihr wollt.* Und genau das haben die über tausend Männer getan, die Silvester in Köln Frauen jagten. Die sagen: Das ist nicht meine Schuld, und ziehen los, um sich ihr Stück Frau zu grabschen.«

Al-Sayed nickte. »Sie haben vollkommen recht, der Islam muss neu und modern interpretiert werden. Wir Muslime müssen uns mit einer Reform des Islam auseinandersetzen, wenn wir wirklich in einer aufgeklärten Welt ankommen wollen. Und was die Zitate angeht, da kann ich Ihnen ein paar Bibelsprüche mit auf den Weg geben. Zum Beispiel: *Nicht die Frau verfügt über ihren Leib, sondern der Mann* oder *Ihr Frauen, ordnet euch euren Männern unter wie dem Herrn.*«

Eine Jesidin, der die Flucht aus Syrien gelungen war, berichtete in einem Einspielfilm über ihr Martyrium.

Ich habe meinen Mann verloren, als IS-Leute mein Dorf überfielen. Sie haben ihn erschossen. Ich habe seine Leiche gefunden und bei uns im Dorf begraben. Von ihm habe ich drei Kinder. Dann kam ich ins Frauenhaus, wo mich ein Mann für sich aussuchte. Das Kind, das er mir gemacht hat, bekam ich vor drei Monaten. Der Junge weint viel mehr als meine anderen Kinder, als sie klein waren. Ich muss doch was fühlen für dieses Kind. Aber ich fühle nichts. Ich hätte es töten sollen.

Auch die Fatwa 64 war Thema. Natürlich wurde sie von allen verurteilt. Wer würde schon offen zugeben, dass er die Vergewaltigung von Frauen und Mädchen als Freizeitbeschäftigung in Ordnung findet? Auch dass islamische Geistliche Anleitungen schreiben, wie man zu vergewaltigen hat, löste allgemeines Entsetzen aus. Gegen Ende der Sendung wiederholten sich die Argumente allerdings. In der Schlussrunde bedankte sich der Moderator für den fairen Umgang miteinander. Thema erledigt, Quote bestimmt erreicht.

Die Postings im Internet eine Stunde später beurteilten die Diskussionsrunde überwiegend positiv. Abbas al-Sayed wurde besonders freundlich bewertet.

Wenn alle so wären wie dieser nette Mohammedaner, hätten wir kein Problem mit den kriminellen Flüchtlingen, schrieb eine Zuschauerin.

»Ich glaube, wir missverstehen diesen Mann«, sagte ich zu Perihan. »Alle mögen ihn – nur wir beide nicht. Was machen wir falsch?«

Sie sah mich mit großen Audrey-Hepburn-Augen an. »Nichts. Wir lassen uns von ihm nicht täuschen. Er ist der Wolf im Schafspelz.«

Der Rechtsstaat will sich schützen

Abschied von Perihan. Ein unauffälliger Wagen holte sie am frühen Morgen ab. Sie bedankte sich für alles, erneuerte die Einladung an mich, verdrückte ein paar Tränchen und weg war sie.

Ich verließ das Haus eine Stunde später, befreite das *Tageblatt* aus dem Briefkasten und startete Richtung Bäckerei. Hatte ich einen falschen Eindruck oder liefen mehr Polizisten als gewöhnlich in der Stadt herum? Heute war der Tag des großen Integrationsfestes und die Behörden konnten sich nicht erlauben, dass etwas schiefgehen würde. Zu oft war der Polizei vorgeworfen worden, dass sie zu lasch mit gewaltbereiten Migranten umging.

Anneliese Schmitz war bester Laune, denn sie hatte einen guten Deal gemacht – sie durfte den patrouillierenden Ordnungskräften Brötchen schmieren.

»Das ist ein Bombenauftrag, Frau Grappa«, freute sich die Bäckerin.

»Das Wort ›Bombe‹ möchte ich nicht wörtlich nehmen«, meinte ich. »Hast du denn noch ein Frühstück für mich übrig oder haben die Ordnungshüter alles verputzt?«

»Für dich immer.«

Ich setzte mich ins Bistro und öffnete das *Tageblatt*. Der Tag gestern war ruhig gewesen, einige Artikel aus dem Stehsatz zierten die ersten beiden Seiten.

Frau Schmitz brachte das Frühstück und setzte sich zu mir. »Die sperren heute Abend alles ab«, berichtete sie. »Fünfhundert Meter rund ums Rathaus kann sich keiner mehr aufhalten, ohne kontrolliert und gefilzt zu werden – das hat der Oberbulle erklärt.«

Sie meinte den Polizeipräsidenten, der im *Tageblatt* das Sicherheitskonzept erläuterte.

»Irgendwas geht immer«, prophezeite Frau Schmitz. »Diese IS-Burschen sind ja nicht blöde und sie haben überall ihre Informanten. Wie früher die Stasi.«

»Und sie haben keine Angst ums eigene Leben«, nickte ich. »Das macht die Sache noch gefährlicher.«

»Das versteh ich nicht, wie junge Leute ihr Leben so wegwerfen können«, seufzte sie. »Guck dir mal die Donka an, Frau Grappa. Die hat auch viel Schlimmes erlebt und liebt das Leben trotzdem.«

»Weil du ihr eine Chance gegeben hast«, entgegnete ich.

»Ja, aber sie hat es auch gewollt und was draus gemacht«, lächelte die Bäckerin und winkte ihrer Bäckereifachverkäuferin zu, die im Verkaufsraum einen Kunden bediente. »Sogar deine Mandelhörnchen kriegt sie prima hin.«

Ich erinnerte mich: Die junge Roma-Frau war als noch ganz junges Mädchen von ihrer Familie auf den Strich geschickt worden. Die *Mitternachtsmission* hatte sie aus dem Milieu befreit und Anneliese Schmitz ihr eine Berufsausbildung ermöglicht.

Migranten machen Stress

In der Redaktion überraschte eine Pressemitteilung der Stadtverwaltung: *Bierstadt erlässt vorläufiges Badeverbot für männliche Migranten wegen Belästigung von Frauen.*

Schnack drückte mir das Thema aufs Auge und begab sich ins Polizeipräsidium zu einer letzten Besprechung vor dem Festakt morgen. Ich recherchierte das Badeverbot und kam nicht umhin, Verständnis für die Entscheidung der Stadt zu entwickeln.

Männer aus einer nahe gelegenen Asylbewerberunterkunft hatten Frauen und Mädchen sexuell belästigt, sie angefasst, gegen die Wand gedrückt und als ›Schlampen‹ beschimpft, wenn sie sich wehrten. Das Personal des Freibades war überfordert gewesen und hatte die Frauen nicht schützen können.

Natürlich wehrten sich Flüchtlingsvereine gegen das Verbot und bezeichneten es als ›rassistisch, empörend und diskriminierend‹. Verständnis mit den attackierten Frauen äußerten die Gutmenschen-Verbände nicht.

Ich rief in dem Freibad an und bekam einen Schwimmmeister an die Strippe. Der war sehr offen und zog vom Leder.

»Das geht schon seit Monaten so, ich hab das auch gemeldet, doch niemand hat etwas unternommen, um nicht als fremdenfeindlich zu gelten«, erzählte er. »An dem Tag kam eine Gruppe von zwanzig jungen Männern samt Betreuer zu uns. Ich hab ihnen die Badeordnung in vier Sprachen gezeigt, und zwar auf Deutsch, Französisch, Englisch und Arabisch. Der Betreuer ist wieder weg und dann ging's los.«

»Wie muss ich mir das vorstellen?«, fragte ich.

»Na ja, die Kerle packten sich dauernd ans Geschlechtsteil und liefen hinter den weiblichen Gästen her, und zwar mit erigiertem Penis. Viele Frauen haben das Wasser und die Halle verlassen und sind Richtung Umkleide gegangen. Ich wollte die Polizei rufen, aber mein Chef hat es verboten. Ich hab den Kerlen trotzdem gesagt, dass die Bullen gleich kämen, daraufhin sind sie weg.«

»Wie haben die Frauen das aufgenommen?«, fragte ich.

»Die waren total geschockt. Manche haben geheult. Das Badeverbot soll am Montag wieder aufgehoben werden. Ab dann hat die Stadt einen Sicherheitsdienst engagiert.«

»Darf ich Sie zitieren?«

»Sicher. Die werden mich zwar rausschmeißen, aber ich will sowieso hier weg. Wann erscheint der Artikel denn?«

»Morgen. Pünktlich zur Feierstunde im Rathaus.«

»Gutes Timing«, grinste er.

Ich schrieb meinen Artikel und bemühte mich um Sachlichkeit. Das fiel mir zunehmend schwer, denn Probleme mit Flüchtlingen und Migranten rückten immer mehr in den Fokus der Aufmerksamkeit. Daran konnten auch die massenhaft veranstalteten Willkommensfeste nichts ändern.

Das Integrationsfest schenkte ich mir. Bärchen Bibers Livebericht konnte ich später im Stream nachlesen.

Schokolade könnte helfen

Das Fest war dann tatsächlich ohne besondere Vorkommnisse verlaufen. Die Veranstalter sprachen von einem vollen Erfolg und einer heiteren, entspannten Atmosphäre. Das erfuhr ich am Samstagmorgen aus dem *Tageblatt.* Ich hatte das Gefühl, dass wir es mit der Ruhe vor dem Sturm zu tun hatten.

Mein Handy klingelte. Ich hatte schon zwei Tassen Kaffee intus und war relativ wach. Es war nicht Kleist. Ich glaubte zu träumen, als ich Schnacks Stimme vernahm. Sie war schwach und fast flüsternd.

»Frau Kollegin, ich bin krank. Sie müssen mich auf der Feierstunde vertreten.«

»Ich?«

»Wer denn sonst? Sie sind im Thema.«

»Was haben Sie denn?«, fragte ich.

»Magen-Darm. Ich habe Sie bereits akkreditieren lassen.«

Ich grinste innerlich. Er hatte die Scheißerei und konnte sich weder beim Oberbürgermeister noch bei der Ministerpräsidentin einschleimen.

»Was ist denn mit Bärchen?«

»Wenn Sie Herrn Biber meinen – der hat Stallwache. Also, kann ich mit Ihnen rechnen?«

»Gut, ich mach es«, erklärte ich. »Krieg ich eine Platzkarte?«

»Ja, es gibt eine Pressetribüne. Sie bekommen einen Passierschein, nachdem Sie von der Polizei überprüft worden sind.«

»Ich lasse den Sprengstoffgürtel und die Messerkollektion zu Hause«, versprach ich. »Gute Besserung, Herr Kollege. Essen Sie eine Tafel Schokolade – das stopft.«

Ich machte mich ausgehfertig. Schwarzer Blazer, weinrote Hose und eine weiße Bluse – mein Outfit für schnarchige Termine – und startete eine halbe Stunde später. Das war zwar sehr früh, doch ich hatte keine Ahnung, inwieweit die Sicherheitsmaßnamen den Verkehrsfluss behinderten, und ich wollte nicht erst ankommen, wenn die sicherlich hoch spannenden Elogen auf drei islamische Helden schon erfolgt waren.

Die Innenstadt war abgeriegelt. Ich zeigte meinen Presseausweis und durfte passieren – allerdings nur, um in das Parkhaus unter dem Rathaus zu gelangen. Überall Polizei, gepanzerte Wagen und Sprengstoffspürhunde. Eine lange Schlange vor der Rathauspforte. Abtasten des Körpers, Handtaschenkontrolle durch ein mobiles Röntgengerät für Gepäck, wie man es von Flugplätzen kennt. Handy und Kamera wurden untersucht und den Hunden vorgehalten.

Endlich war ich durch. Am Tisch der Pressestelle erhielt ich schließlich meinen Passierschein und die Platzkarte. Geschafft!

Belanglose Reden und ein cooler Koch

Die Stuhlreihen in der Bürgerhalle waren gerade mal zur Hälfte besetzt. Polizisten in Zivil beobachteten das Geschehen und ein paar Hunde wedelten aufgeregt mit den Schwänzen.

Ganz vorn die Presseplätze. Ich war nicht die Erste. Kamerateams suchten sich die besten Standorte und machten den Weißabgleich.

»Wird schwer, hier eine Bombe hochzujagen«, bemerkte der Kollege vom Fernsehen. »Aber wenn sie es schaffen, sind wir live dabei.«

»Wolltest du nicht immer in Ausübung deines Berufes sterben?«, fragte ich. »Gott nimmt die Guten früh zu sich. Und den Grimme-Preis gibt es auch posthum.«

»Nee, eigentlich wollte ich auf dem Intendantensessel den Löffel abgeben – mit einer vollbusigen Braut auf dem Schoß.«

Kleist erschien, begleitet von Kollegen sowohl in Zivil als auch in Uniform. Sie verschwanden in einem Raum, der wohl als Einsatzzentrale diente. Ich freute mich, ihn zu sehen, stellte ich fest.

Eine Mitarbeiterin des Presseamtes näherte sich und gab uns die Manuskripte der Reden. »Es gilt das gesprochene Wort«, ermahnte sie uns. Das war uns völlig neu.

Eine Schar Kinder stürmte in die Halle und kletterte auf die Bühne. Diese war mit Blumen geschmückt; die Stadtflagge, die NRW- und die Deutschlandflagge hingen schlaff an ihren Stangen.

»Ein Kinderchor«, stöhnte der TV-Kollege. »Uns bleibt auch nichts erspart.«

»Aber multikulti ist es schon«, meinte ich. »Da sind mehr dunkle dabei als blonde. Die Stadtverwaltung will wirklich nichts falsch machen. Seht, die Mädchen über zwölf tragen sogar Kopftücher, damit sich die Muslime nicht aufregen müssen.«

»Das nennt sich Integration. Wir passen uns den Migranten an«, nickte der Kollege.

Ich zückte die Kamera, zoomte und drückte den Auslöser. Sofort hatten mich die Sicherheitsbeamten im Blick. Ich winkte ihnen freundlich zu.

»Da kommt sie!«, sagte der Fernsehmann.

Die Ministerpräsidentin rauschte durch den Saal, begleitet von einem Pulk von Leuten. Plötzlich war auch der Oberbürgermeister da und fiel der Genossin um den Hals. Die

Kamerateams begannen mit ihrer Arbeit. Die Ministerpräsidentin posierte zusammen mit dem OB und beide sonderten kurze Statements ab. Ich konnte zwar nichts verstehen, aber ich ahnte, was beide sagten: dass sie sich freuten, heute hier zu sein und einen Beitrag zur Integration zu leisten, die ja so wichtig für den Frieden zwischen den Religionen sei.

Noch zehn Minuten bis zum offiziellen Beginn. Die Presseplätze waren jetzt fast voll besetzt, ebenso die Sitzreihen, in denen sich die kommunalpolitische Prominenz mit örtlichen Wirtschaftsvertretern vermischte.

Das WDR-Sinfonieorchester baute sich hinter dem Kinderchor auf und stimmte seine Instrumente. Im Waschzettel des Presseamtes war das Programm beschrieben: Zuerst das *Lied an die Freude* aus Beethovens 9. Sinfonie mit dem Kinderchor, dann ein Satz aus einem der Bach'schen *Brandenburgischen Konzerte*. Anschließend hielt der OB seine Rede und dann sollten die drei Preisträger auflaufen – in der Reihenfolge ihrer Bedeutung: Imam Sahin, Abbas al-Sayed und Hakim Chalid. Ich überflog, was in der Pressemappe über sie stand. Der Imam wurde als Paradebeispiel für ein friedvolles und doch kritisches Miteinander in einer multikulturellen Gesellschaft gefeiert, al-Sayed als Vorbild für junge Migranten, die sich ernsthaft integrieren wollten, und Hakim Chalid als empathischer Held, der Deutschland wegen seiner Willkommenskultur und Demokratie als Ziel ausgewählt hatte.

Das Orchester legte los, die Kinder sangen, die Ministerpräsidentin sprach.

Seitlich der Bühne wartete der Bierstädter OB mit den Preisträgern und hörte zu. Imam Sahins Gesicht war versteinert; er wirkte nicht erfreut. Anders Abbas al-Sayed. Jovial lächelnd und im Gegensatz zu Sahin europäisch gekleidet, wechselte er einige Worte mit dem Oberbürgermeister, der allerdings an den Lippen seiner Genossin hing. Als Vierter der viel jüngere Hakim Chalid in Jeans und T-Shirt, der sogar seine selbst gebaute Küche auf Rädern mitgebracht hatte. Das war cool. Überhaupt wirkte der Typ absolut entspannt. Die Blicke der jüngeren weiblichen Gäste ruhten wohlwollend auf ihm. Glatt rasiert und mit modischer Frisur war er eine sehr schmucke Erscheinung.

»Fremd ist einem nur derjenige, bei dem man nicht die Chance hatte, ihn kennenzulernen«, gab die Ministerpräsidentin einen Allgemeinplatz zum Besten. Aufgrund der Vorfälle der letzten Wochen beschwor sie aber auch einen harten Kurs gegenüber Asylbewerbern in Flüchtlingsheimen, die Werte wie Religionsfreiheit, Toleranz, Respekt und Gleichberechtigung von Mann und Frau nicht anerkennen wollten.

Auch auf den Terror ging sie ein. »Wenn der IS seine mörderische Politik mit Koransuren rechtfertigt, dann reicht es als Reaktion nicht aus, ständig zu wiederholen, der Islam habe mit Terror nichts zu tun. Darum sage ich den islamischen Organisationen bei uns in Deutschland: Sie müssen sich als Erste und vorrangig mit einer Reform des Islam auseinandersetzen, wenn sie wirklich dauerhaft in der aufgeklärten Welt ankommen wollen.«

Viel Applaus. Ich suchte nach Kleist. Er saß gar nicht so weit von mir entfernt. Unsere Blicke trafen sich, er lächelte und nickte leicht.

Die Ministerpräsidentin verließ die Bühne, das Orchester legte wieder los und gegen Ende des Musikstücks begaben sich der OB und die drei Preisträger hoch auf das Podest. Die Garküche blieb unten.

Ich zückte meine Kamera und fotografierte das originelle Ding. Ähnliches hatte ich schon mal in Asien und Afrika gesehen, nur da wurden sie mit Holzkohle betrieben und nicht mit Strom wie diese hier. Der Zoom holte das Teil näher ran, ich drückte den Auslöser und prüfte das Foto. Was ich entdeckte, haute mich um. Die Küchenutensilien wie Schneebesen, Bratenwender und Löffel hingen an einem Haken – zusammengebunden mit hellblauen Kabelbindern.

Erneut suchte ich Kleists Blick, aber er folgte den Worten des OB, der gerade das Engagement der Preisträger würdigte. Die Sätze rauschten an mir vorbei. Ich musste zu Kleist, um ihn auf die hellblauen Kabelbinder aufmerksam zu machen! Kabelbinder wie die, mit denen die kleine Öslem Sahin an der Schaukel festgebunden worden war.

Keep cool, Grappa, beruhigte ich mich. Diese Dinger gibt es in jedem Baumarkt für ein paar Euro. Du machst dich lächerlich. Außerdem ist dieses Küchenteil genauestens überprüft und von Sprengstoffspürhunden ausführlich beschnüffelt worden.

Der OB bekam freundlichen Applaus. Er verließ die Bühne aber noch nicht, sondern kündigte eine ganz besondere Aktion an: »Unser Preisträger Hakim Chalid hat den Kindern des Chores eine syrische Spezialität mitgebracht. *Kataif*-Pfannkuchen. Etwas für kleine Schleckermäuler.«

Applaus. Mir schwirrte der Kopf. *Kataif.* Ich erinnerte mich an Perihans Bericht. Dass Duru zunächst sehr verliebt in Ali Musa gewesen war. Dass sie seine Familie in Rakka kennengelernt und dass der Terrorist seiner Mutter in der Küche geholfen hatte, was sie sehr beeindruckt hatte. Und Perihan hatte gesagt: »Duru hat mir sogar ein Bild geschickt von den *Kataif*, die Ali mit eigenen Händen gemacht hat.«

Ich sprang auf und drängelte mich an den Kollegen vorbei. In einer nicht einsehbaren Ecke wählte ich Kleists Handynummer. Hoffentlich hatte er es nicht ausgeschaltet.

»Ja?«, flüsterte er.

»Ali Musa ist hier.«

Können Hunde irren?

»Du musst die Feierstunde abbrechen«, forderte ich.

»Mal langsam«, mahnte er. »Wo liegt dein Problem?«

Ich wies ihn auf die Kabelbinder hin und auf die *Kataif*.

»Du meinst, dass Hakim Chalid tatsächlich Ali Musa ist?«

»Er muss es sein«, beschwor ich ihn. »Er backt gerade die Pfannkuchen für die Kinder. Wer sagt dir, dass sie nicht vergiftet sind?«

»Maria! Der Mann wurde überprüft. Er hat einwandfreie Papiere. Sein Equipment wurde auseinandergenommen. Die Hunde haben nicht gemuckt. Ich kann diese Veranstaltung nicht abbrechen, ohne mich total lächerlich zu machen.«

»Dann übernimmst du auch die Verantwortung, wenn in dieser originellen Garküche Sprengstoff liegt? Auch Hunde können irren. Oder es gibt Möglichkeiten, die Hunde zu verwirren. Darüber hab ich mal einen Bericht gelesen.«

Wir standen in der Nähe der Toiletten und ernteten bereits merkwürdige Blicke. Hakim Chalid hatte seinen Herd angeworfen und brutzelte die *Kataif*.

»Tu was!«, forderte ich.

»Du machst mich fertig«, stieß Kleist hervor.

»Tut mir leid.«

Kleist schwieg einige Sekunden. Der Duft der Pfannkuchen zog zu uns herüber.

»Musa ist kein Selbstmordattentäter. So lange er selbst im Gebäude ist, wird er keine Bombe zünden«, sinnierte er. »Aber diese Dinger da könnten tatsächlich vergiftet sein. Wir haben die Zutaten nicht überprüft. Und – du hast recht, die Hunde waren heute irgendwie abgelenkt und unruhig. Ich sehe nur eine Möglichkeit.«

»Welche?«

Er reichte mir sein Handy. »Diese Nummer kann nicht zurückverfolgt werden. Geh nach draußen, ruf 110 an und setz eine Bombendrohung ab. Dann muss der Saal geräumt werden.«

»Ich?«

»Ja, du.«

Kurze Ansage mit großer Wirkung

Mit wackelnden Knien verließ ich den Bürgersaal, ließ die Polizisten links liegen und suchte einen Ort, an dem ich nicht gesehen werden konnte. Neben einem Parkscheinautomaten war eine Nische, in die ich mich hineindrückte. Ich drehte mich zur Wand und wählte 110.

»Im Bürgersaal geht gleich eine Bombe hoch«, hörte ich mich sagen.

Schnell ging ich zum Eingang zurück, zeigte meinen Passierschein und stand wieder mitten in der Feierstunde. Die Kinder hatten noch keinen Pfannkuchen essen können, denn sie waren mit Singen beschäftigt. Aber die *Kataif* stapelten sich schon auf einem Tablett – bereit, gegessen zu werden. Hakim Chalid war in seinem Element. Lächelnd warf er einen Pfannkuchen nach dem anderen in die Luft, sodass sich die flachen Scheiben drehen konnten und wieder in der Pfanne landeten. Perfekt.

Das Handy in meiner Tasche vibrierte. Ich sah zu Kleist, er war aber schon aufgestanden.

»Alles erledigt«, flüsterte ich und steckte ihm schnell das Telefon zu.

Er ging dran, hörte zu, sagte: »Verstanden!«, und lief zu seinen Leuten.

Dann passierte alles ganz schnell. Zwei Polizisten näherten sich Hakim Chalid, während ein *Kataif* den Weg zurück in die Pfanne suchte – aber nicht fand, denn die Sicherheitskräfte schlugen ihm das Teil aus der Hand. Ich knipste die Szene.

Inzwischen reagierten auch die Besucher. Leichte Hysterie machte sich breit. Der Chor hörte auf zu singen und dann kam auch schon die Megafondurchsage: »Aus Sicherheitsgründen wird die Veranstaltung abgebrochen. Bitte bleiben Sie zunächst auf Ihren Plätzen und bewahren Sie Ruhe. Sicherheitskräfte werden Sie aus dem Saal begleiten. Es besteht keine unmittelbare Gefahr.«

Die Ministerpräsidentin wurde durch einen Nebeneingang nach draußen geführt, ebenso der Kinderchor und das Orchester. Eine Frau in meiner Nähe jammerte und fasste sich ans Herz, ein alter Mann schlug mit seinem Gehstock auf die wartenden Menschen in den Reihen und versuchte, sich an allen vorbeizudrängeln. Polizisten in Schutzanzügen und mit Schilden näherten sich der fahrbaren Küche, dahinter Sprengstoffspürhunde, die eher an den Pfannkuchen als am Inneren des Küchenwagens interessiert waren.

Wenn alles falscher Alarm war und jemand meine Stimme erkannt hatte, bräuchte ich einen guten Anwalt.

Die Küche wurde abtransportiert und in einen gepanzerten Transporter geschafft.

»Geile Sache, was?«, grinste der Fernsehreporter, der sich an mich herangepirscht hatte. »Mein Team ist sofort abgehauen, die verdammten Helden. Und was machst du noch hier, Grappa?«

»Arbeiten.«

»Ich auch.« Er holte ein Päckchen aus der Tasche. »Wenigstens konnte ich mir ein paar von den Teigrollen sichern. Willst du auch?«

In einer Serviette lagen drei *Kataif*.

»Nee, lass mal«, wehrte ich ab. »Ich mache gerade eine *Low-Carb-Diät*.«

»Verstehe«, sagte er und biss mit Inbrunst in das Gebäck, bevor ich ihn warnen konnte. Mir blieb fast das Herz stehen. Was, wenn die doch vergiftet waren? Aber was hätte ich tun können, ohne mich zu belasten?

»Verlassen Sie bitte das Gebäude«, forderte die Megafonstimme.

Ich begab mich zum Ausgang. Der Kollege folgte mir aufrechten Gangs. Ein schnell wirkendes Gift jedenfalls war in den *Kataifs* offenbar nicht enthalten, denn er schien munter und fit zu sein.

Ich fotografierte das Rathaus, die wartenden Menschen davor und das schwer bewaffnete Spezialkommando. Und dann: nichts wie weg.

Bomben-Calling

Die Redaktion war fast komplett verwaist. Nur Bärchen Biber lümmelte sich im Großraumbüro und las die Meldungen der Nachrichtendienste.

»Hab schon gehört«, begrüßte er mich. »Bombenalarm. War bestimmt wieder so ein verdammter Trittbrettfahrer.«

»Sehe ich auch so«, nickte ich. »Was schreibt DPA denn sonst noch?«

»Dass einer der Preisträger festgenommen wurde. Den Namen haben sie nicht genannt. Weißt du, wer es ist?«

»Klar. Dein junger Freund. Hakim Chalid, der Koch, dem die Obdachlosen vertrauen.«

»Wie bitte?« Jetzt hatte ich sein volles Interesse. »Das ist doch ein harmloses Jüngelchen.«

»Warten wir die Pressemitteilung der Polizei ab. Ich schreib jetzt mal meinen Artikel fürs Internet. Achtest du weiter auf die Agenturen?«

»Sicher. Kaffee, Grappa? In der Küche steht eine ganze Kanne voll. Frisch gebrüht von mir höchstpersönlich.«

»So was kannst du?«

»Überzeug dich selbst.«

Der Kaffee war tatsächlich genießbar.

Hoffentlich geht das alles gut aus, dachte ich. Kleist hatte mir und meinem Bauchgefühl vertraut und ich hoffte, dass er es nicht bereuen würde. Bärchen hatte recht, Hakim Chalid war bestimmt nur ein Jüngelchen und ich bis auf die Knochen blamiert.

Ich holte mir die Fotos von Ali Musa auf den Monitor und sah einen Mann mit wildem Vollbart und hasserfülltem Blick. Fast unmöglich, sich den Bart wegzudenken. Aber er musste auch eine andere Seite haben, wenn er seiner Frau Mutter in der Küche half.

Bombendrohung beendet Preisverleihung – Asylbewerber festgenommen

Eine anonyme Bombendrohung hat dafür gesorgt, dass die Feierstunde zur Verleihung des Integrationspreises frühzeitig abgebrochen werden musste. Das entschied der Polizeipräsident, nachdem ein unbekannter Anrufer vor einer Bombe gewarnt hat, die sich angeblich in der Bürgerhalle befinden würde. Vor den Augen der Besucher wurde einer der Preisträger festgenommen, es handelt sich um Hakim Chalid, den Mann aus Syrien, der für Obdachlose in der Stadt gekocht hat. Chalid lebt auf einem der Flussfahrtschiffe im Bierstädter Hafen, die zu Flüchtlingsunterkünften umgebaut worden sind. Über die Gründe der Festnahme will der Polizeipräsident noch nicht viel sagen. »Es gibt einen Hinweis auf

Chalid, dem wir nachgehen müssen. Es handelt sich um eine rein vorsorgliche Maßnahme.«

Ich schilderte den ruhigen Ablauf der Evakuierung, lobte die Besonnenheit der Sicherheitskräfte und suchte die Bilder aus: Hakim Chalid zwischen zwei Polizisten, davor der Küchenwagen mit den hellblauen Kabelbindern, erschrockene Kindergesichter und flüchtende Besucher. Sogar die Ministerpräsidentin hatte ich noch erwischt, wie sie – abgeschirmt von ihren Bodyguards – aus der Halle rauschte.

Ich setzte den Bericht auf die Homepage.

»Es gibt gleich eine Pressemitteilung«, trompetete Bärchen Biber zu mir herüber. »Ich tippe auf falschen Alarm. Die meisten Leser auch. Manche meinen, dass die Neonazis dahinterstecken könnten, um die Angst vor Flüchtlingen zu schüren.«

Neonazis. Mir wurde flau im Magen. Augen zu und durch, Grappa, sagte ich mir. Die Nachricht vom Abbruch der Feierstunde wurde inzwischen im Netz flächendeckend verbreitet und sie stimulierte weitere abstruse Verschwörungstheorien. Nur auf mich war noch keiner gekommen.

Mein Handy meldete sich. Es war Wayne.

»Alles gut, Grappa?«

»Lies meinen Artikel auf der Homepage.«

»Hab ich. Aber ich weiß noch mehr. Die haben tatsächlich was gefunden.«

Vor Schreck bekam ich einen Hustenanfall. »Sorry«, schniefte ich. »Was weißt du?«

»Sprengstoff, der über einen Handyanruf zur Explosion gebracht werden kann.«

»Bist du dir sicher?«

»Ja. Es hätte eine Katastrophe gegeben. Und du wärst auch unter den Opfern gewesen.«

Sondersendung mit Stottervirus

Ich lebte also noch. Meine Anspannung ließ langsam nach. Wayne hatte beste Kontakte zur Polizei – in diesem Fall bessere als ich. Aber ich hatte Verständnis dafür, dass Kleist mich nicht jederzeit anrufen konnte.

Jetzt nur noch auf die offizielle Bestätigung warten und der Drops war gelutscht.

Sie kam eine halbe Stunde später.

Der Sprengstoff befand sich in einem Küchenwagen, den einer der Preisträger mit in die Bürgerhalle gebracht hatte. Das Gerät wurde mehrfach durch Sprengstoffspürhunde überprüft, die aber nichts fanden. Der Besitzer des Küchenwagens, Hakim C. (24), bestreitet, etwas von der Sprengladung gewusst zu haben. Er wird zurzeit vernommen. Bei einer Durchsuchung seines Zimmers in einer Flüchtlingsunterkunft wurden weitere Personalpapiere sichergestellt, weshalb laut Bundesanwaltschaft davon auszugehen ist, dass der 24-Jährige mehrere falsche Identitäten benutzt. Er war als Asylbewerber unter jeweils anderen Namen in mehreren EU-Ländern registriert. Zurzeit wird ein genetischer Fingerabdruck mit internationalen Haftbefehlen abgeglichen.

Ich unterbrach die Lektüre, denn mein Handy hatte eine SMS empfangen. Es war kein Absender angegeben. Ich las: *Danke, Maria.*

»Dafür nicht«, murmelte ich.

In der Pressemitteilung wurde auch erklärt, wie man mit einem Handy eine Bombe zünden kann.

Sobald ein Anruf kommt, schließt sich ein kleines Relais, das an der Sprengladung angebracht ist. Das Handy dient als Zünder. Sobald es klingelt, geht die Bombe hoch. Der Terrorist muss nur die Nummer der Bombe anrufen. Ein Schutz gegen diese Art einer Bombenzündung ist derzeit kaum möglich, denn fast jedes Handy kann für solche Aktionen umgebaut und irgendwo hinterlassen werden.

Ich schrieb meinen Artikel um und fuhr nach Hause. Dieser Tag hatte es in sich gehabt und die nächsten würden nicht anders werden. Bierstadt war in den Fokus des internationalen Interesses geraten. Auf allen Kanälen wurden die Ereignisse in Sondersendungen geschildert, Talkshows aus dem Boden gestampft und Liveberichte abgesetzt.

In einem davon erkannte ich den Reporter vom Regionalfernsehen, der sich die *Kataif* einverleibt hatte. Die Dinger waren also nicht vergiftet gewesen, sondern höchstens mit einem Stottervirus verseucht worden. Und der hatte den Kollegen voll infiziert, denn sein Auftritt war einfach nur voll daneben.

Ich schaltete um. *Terror in Deutschland – Wie angreifbar sind wir?* – so der Titel der Talkshow, in die ich geriet. In der Runde saßen die üblichen Teilnehmer, die zu jedem Thema etwas zu sagen hatten und die auf die Fragen der Moderatoren schon antworteten, bevor diese sie überhaupt gestellt hatten. Schlagabtausch sah anders aus. Gähn.

Ich verzog mich mit dem Smartphone und einer Flasche *Chianti classico* auf die Terrasse, schaltete meine Lieblingsmusik ein und füllte mein Glas. Im Licht der untergehenden Sonne glühte der Wein blutrot.

Welche Musik passte zu dieser Szenerie? Mahlers *Lied von der Erde,* eine Hommage an Trunkenheit und Einsamkeit.

Es wehet kühl im Schatten meiner Fichten, ich stehe hier und harre meines Freundes. Ich harre sein zum letzten Lebewohl. Ich sehne mich, o Freund, an deiner Seite die Schönheit dieses Abends zu genießen. Wo bleibst du? Du lässt mich lang allein!

Nach einer halben Flasche Wein wurde mir erneut und in aller Schärfe klar, dass ich mit Sicherheit tot gewesen wäre, wenn der Küchenwagen in die Luft geflogen wäre, denn ich hatte nur zehn Meter von ihm entfernt gesessen. Kleist und ich hatten alles richtig gemacht. Ich trank noch ein Glas auf mein von mir gerettetes Leben und ging schlafen.

Auch Hunde sind nur Männer

Kleist klingelte mich gegen sechs Uhr morgens raus. Diesmal nicht am Handy, sondern an der Haustür.

»Guck mich nicht an«, bat ich, als ich die Tür öffnete. »Und sprich mich auch nicht an. Ich muss erst mal kalt duschen. Kochst du schon mal Kaffee?«

Zehn Minuten später saßen wir in der Küche beisammen. »Erzähl«, bat ich und nahm einen großen Schluck aus dem Becher.

»Hakim Chalid ist tatsächlich Ali Musa.«

»Ist das sicher?«, entgegnete ich.

»Ja. Wir haben seine DNA mit der von der kleinen Öslem verglichen, er ist definitiv ihr Vater.«

»Warum haben die Hunde nicht angeschlagen? Im Küchenwagen lag eine Bombe! Warum haben die nicht gekläfft?«

»Sprengstoffhunde kläffen nicht. Sie setzen sich nur hin und warten, wenn sie etwas entdeckt haben. Wenn sie kläffen würden, entstünde eine Panik.«

»Na gut. Warum haben sie sich dann nicht vor den Küchenwagen gesetzt und gewartet?«

»Auch Hunde sind eben nicht perfekt«, erklärte er. »Man kann sie in die Irre führen.«

»Und wie?«

»Wenn ich dir das sagen würde, müsste ich dich töten«, bemühte Kleist den Kalauer aus schlechten Mafiakrimis. »Es darf sich nicht herumsprechen. Aber im Ernst: Man kann starke Gewürze nehmen, sogar Kaffee, man kann den Sprengstoff auch vakuumieren mit einer Plastikfolie und manche Ganoven, die Hunde ausschalten wollen, verstecken Tücher mit der Flüssigkeit läufiger Hündinnen, um die Suchhunde zu verwirren.«

»Auch Hunde sind nur Männer«, nickte ich verständnisvoll.

Kleist lachte. »Deine Erklärungen sind so herrlich schlicht!«

»Danke. Ist überprüft worden, wer die Bombendrohung abgesetzt hat?«

»Ja, aber ohne Ergebnis. Es gibt keine Spuren oder Hinweise auf dich.«

»Prima. Und jetzt lass uns nie wieder darüber sprechen«, bat ich. »Dass ich eine Bombendrohung losgelassen habe, ist mir peinlich.«

»Es war ja meine Idee, insofern gelte ich als Anstifter«, grinste Kleist. »Wir haben Menschen gerettet und nur das zählt. Die blauen Kabelbinder hätten mich nicht überzeugt, aber die Pfannkuchen schon. Ich muss jetzt los, Musa wird gleich wieder vernommen.«

»Mit Abbas al-Sayed als Dolmetscher?«, fragte ich.

»Ja. Aber wir haben noch einen zweiten Übersetzer. Er überprüft, was Musa aussagt und was al-Sayed übersetzt. Davon weiß der Islamwissenschaftler natürlich nichts.«

»Clever«, lobte ich. »Was von dem, was du mir erzählt hast, darf ich schreiben?«

»Am besten nichts«, antwortete er.

»Dann hab ich den Rest des Tages frei«, freute ich mich.

Fünf Minuten später zog ich mir die Decke über den Kopf und schlief weiter. Gut, dass die Sache vorbei ist, dachte ich noch.

Spontane Reise ins Paradies

Ich sollte mich gründlich irren. Am späten Nachmittag wurde der Tod des islamischen Geistlichen Imam Ahmad Sahin gemeldet. Er war in sein Auto gestiegen und hatte den Motor angelassen. Dadurch wurde eine Bombe gezündet, die den Imam in Einzelteilen ins islamische Paradies beförderte, wo er vielleicht von den zweiundsiebzig Jungfrauen ein paar abbekam.

In der Pressemitteilung wurde verlautbart, dass es sich um denselben Sprengstoff wie in dem Küchenwagen handelte, sodass Ali Musa für den Mord verantwortlich gemacht wurde. Er hatte seine Rache sorgfältig geplant.

Ich düste in die Redaktion und traf auf Schnack. Er sah grauenhaft aus: blutleere Gesichtsfarbe, zitternde Hände und geschwollene Tränensäcke. Es ging ihm wirklich schlecht.

»Sie sollten sich wieder ins Bett legen«, riet ich ihm. »Sonst klappen Sie endgültig zusammen und wir müssen die nächsten Wochen ohne Sie auskommen.«

»Da wären Sie doch die Erste, die sich freut«, krächzte er.

Ich ging nicht darauf ein. »Ich koche Ihnen einen heißen Tee«, kündigte ich an. »Und dann sehen wir weiter.«

»Danke.«

Bist du altersmilde, Grappa?, schalt ich mich. Jetzt kochst du deinem Erzfeind einen Tee, nur weil er die Scheißerei hat. Hoffentlich erzählt er das nicht weiter!

Schnack schlürfte den Tee und ich begann zu schreiben.

Muslimischer Geistlicher in die Luft gesprengt
Ist der Tote ein weiteres Opfer des IS-Terroristen Ali Musa?

Imam Ahmad Sahin ist am Samstag mit dem Integrationspreis der Stadt ausgezeichnet worden, einen Tag später beendete eine Autobombe sein Leben. Die Ermittlungsbehörden gehen zurzeit davon aus, dass der Anschlag in Zusammenhang steht mit dem verhinderten Bombenanschlag in der Bürgerhalle des Rathauses. Verdächtigt wird der international gesuchte IS-Terrorist Ali Musa. Musa hatte als Hakim Chalid ebenfalls einen Preis bekommen und konnte so der Feierstunde zur Preisverleihung unbehelligt beiwohnen. Ein anonymer Anrufer sorgte dafür, dass Musa festgenommen werden konnte. Die Bombe befand sich in einem Küchenwagen. Laut Polizei handelt es sich um den gleichen Sprengstoff, mit dem das Auto des getöteten islamischen Predigers gesprengt wurde.

Schnack suchte die Fotos aus und so füllten wir eine komplette Seite fürs Internet und die Printausgabe für den nächsten Morgen.

»Gar nicht schlecht, Ihre Fotos«, meinte Schnack. Es schien ihm besser zu gehen. »Eigentlich könnten wir Herrn Pöppelbaum künftig einsparen. Ich werde den Verlegern einen entsprechenden Vorschlag machen.«

»Und ich werde den Verlegern empfehlen, Ihre Stelle einzusparen«, blaffte ich. »Und ich weiß auch schon, wie ich es anstelle, damit es klappt.«

Er verstand meine Anspielung. »Ein bisschen Erpressung am Abend?«

»Nur Notwehr.«

Ich hätte etwas Blumendünger in seinen Tee kippen sollen,

dachte ich. Der stand auf der Fensterbank in der Kaffeeküche. Aber eine kriminelle Tat am Wochenende reichte.

Ali Musa will einen Deal

Am Montag meldete das Radio, dass der in Bierstadt festgenommene Mann gestanden hatte, der gesuchte Terrorist und Massenmörder Ali Musa zu sein. Er hatte sich außerdem bereit erklärt, umfassend zu seinen Taten und zum Islamischen Staat auszusagen – unter der Bedingung, dass er in Deutschland vor Gericht gestellt und nicht in ein anderes Land ausgeliefert würde. Quelle war die Bundesanwaltschaft, die ausdrücklich darauf hinwies, dass Musa an einem streng gesicherten Ort festgehalten wurde. Vermutlich, um keinen weiteren Anschlag zu provozieren.

In der Redaktionskonferenz scharrte Bärchen Biber mit den Hufen. Er hatte den Jubelartikel über Hakim Chalid geschrieben und war ihm damit nähergekommen, als irgendjemand sonst in der Redaktion. Jetzt glaubte er, mein Thema sei seins.

Ich warf Schnack einen warnenden Blick zu und sagte: »Ich habe die Kontakte zur Bundesanwaltschaft bereits geknüpft und war live in der Bürgerhalle dabei.«

»Carsten, dann kümmerst du dich weiter um den toten Imam«, entschied Schnack. »Mit den Hintergründen. Dass er der Schwiegervater von Musa ist, Großvater des toten Babys und so weiter. Und natürlich sein Engagement für den Religionsfrieden. Frau Grappa gibt dir sicher die Infos, die dir noch fehlen.«

Ich lächelte süß. Bärchen sah mich an und ich wusste, dass er eins nicht tun würde: mich um Hilfe bitten.

Am Nachmittag erfolgte die ausführliche Pressemitteilung der Bundesanwaltschaft. Musa hatte sich in allen ihm vorgeworfenen Delikten für schuldig erklärt. Deutschland hatte mit dem Terroristen einen Deal gemacht. Keine Todesstrafe, keine Folter, weder Hunger noch Durst. Dafür ein lebenslänglicher Aufenthalt in einem deutschen Gefängnis mit gutem Essen, einem bisschen Arbeit, Fernsehen und Gesellschaftsspielen und der Aussicht, nach fünfzehn Jahren freizukommen – egal, wie viele Menschen Musa getötet, gefoltert oder verletzt hatte.

Die Bundesanwälte beschränkten sich in ihrer Auflistung auf die Straftaten, die Musa in Deutschland begangen und bereits gestanden hatte. Er war nach Deutschland eingereist, um seine Frau Duru zu überreden, nach Syrien zurückzukehren.

Ich schilderte den Hergang so:

Musa beobachtet das Haus des Imam, findet Duru aber nicht, weil sie zur Familie Tercanli gezogen ist. Eines Abends bekommt er mit, dass der Imam sich mit seiner Frau streitet. Als der Imam später das Haus verlässt, folgt er ihm. Sahin trifft sich mit seiner Tochter, die die kleine Öslem mitgebracht hat. Musa verfolgt den heftigen Disput zwischen dem Imam und seiner Tochter, sieht Öslem fallen und den Imam fliehen.

Musa folgt Duru, die noch nicht begriffen hat oder nicht begreifen will, dass sie ihr Baby versehentlich erstickt hat. Auf dem Spielplatz setzt die junge Mutter das tote Kind auf die Schaukel, doch es fällt immer wieder auf den Boden. Musa befestigt den Körper mit den Kabelbindern an dem Gerät und versucht, mit Duru zu sprechen, doch sie reagiert nicht. Als sich eine Fußgängergruppe nähert, ergreift Musa die Flucht. Mehrere Stunden lang schaukelt Duru Sahin ihr totes Baby, bevor sie entdeckt wird.

Ich stutzte. Warum hatte Musa Kabelbinder bei sich? Gehörten sie zur Erstausstattung syrischer Terroristen? Praktisch waren die Dinger ja. Man konnte jemanden damit fesseln. Hatte Musa vorgehabt, Duru zu verschleppen? Ich konnte das jetzt nicht klären.

Plötzlich stand Wayne vor mir. Seine Haare waren um einen Millimeter gewachsen, die Wunden fast nicht mehr sichtbar.

»Darf ich dir über die Schulter gucken?«, fragte er.

»Sag mir erst, wie es dir geht«, forderte ich.

»Gut. Ab morgen bin ich wieder an Bord«, antwortete er.

»Das freut mich. Ich hab dich sehr vermisst. Mir geht das Fotografieren auf die Nerven.«

»Dafür machst du es aber gar nicht schlecht«, behauptete er.

»Das liegt an der digitalen Technik«, gab ich zu. »Die macht sogar meine Fotos schön.«

»Perihan geht es übrigens gut. Sie ist heute früh im Meer geschwommen. Ich habe mit ihr telefoniert. Sie möchte, dass wir sie so schnell wie möglich besuchen kommen.«

»Das machen wir, wenn das alles vorbei ist«, versprach ich. »Am besten drei Wochen am Stück. Und damit ich euch nicht störe, bringe ich Friedemann Kleist mit.«

»Das wäre ja mal was«, rief er aus.

»Ja, wäre … Aber dazu wird es nicht kommen.«

Er fragte nicht, warum.

»Wird denn wenigstens was aus euch beiden?«, fragte ich.

»Ich denke darüber nicht nach«, behauptete Wayne. »Ich bin genauso alt wie Abbas. Und den wollte sie nicht.«

»Aber weniger wegen des Alters, sondern weil er Perihan seine Vorstellung vom Leben aufzwingen wollte.«

»Ich warte ab, wie sich alles entwickelt«, murmelte er. »Soll ich dir Kaffee holen?«

»Das ist doch mal eine schöne Aufgabe für einen Mann«, freute ich mich.

Der braune Kopf taucht auf

Die Kabelbinder.

Ich rief Kleist an und hatte Glück.

»Kannst du sprechen?«, fragte ich.

»Ja, Maria. Um was geht es?«

»Warum hatte Musa in der Nacht Kabelbinder dabei?«, kam ich sofort zur Sache.

»Um die Stoffsäcke zuzubinden, die er auf seiner Tour durch Europa mitgeschleppt hat. Wir haben noch ein ganzes Bündel von den Plastikdingern in seinem Gepäck auf dem Schiff gefunden. Duru muss in jener Nacht außer sich gewesen sein. Vielleicht dachte Musa, es würde sie beruhigen, wenn das Kind nicht mehr von der Schaukel kippt.«

»Na gut. Wie läuft die Vernehmung denn?«

»Wir befinden uns gerade in einer Sackgasse«, berichtete Kleist. »Er behauptet, nichts mit dem Selbstmordanschlag in der Klinik zu tun zu haben, und streitet jeden Kontakt zu Erkan Tercanli ab.«

»Glaubst du ihm?«

»Ja. Er beschuldigt den Verein *Islam mit Herz*, der nicht nur junge Muslime als Terrorkämpfer anwirbt, sondern auch Anschläge vorbereitet und koordiniert. Musa behauptet, von dem Anschlag überrascht worden zu sein. Er habe seine Frau doch wieder nach Syrien zurückbringen und nicht eliminieren wollen.«

Ich überlegte. »Ja, das klingt plausibel.«

»Er will nach dem Attentat bei einem IS-Führer nachgefragt und herausbekommen haben, dass Duru Sahin auf Anweisung eines Hadschi des IS getötet werden sollte, weil sie geflüchtet ist.«

»Der Verein *Islam mit Herz* hat Hakim Chalid alias Ali Musa für den Integrationspreis vorgeschlagen!«, erinnerte ich mich.

»Ja, Musa wollte den Imam und al-Sayed in die Luft jagen. Die anderen Opfer hätten dem Ganzen dann einen politischen Charakter gegeben und seine Stellung im IS gesichert. Zwei Fliegen mit einer Klappe: für Musa persönlich die Rache, aber zugleich für die Islamisten ein politisches Attentat.«

»Warum al-Sayed?«

»Aufgrund seiner Veröffentlichungen und Äußerungen in westlichen Medien gilt er als Todfeind.«

Wayne kam mit zwei Kaffeebechern zurück. Ich deutete auf das Telefon und flüsterte: »Kleist.«

Er nickte und setzte sich.

»In der Pressemitteilung steht nichts zum Tod von Pedro Weiß. Wisst ihr denn jetzt, wer ihm den Kopf abgetrennt hat?«

»Das war auch Musa. Er hat uns gesagt, wo sich der Kopf befindet.«

»Igitt.« Mir wurde flau vor Ekel. »Und warum hat er den Nazi getötet?«

»So weit sind wir noch nicht«, erklärte Kleist. »Durch die Übersetzungen dauert alles doppelt so lange. Du musst dich gedulden.«

»Wie macht sich al-Sayed? Übersetzt er korrekt?«

»Bisher ja.«

Ich vervollständigte meinen Artikel, sendete ihn an Schnack und verzog mich mit Wayne in eine Kneipe in der Nähe des Verlagshauses. Wir hatten schon lange keinen gemeinsamen Absacker mehr genommen.

Der Laden war neu und gar nicht so übel. Das schien sich allerdings schon herumgesprochen zu haben, denn wir trafen auf Mäggi und ihren Mamadou, der gerade zu Besuch da war. Wenig später folgte Sarah.

»Ich hab euch gesucht«, sagte sie. »Warum gehst du nicht an dein Handy, Grappa?«

»Weil ich es nicht gehört habe. Was ist denn passiert?«

»Schnack haut ab.« Sie setzte sich.

»Was meinst du damit?«

»Er hat gekündigt. Fristgerecht.«

»Darauf gebe ich einen aus«, jubelte Mäggi und winkte die Bedienung heran. »Eine Flasche Champagner und fünf Gläser!«

Sarah grinste. »Und jetzt wollt ihr doch bestimmt wissen, woher ich das weiß.«

Wir warteten.

»Also ...«, sie ordnete ihre Frisur, »... ich habe einen guten Bekannten beim Verband für das Deutsche Hundewesen. Ich sag ja immer *Hundeunwesen*.« Sie rechnete mit unseren Lachern, doch der Gag war asbachuralt.

»Und die suchen einen Leiter für die Öffentlichkeitsarbeit. Schnack hat sich beworben und den Posten bekommen.«

Wir starrten sie an.

»Schnack und Hunde?«, stotterte Mäggi.

»Die gehorchen ihm wenigstens«, meinte Wayne.

»Nimmt er Bärchen mit?«, hoffte ich.

Der Champagner wurde auf den Tisch gestellt, Mamadou übernahm die Verteilung.

»Und dabei hat er gar keinen Hund«, sagte Sarah und warf Mamadou einen heißen Blick zu.

»Muss er ja nicht«, stellte Wayne klar.

»Grappa, hast du ihn so gepiesackt, dass er auf den Hund gekommen ist?«, witzelte Mäggi.

»Der Zweck heiligt die Mittel«, entgegnete ich. »Und jetzt Prost!«

Schnack schmeißt hin

Bärchens Artikel über den Mord an dem Imam war ein Märchen aus 1001 Nacht. Er hatte den Toten als unschuldiges Opfer dargestellt, das durch schicksalhafte Umstände in die Wirren des Dschihads geraten war. Kein Wort darüber, wie mies er seine Tochter und seine Enkelin behandelt hatte. Den Tod der kleinen Öslem bezeichnete Bärchen als verhängnisvollen Unglücksfall, unter dessen Folgen der Imam am meisten gelitten hatte.

Egal. Sahin war Geschichte, die Morde weitgehend aufgeklärt – auch wenn die Auftraggeber aus Syrien kamen und nie zur Rechenschaft gezogen werden würden.

In der Redaktion hatte sich die Neuigkeit von Schnacks geplantem Ausstieg herumgesprochen – auch bis zu ihm. Nachdem das Tagesgeschäft erledigt war, teilte er uns die Neuigkeit mit. Am Monatsende wäre er weg. Bis auf Bärchen Biber, der wohl ahnte, dass seine Kronprinzenrolle dem Ende entgegenging, fand niemand bedauernde Worte.

»Ich wusste gar nicht, dass Sie so tierlieb sind«, lächelte Mäggi.

»Sonst hätte ich es hier ja nicht so lange ausgehalten«, konterte Schnack.

»Jedenfalls wünschen wir Ihnen gutes Gelingen«, sagte ich. »Hunde sind ja des Menschen beste Freunde, wie der Volksmund so schön formuliert. Bald haben Sie Tausende davon.«

»Darauf freue ich mich auch, Frau Grappa. Bis dahin werde ich allerdings mit voller Kraft die Linie unserer Zeitung weiter bestimmen. Und jetzt an die Arbeit, liebe Kollegen!«

Die Stimmung in der Redaktion war an diesem Tag von Heiterkeit geprägt. Natürlich begrüßten fast alle Schnacks Abgang, doch meine Lebenserfahrung sagte mir, dass es auch schlimmer kommen konnte. Der Verlag hatte ein Sparkonzept beschlossen und wartete auf die Zustimmung des Betriebsrates. Darin waren zwei Punkte, die mich alarmierten: Man wollte den älteren schreibenden Kollegen – also auch mir – ein Abfindungsangebot unterbreiten, damit sie ihre Festanstellung aufgaben und nur noch als freie Mitarbeiter für das Blatt tätig waren. Eine Garantie zur Abnahme von Artikeln war nicht vorgesehen.

Der zweite Punkt war das Outsourcing der Fotografen. Die sollten eigene Firmen gründen, ihre Bilder anbieten und auch pro Bild bezahlt werden. Der Schutz einer Festanstellung ginge verloren. Das bedeutete: keine Lohnfortzahlung im Krankheitsfall und kein Verlagsbeitrag zur Altersvorsorge und zur Krankenversicherung.

Ich telefonierte mit einem Betriebsrat und erfuhr, dass Schnacks Weggang dem Abfindungsangebot geschuldet war. Gar nicht so dumm, dachte ich, einige Tausender mehr auf dem Konto und ein neuer Job.

Am späten Nachmittag meldete sich erneut die Bundesanwaltschaft. Ali Musa hatte Details zum Mord an Pedro Weiß preisgegeben.

Weiß hatte ihn während der Demonstration im Hafen angerempelt und beleidigt. Musa hatte ängstliches Opfer gespielt und war weggerannt. So hatte er den Neonazi in den Schuppen gelockt. Dort schlug er ihn bewusstlos und fesselte ihn. Später war er mit Videokamera und Stativ zurückgekehrt und hatte ihn getötet. Damit waren alle Morde geklärt, wenn auch nicht gesühnt.

In Bierstadt kehrte etwas Ruhe ein. Die Stadt schaffte es nach und nach, die Flüchtlinge in normalen Wohnungen unterzubringen. Nach wie vor gab es Probleme vor allem mit alleinreisenden jungen Männern, die sich langweilten, keine Lust hatten, Deutsch zu lernen, und keine Jobs bekamen, weil sie keine Ausbildung hatten. Razzien in den Unterbringungseinrichtungen waren an der Tagesordnung und die Polizei wurde regelmäßig fündig. Zahlreiche Nordafrikaner hatten sich unter die Asylsuchenden gemischt – mit gestohlenen oder gefälschten Pässen aus verschiedenen Ländern ausgestattet. Immer wieder fielen einige auf durch Straftaten wie Diebstahl, Körperverletzung und sexuelle Belästigung. Nach einer Festnahme wurden sie wieder auf freien Fuß gesetzt, weil die nordafrikanischen Staaten sie nicht zurücknehmen wollten.

Das gesellschaftliche Pulverfass blieb erhalten und die Zünder warteten darauf, dass jemand ein Streichholz an sie hielt.

Ausklang: Überraschung in Istanbul

Zwei Monate später war es soweit: Kleist, Pöppelbaum und ich saßen im Flieger nach Istanbul. Perihans Familie hatte uns eingeladen. Ihre Eltern hatten sich ein großes Haus gekauft und beschlossen, für immer in der Türkei zu bleiben.

Schon die Fahrt im Taxi zur Familie Tercanli zeigte eine traumhaft schöne und quirlige Stadt. Ich freute mich auf die nächsten Tage.

Perihan empfing uns. Ihre Haare waren nachgewachsen, sie hatte ein paar Pfund zugenommen, was ihr gut stand.

Sie umarmte uns, Wayne ein bisschen länger als mich. Kleist musste sich mit einem Händedruck zufriedengeben.

»Kommt herein«, bat sie. »Meine Eltern erwarten euch. Und es gibt noch eine Überraschung.«

Das Haus hatte einen begrünten Innenhof. Orangen- und Zitronenbäume, Oleander und Palmen. In der Mitte ein großer, blau gekachelter Tisch mit passenden Stühlen. Die perfekte Sommerfrische.

Sie stellte uns ihre Eltern vor: Der Vater war ein freundlicher Mann mit einem gütigen Gesicht, die Mutter zierlich, bleich und schüchtern. Aber es war noch eine weitere Frau da.

»Das ist Elif Sahin«, erklärte Perihan. »Sie hat meinem Bruder Erkan verziehen, weil er letztlich ein Opfer dieser teuflischen Verbrecher und ihrer Denkungsart war.«

Kleist und ich sahen uns an. Das war wirklich eine Überraschung. Durus Mutter und Imam Sahins Witwe hatte Deutschland verlassen. Aber warum sollte sie auch in Deutschland bleiben, so ganz allein? Mann, Tochter und Enkelin waren nicht mehr da.

»Ich wohne vorläufig bei meiner Schwester und der Familie ihres Mannes«, erklärte Elif Sahin.

Ich musterte sie. Sie war schwarz gekleidet, hatte den Kopf mit einem Tuch bedeckt, aber das Gesicht war frei. Als junge Frau musste sie wie Duru ausgesehen haben.

»Lassen Sie uns Platz nehmen und einen Tee trinken«, schlug Perihans Vater vor. Sein Deutsch war akzentfrei.

Eine junge Frau brachte Pfefferminztee. Hier trank man ihn mit viel Zucker, den man mit frischen Blättern vermischte.

»Sind Sie der Herr von der Polizei?«, fragte Elif Sahin.

Kleist bestätigte es.

»Darf ich Ihnen etwas mitteilen, was mein Gewissen belastet?«

»Handelt es sich um eine Straftat?«, fragte er zurück.

»Ich weiß es nicht.«

»Erzählen Sie«, meinte er. »Ich werde danach entscheiden, ob ich es mit meinem Gewissen vereinbaren kann, zu schweigen.«

Elif Sahin nahm einen Schluck Tee. Alle Augen ruhten auf ihr. Ein leichter Wind kam auf und wehte ein paar verwelkte Oleanderblüten über den Tisch. Frau Sahin nahm eine, betrachtete sie und zerrieb sie zwischen den Fingern.

»Ich habe Ali Musa getroffen«, erklärte sie.

»Wann?«, fragte Kleist.

»Er hat sich bei mir gemeldet, als er in Deutschland angekommen war. Er wollte wissen, wo sich Duru und sein Kind befinden. Ich sagte es ihm. Er hat dann das Haus der Tercanlis beobachtet, um Kontakt zu Duru aufzunehmen.«

»Haben Sie Ihrem Mann davon erzählt?«, wollte Kleist wissen.

»Nein, natürlich nicht. Eines Tages rief mich Duru an und wollte mich treffen, aber Ahmad hat mich eingesperrt und ist selbst hingegangen. Was dann passiert ist, wissen Sie ja. Musa hat mir berichtet, was er in der Nacht gesehen hat. Dass Öslems Tod ein schrecklicher Unfall war. Und als Duru ums Leben gekommen ist, hat er mich angerufen und seine Unschuld beteuert. Ich habe ihm geglaubt.«

»Noch haben Sie mir nichts erzählt, was problematisch wäre«, sagte Kleist.

»Ich weiß, dass alle Menschen Musa als Monster ansehen, das direkt aus der Holle kommt. Aber fur mich ist er das nicht«, sagte Elif Sahin. »Wenn ich einen solchen Sohn gehabt hätte, wäre vielleicht alles anders gekommen. Er war kein schlechter junger Mann.«

Ich schluckte. Wie konnte sie einen mehrfachen Mörder, der so viele seiner Opfer auf die grausamste Weise getötet hatte, in ihr Herz schließen?

»Ich erzählte ihm, wie mein Mann Duru und mich behandelt hat, wie er gelogen und den Koran beleidigt hat, wenn er sich als mildtätiger Prediger aufspielte. Musa hat schon in Syrien die Narben der Schläge gesehen, die Ahmad Duru beigebracht hat! Und er hat auch mein Gesicht gesehen – grün und blau geprügelt.« Sie stockte.

Ich ahnte, was folgen würde. »Und dann haben Sie mit Musa einen Deal gemacht?«, fragte ich.

Sie sah mich direkt an. »Ich habe ihn gebeten, mich von Ahmad zu befreien.«

Stille. Inzwischen hatte der laue Wind weitere Oleanderblüten auf den Tisch geweht, eine schwamm in meinem Tee und sah aus wie ein Insekt.

»Er hat es auch getan. Mich von ihm befreit.«

»Die Autobombe?«, hakte Kleist nach. »Oder die Feierstunde?«

»Ich wusste nichts von dem Anschlag auf die Feier. Im Frauenhaus schaut man kein Fernsehen. Irgendwann erfuhr ich, dass der Anschlag schiefgegangen war. Aber als Ahmad durch die Autobombe vor unserem Haus getötet wurde, wusste ich, dass Musa mir den Gefallen doch getan hat. Und es tut mir nicht leid.«

»Musa hat Sie in den Vernehmungen nicht erwähnt«, sagte Kleist nachdenklich. »Also haben Sie auch nichts zu befürchten. Musa hatte allen Grund, Ihren Mann zu bestrafen, da hat Ihr Wunsch vielleicht keine Rolle gespielt.«

Sie atmete auf. »Was geschieht jetzt mit ihm?«

»Er wird vor Gericht gestellt und bekommt lebenslänglich, denke ich«, antwortete Kleist. »Mindestens fünfzehn Jahre. Vielleicht Sicherungsverwahrung, falls er sich nicht von dem IS distanziert. Aber er wird nicht ausgeliefert. Davor hatte er am meisten Angst.«

Das Mädchen von vorhin brachte die Vorspeisen. Sie sahen anders aus als die Kollektionen in den Dönerbuden.

»Wir sollten das Thema wechseln«, schlug Herr Tercanli vor. »Es tut nicht gut, bei einem guten Essen über schreckliche Dinge zu reden. Das stört die Verdauung. Und Allah hat uns nicht nur die Liebe zum Menschen, sondern auch zu gutem Essen gegeben.«

Wayne blieb länger in Istanbul; Kleist und ich flogen nach einer Woche zurück nach Deutschland. Im Flugzeug teilte mir Kleist mit, dass er mit dem Gedanken spielte, aus dem aktiven Polizeidienst auszuscheiden.

»Mir ist eine Professur für Kriminologie und Polizeiwissenschaft angeboten worden«, berichtete er. »Ich werde sie wahrscheinlich annehmen.«

»Und was lernt man dann von dir?«

»Alles, was man wissen muss, um böse Menschen unschädlich zu machen. Der Abschluss hat den schönen Namen *Master of Criminology and Police Science.* Gibt es auch als berufsbegleitendes Studium.«

»Toll. Dann kann ich mich ja auch einschreiben.«

»Warum nicht?«, lächelte er. »Dann könntest du deine verworrenen Kenntnisse von polizeilicher Arbeit endlich mal professionalisieren!«

Grappa-Krimis von ...

Grappas Versuchung
ISBN 978-3-89425-034-8, eISBN 978-3-89425-980-8
1. Fall: Reporterin umkreist charmanten Bösewicht

Grappas Treibjagd
eISBN 978-3-89425-981-5
2. Fall: Wer ist der geheimnisvolle Onkel Herbert?

Grappa macht Theater
ISBN 978-3-89425-042-3, eISBN 978-3-89425-982-2
3. Fall: Geheimbund kontrolliert Kulturleben in Bierstadt

Grappa dreht durch
eISBN 978-3-89425-983-9
4. Fall: Nackte Tatsachen in einem Bierstädter Filmstudio

Grappa fängt Feuer
eISBN 978-3-89425-984-6
5. Fall: Eine Reisegruppe in Griechenland verliert ihre Teilnehmer ...

Grappa und der Wolf
eISBN 978-3-89425-985-3
6. Fall: Ein charmanter Auftragskiller und Plutoniumschmuggel

Killt Grappa!
eISBN 978-3-89425-986-0
7. Fall: Schönheitschirurgie und Satanismus

Grappa und die fantastischen Fünf
eISBN 978-3-89425-987-7
8. Fall: Toter Teppichhändler und tückische Erpresserbande

Grappa-Baby
ISBN 978-3-89425-207-6, eISBN 978-3-89425-988-4
9. Fall: Die menschliche Reproduktion zwischen Himmel und Hölle

Zu bunt für Grappa
eISBN 978-3-89425-989-1
10. Fall: Ein Toter im Melonenfeld und ein unbekannter van Gogh

Grappa und das große Rennen
eISBN 978-3-89425-990-7
11. Fall: Wer meuchelte die drei prominenten Sozis?

Flieg, Grappa, flieg!
ISBN 978-3-89425-256-4, eISBN 978-3-89425-991-4
12. Fall: Wilde Tiere, tote Callboys und aggressive Neonazis

Grappa und die acht Todsünden
ISBN 978-3-89425-267-0, eISBN 978-3-89425-992-1
13. Fall: Tödliches Festmahl für sieben Männer und Frauen